Claudia Gehrke + Uve Schmidt

Mein heimliches Auge

Das Jahrbuch der Erotik V

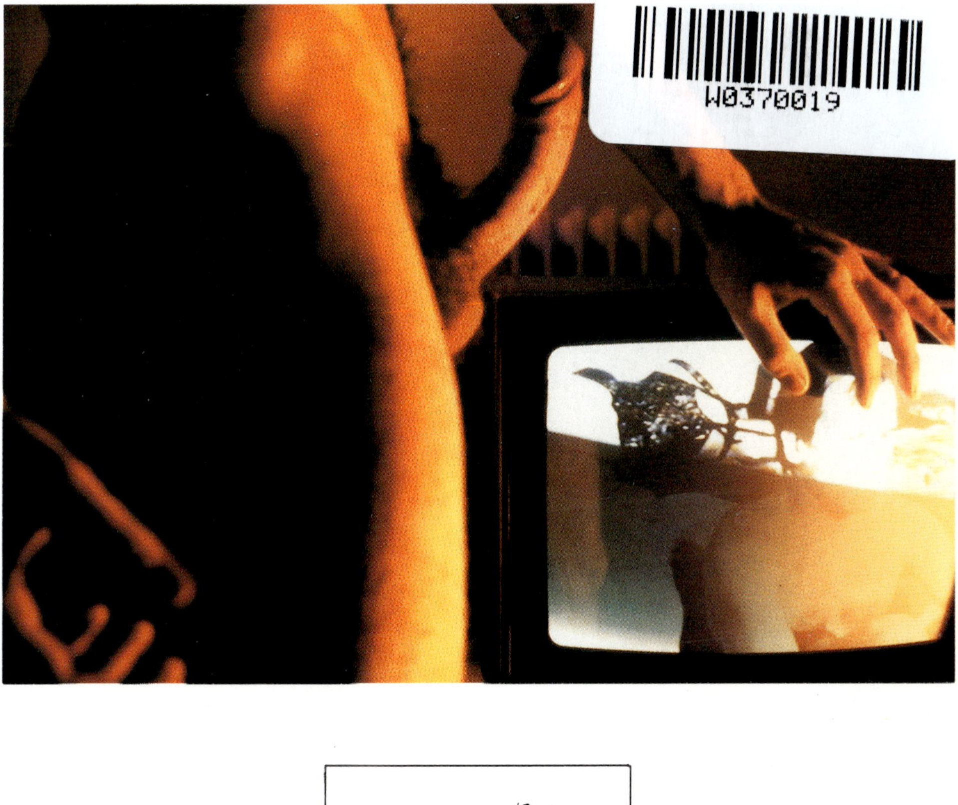

konkursbuch

Der Titel von „Mein heimliches Auge V"
wurde von Uve Schmidt anläßlich des
Erscheinens am 03. 10. 1990 konzipiert und
mit Pelle Pershing, Entertainer, Köln von
der Fotografin Ulrike Rimmele, Frankfurt
verwirklicht.

Impressum:

PF 1621 · 7400 Tübingen · Tel. 07071/66551
Die Autoren sind für ihre Texte, Bildbeiträge und
Materialien rechtlich selbst verantwortlich
Gesamtherstellung: typo-druck-roßdorf gmbh
Grafische Konzeption und Gestaltung: Günter H. Seidel
ISBN 3-88769-050-8

Claudia Gehrke

Eine Mischung aus Aufgehobensein, Hingegebensein, Ausgesetztsein, Bedrohtsein – das ist der Untergrund jedes erotischen Gefühls. Die unheimlichen Orte der Kindheit, gespenstische Räume, einsame Gärten, Urwälder, verlassene Häuser, sie erzeugen einen Kitzel, der nicht vergessen wird. Der Austritt aus dem sicheren Ort, oder der sicheren eigenen Haut in einen unheimlichen Ort, oder in ein Entgrenzungsgefühl einem anderen Menschen gegenüber.

Das erhebende Gefühl, wenn der Sog in die unheimlichen Orte uns packt. Wenn wir ein Phantasieabenteuer bestehen. Und diese grusligen Orte später zu versteckten Kinder-Wohnungen werden. Heimliche Orte. Liebe und Abenteuer. Texte und Bilder sind symbolische Welten. Es gibt natürlich Texte, die dokumentarisch sind. Paradoxerweise wirkt derart Nähe zum „richtigen" Leben oft weniger nah am Leben, mehr als Spiel. Es ist Kennzeichen gelungener symbolischer Welten, daß sie das Leben weitertreiben, die Vorstellungskraft, gar die Körpersinne erregen, obwohl sie eine „andere Welt" sind, die niemals direkt übertragen werden kann. Natürlich können deutlichste sexuelle Szenen vorkommen, darum geht es nicht. Wichtig ist, wie diese sexuellen Szenen auf die imaginäre Ebene gehoben werden. Darum nämlich ist die in unsrem aktuellen Kulturraum geübte Aufklärung so nichtssagend, so langweilig, so, daß sie sofort wieder vergessen wird. Die asiatischen Sexbücher beispielsweise klärten durch Poesie auf, durch Erzählungen, Parabeln und durch Witz. Gefühle und Empfindungen, sogar Techniken werden durch Bilder und Geschichten transportiert,

Marlon Shy

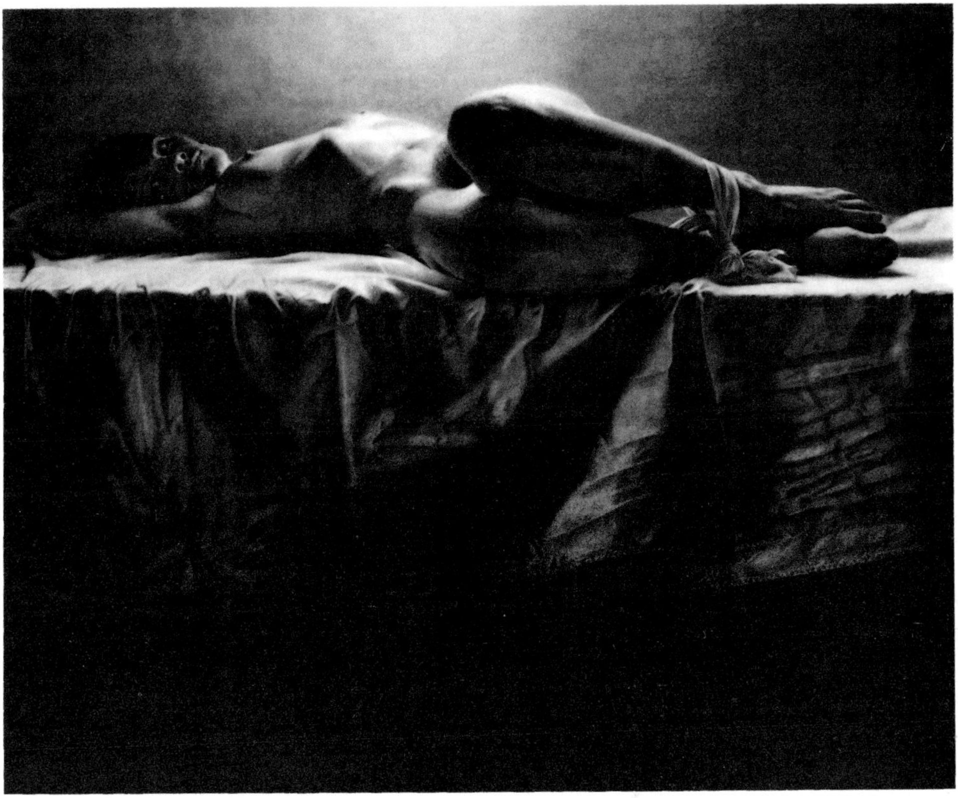

Jan Peter Tripp

die viel direkter auf Sex, Herz und Hirn wirken als jeder therapeutische oder aufklärerische Versuch, den Sex und das erotische Gefühl 1:1 erklären zu wollen. Damit sei nicht eine verschleiernde Mystifizierung favorisiert – im Gegenteil. Die verborgene Logik der Lust läßt sich nicht verschleiern. Aber sie läßt sich nur in Erfindungen darstellen. Diese Erfindungen können sich bekannter Symbolwelten bedienen. So sind in manchen Texten die Zeichen sadomasochistischer Inszenierungen keinesfalls modischer Schnickschnack, wie nur allzuschnell vermutet, sondern die Sprache eines Traums. Der sich vielleicht an die Ekstasen der Mystikerinnen erinnert: Selbstgeißelungen, Fasten, Selbsteinsperrungen in winzige Räume erst machen die Körper durchlässig, öffne sie nach außen – und ermöglichen so das unüberholte Glück der Auflösung in Ekstase. Die Grenze zwischen Innen und Außen durchlässig zu machen, bedeutet, sich auf den schmalen Grat zwischen Intimität und Grausamkeit zu wagen, einem Grat, dem wir immer nahe kommen, wenn wir uns einem anderen Körper – oder dem eigenen – wirklich annähern. Auch Sexualität als Selbstzeugung. Das Ei schwimmt auf den Wassern des Nichtseins und befruchtet sie. Der Urberg

rührt das unendliche Milchmeer, Lehminseln bilden einen Hügel, der ist die Clit und die verwandelt sich in einen Schwanz und der befruchtet sich selbst... lauter sexuelle Schöpfungsgeschichten. Und zuerst zeugen sich die Wesen selbst. Eigentlich ist es Gewalt, immer das andere zeugen zu wollen – doch diese Vorstellung scheint uns die nächste. Initiationsgeschichten sind andere symbolische Welten, die immer wieder in den heimlichen Erinnerungen auftauchen – Initiation durch das gleiche Geschlecht, um überhaupt „selbst“ sein zu können. Es gab nicht nur bei den Knaben Initiationsriten (erst durch das Sperma des erwachsenen Mannes wurde der Knabe zum Mann), sondern ebenfalls bei den Mädchen. Mit Holzkeilen, blutigen Zeichen, gegenseitigem Eindringen in die Mösen, wochenlangen Aufenthalten an mystischen Orten. Zurück in die Wirklichkeit dieser alten Welten zu wollen, ist Unsinn – doch in unsren imaginären Welten haben Rituale und jene unheimliche Orte ihren Raum. Und wirken so natürlich auf die gelebte Lust.
Wie sich die Geschlechter nun kombinieren, ist nur eine Facette des erotischen Gefühls. Und insofern möchten die heimlichen Augen auch Politik machen:
daß nämlich in den Geschichten und Essays, in den Gedichten und Bildern verschiedene Lebens- und Liebesformen wirklich gleichwertig zur Wahl stehen. Daß es kein grundsätzliches Ungleichgewicht der Macht zwischen den Geschlechtern gibt. Was natürlich nicht heißt, daß nicht in konkreten sexuellen Situationen die Macht immer wieder ausgetauscht werden kann, sich immer wieder unterschiedlich verteilt: denn um genießen zu können, muß ich die Macht für Momente anderen überlassen ...

Paul Wunderlich

Die beiden Schwestern

Der Künstler gestaltete dieses Motiv vom 13.–16. 11. 1989 in einer neuen, spontanen lithographischen Technik, die der Malerei sehr nahe kommt: alle 13 Farben werden von nur 3 Steinen gedruckt, und immer wieder wird der Stein verändert, so daß das Bild mit jedem Druckvorgang sich fast magisch verwandelt – und die Betrachterin jetzt verzaubert…

Faublas avec la sœur Ursule

Uve Schmidt

Nachruf zum Geleit

Wenn ein unverehelichter oder unauffällig verheirateter älterer Schauspieler, Showproduzent oder Schneidermeister in seinen Gemächtern blutig zu Tode gebracht wird, entwirft mein heimliches Auge die Sofortbilder eines halb in Seide gekleideten Körpers, in dem ein kostbarer Brieföffner spießt, oder eines graumelierten Schädels, der einer massiven,

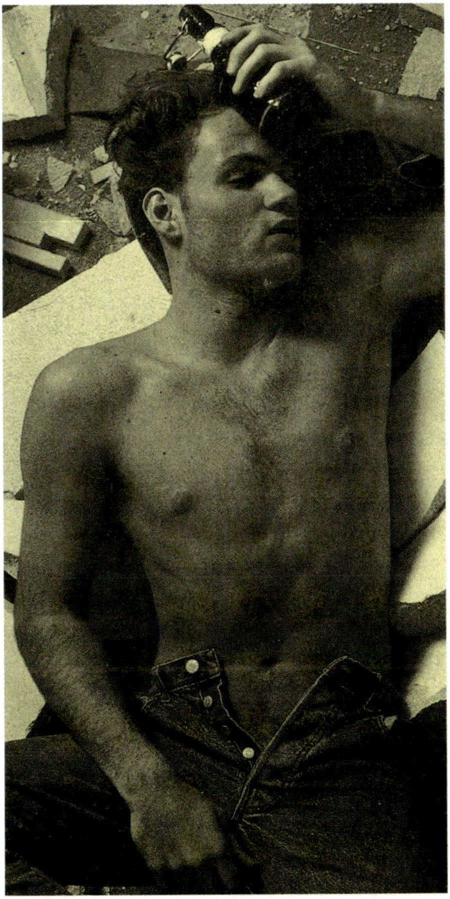

wertvollen Skulptur nicht widerstand. Und selbstverständlich bin ich sogleich gewiß, daß der brutal Entseelte ein Schwuler war, auch dann, wenn vulgäres Werkzeug die Tatwaffen und die Opfer keine Exponenten von Film, Fernsehfunk und Flittergewerben waren, sondern lediglich namenlose Rentenempfänger, vorausgesetzt, sie lebten allein und schätzten Geselligkeit, mitnichten in der kleinen Kneipe bei sich in der Straße, sondern verkehrten, laut polizeilicher Erkenntnis, »in gewissen Lokalen der Innenstadt«. Natürlich sterben Homosexuelle auch unbeschadet im Bett, versehen mit Sakramenten oder anderen Tröstungen, mit Dr. Dittmeyers Traubenzuckersaft oder einem letzten Gläschen Chablis, und natürlich denunziert sich der männliche Junggeselle, wenn er in die Jahre kommt, nicht automatisch als Urning, auch dann nicht, wenn er seine Abende nur unter Männern verbringt, denn die Fritzchenfrage lautet nie: Wie hälst Du's mit den Kerlen? sondern Wie hälst Du's mit den Weibern? und darauf läßt sich trefflich das Blaue vom Pimmel lügen, denn gerade unter stinknormalen Sexisten ist nicht die nackte Wahrheit oder gar der psychologisch feingesiebte Erfahrungsbericht gefragt, sondern das Schürzenjägerlatein und ein echt frauenfeindlicher sogenannter Humor. Kurz und blauweiß: als Walter Sedlmeyr (64) erschlagen gemeldet wurde, habe ich mich gesträubt, post mortem dem Manne ein Doppelleben zu gestatten, denn erstens hielt ich ihn insgesamt für sexuell unbedenklich und zweitens konnte ich mir nicht vorstellen, daß im Millionendorf München die alljährliche politischste Bierrede und die laufende persönlichste Bierwerbung, jede Menge gemein-

nützige Schirmherrschaften und die Leitfiguren in populären TV-Serien ausgerechnet ihm übertragen worden wären, wenn man gewußt hätte, was gewußt zu haben hinterher jeder behauptete.
Wie dem auch war – in München gilt mehr als anderswo die Devise: man darf alles, man darf sich sogar erwischen lassen. Ich glaube, daß Sedlmeyrs Arbeit- und Auftraggeber sehr wohl wußten, mit wem sie es zu tun hatten, daß ihnen Umsatzsteigerungen wichtiger waren als etwa das Gerede neidiger Kollegen, ergo das Risiko einer Entlarvung drittrangig erschien, und daß die Lebensführung des Walter S. durchaus Vertrauen in diesen hochdotierten Vertragspartner erlaubte.
So aufwendig und ehrenvoll wie des »Volksschauspielers« Beerdigung vonstatten ging, kann z.B. Frankfurts Ebbelwoi-Diva Liesl Christ es sich nur träumen, unterstellt man, sie wäre kein Transvestit. Den schönsten Kranz flocht diesem Mimen die in München erscheinende BUNTE (Nr. 31/90); unter dem Cover-Titel *Das Doppelleben der Sedlmeyers & Co. / Ein Bericht über den Urtrieb Sex* gesellt das Blatt unsern Walter dem Dornenvogelkardinal Richard Chamberlain bei, der zwar noch lebt und der harten masochistischen Gangart entraten kann, doch für viele deutsche Frauen nun endlich derjenige ist, den sie theoretisch mit keiner anderen Frau teilen müssen. Doch nicht genug der besten Gesellschaft: auf 8 Seiten legte und stellte die Illustrierte dar, »daß die menschliche Gesellschaft seit Anbeginn der Zivilisation mit ihren Tabus und Gesetzen das sexuelle Doppelleben kennt«, und so rückt der Paulaner-Propagandist Sedlmeyr neben Solon und Alexander, Tiberius und Leonardo und – wer hätte das gedacht! – Napoleon. Denkbar, daß ein VIP-Enttarner wie Rosa von Praunheim nun auch den großen Korsen in seiner großen Klappe führt, denn, so schreibt Rosa in der selben BUNTEn, »Walter Sedlmeyr würde noch leben, wenn unsere Gesellschaft es Männern wie ihm ermöglichte, sich frei zu ihrer Sexualität zu bekennen.« Ja, vielleicht hätte der Kaiser bei Waterloo gewonnen, wenn er sich den Messieurs Blücher und Wellington zu erkennen gegeben hätte als Liebhaber »knabenhafter Hinterbacken«, da Preußen und Briten bei den Franzosen sowieso als Päderasten galten. Vielleicht hätte mich mein seliger Schwiegervater als Teilhaber eingesetzt, wenn ich ihm meine Bisexualität gestanden hätte, am besten vor der vollzähligen Gesellschafterversammlung?! Ganz gewiß lebte ich nicht, wenn meine lesbische Mutter keine »Scheinehe« eingegangen wäre, »um der Öffentlichkeit etwas vorzuspielen« (R.v.P.); sie starb 73-jährig in der Sitzbadewanne und hinterließ einen von Stund an lebensmüden Mann, der ihr ein Jahr später folgte. Doch auch wenn wir die unsägliche Rosa (mitnichten ein schwuler Filmemacher, sondern *Regisseur und Homosexueller)* draußen vorlassen, belastet ein schwerer Verständigungsfehler die Problematik. Der Grundirrtum steckt m.E. buchstäblich im Detail: *Doppel*leben wörtlich genommen, müßte, gleich Doppelsieg und Doppelkorn, eine Wertmehrung ansagen, indes signalisiert es eine Wertminderung von Leben, Beeinträchtigung statt Bereicherung, Beargwöhnung statt Bekräftigung. Weshalb freuen wir uns nicht z.B. über unsere Doppelgänger (Sedlmeyr hatte sogar ein richtiges Double!)? Wes-

halb treiben nur Schweinehunde ein Doppelspiel, das in der Politik als Flexibilität, Balanciervermögen oder Voraussichtigkeit gerühmt wird? Wieso gilt ein mehr oder weniger verheimlichtes Geschlechtsleben als doppelt geführt? Sex ist Sex, mit oder ohne gemischtes Doppel, Doppelbett und doppelt genähtem Kondom. In der Tat führt z.B. ein Transvestit ein Doppelleben, das ist für ihn hoffentlich der Kick, und natürlich betrügt der Transvestit fast so kollegial wie Zauberkünstler, Schaufensterdekorateure und Advertiser, die ihr Publikum wohlgelitten täuschen. Und wenn es nicht verboten, weil tödlich wäre, könnte auch Herr X sich verstehen als unbescholtener verdienstvoller Bürger mit dem seltenen Hobby Lustmord. Im Ernst: ich kenne keine halbwegs achtbare Person, die über Eigenart, Ablauf und Umfang ihres womöglich ehelichen Intimverkehrs öffentlichen Bericht gäbe – weshalb dann die Offenbarungspflicht für Zeitgenossen mit größerer oder verengter sexueller Spannweite? In diesem Punkt paaren sich die/der von Praunheim, die Polizei und die Puritaner, und dieser ganze Scheiß heißt Doppelmoral. Mehrfachmoral. Mehrzweckmoral.

Christoph Schöne

Wenn mich morgen beim Bumsen der Schlag rührt, ist wahrscheinlich die bigotte und repressive Gesellschaft dieses unseres Landes schuld, weil ich sie nicht davon in Kenntnis zu setzen wagte, daß ich durchaus und gern heterosexueller Handlungen fähig bin. Daß diese Gesellschaft mir Tabak und Alkohol verkauft, ja, nachgerade aufnötigt, daß mich die Stadt Frankfurt hartherzig-unverschämt besteuert und am Wohnungsmarkt zum Idioten macht, kurz, daß diese Faktoren meinen douce morte akut begünstigen könnten, interessiert natürlich kein Schwein, und es würde mir wenig Nachruhm einbringen und überhaupt nichts bewirken in den Köpfen von Praunheim und Prinz (BUNTE), des Plebs und der Polizeistaatsfreunde, wenn ich in schwarzer Gummiunterwäsche vom Messetower spränge. Sedlmeyr müßte man (gewesen) sein! Es liegt auf der Hand, bzw. vor Ihnen, daß MEIN HEIMLICHES AUGE den Sinn erfüllt, Doppelleben und Doppelmoral ad absurdum zu führen, lustvollst noch viele warme Jahre...

Edgar Henning

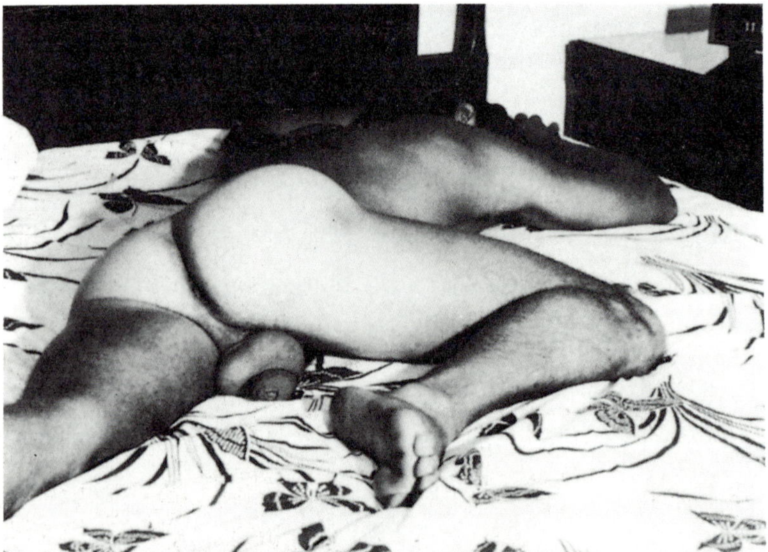

Lydia Tigerfeld

Die gestiefelte Katze 2

Fortsetzung aus Band IV

Guten Abend, Rosine, sagte der Mann im grauen Mantel. Er hatte eine erstaunlich hohe Stimme. Rosine kannte ihn zwar nicht, aber etwas kam ihr bekannt vor, als sie in sein Gesicht blickte: vielleicht der Ausdruck einer Unentschiedenheit, der um seine Lippen schwebte. *Haben Sie lange auf mich gewartet?* fragte er und nahm die rechte Hand von Rosine. Seine Hand war weich, genauer gesagt, war das Fleisch seiner Hand sehr weich, und die Haut war hart wie Leder. Rosine antwortete Nein. Sie hat nicht lange auf ihn gewartet. Sie hat gar nicht auf ihn gewartet.

Sie gingen zusammen aus dem Cafè. Der Mann führte Rosine in eine enge Gasse, die sie nicht kannte. Die meisten Fenster waren schon dunkel. Der Mann zeigte mit dem Finger auf ein Balkonfenster im dritten Stock des alten Hauses, das unerwartet vor Rosines Augen erschien. Er sagte, *Wir sind fast schon da.*

Rosine kann sich nicht mehr in der richtigen Reihenfolge an das erinnern, was danach passierte, und wenn sie diese Geschichte in einer falschen Reihenfolge erzählen würde, so würde man sie nicht mehr verstehen. Bei vielen anderen Geschichten ist das nicht der Fall: Sie verlieren nicht ihren Reiz, auch wenn man sie rückwärts liest.

Rosine weiß nicht mehr, warum es in seiner Wohnung so dunkel war. Als er eine Kerze anzündete, wurde es kaum heller. Rosine sah viele viereckige Formen an der Wand, die wahrscheinlich Bilder waren, aber sie konnte nichts erkennen, auch wenn sie sie etwas näher betrachtete. Rosine hatte aus irgendeinem Grund die Vorstellung, daß ihre eigene nackte Gestalt in diesen Bildflächen gemalt sein könnte. Deshalb blickte sie jedes Bild genau an, aber sie konnte in keinem Bild etwas erkennen. *Wenn es so dunkel ist, kann man nichts erkennen,* dachte sie und setzte sich vorsichtig auf das Sofa. *Kannst du alles erkennen, wenn es hell ist?* fragte der Mann plötzlich, als ob er Rosines Gedanken gehört hätte. Rosine erschrak und versuchte, das Gesicht des Mannes genauer zu sehen. Er setzte sich neben Rosine, nahm ihre rechte Hand und drückte sie gegen seine Brust. Rosine war noch stärker erschrocken und zog ihre Hand schnell zurück, weil sie weibliche Busen in der Hand spürte. Der

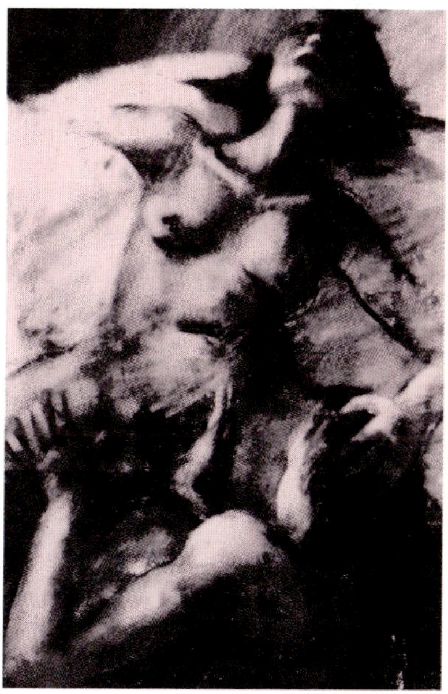

Mann nahm Rosines Hand wieder, und in dem Moment bemerkte sie, daß er kein Mann, sondern eine Frau war.

Warum habe ich es nicht gemerkt, es war doch nicht dunkel im Café. Rosine konnte nicht verstehen, wie sie das übersehen konnte. Die Frau drückte Rosines Hand gegen ihren Busen und ihren Bauch, die weich, kühl und etwas feucht waren. Rosine suchte dort etwas, an dem sie sich festhalten konnte, aber es gab nur eine unbestimmte Menge Fleisch und sonst nichts. *Wie heißt du?* Rosine stellte ihr eine etwas unpassende Frage, weil sie bei ihr sonst nichts festzuhalten fand als ihren Namen. *Jasmin,* antwortete sie, also sie ist keine Süßigkeit wie ich und meine Freundinnen, Candy und Madeleine, sondern Tee –also Flüssigkeit–, und in der Tat fing Jasmins Haut an, sich in eine Flüssigkeit aufzulösen. Jede Stelle, gegen die sie Rosines Finger drückte, wurde feucht, nicht nur zwischen den Beinen, sondern auch zwischen Brüsten, zwischen den Lippen und ...

Rosine weiß nicht mehr, wie es geschah: Sie saß mit Jasmin zusammen in dünnen Schlafanzügen am Eßtisch und sie tranken Orangensaft sie zwei kleine Mädchen. Alle Säfte sind schon aus den Körpern hinaus geflossen, und sie brauchen einen Nachschub. *Wir müssen ins Bett,* sagt Jasmin, *es kann sein, daß meine Mutter irgendwann hineinkommt. Sie ist zur Zeit hier bei mir zu Besuch. Aber du brauchst dir keine Sorgen zu machen. Sie hat gar keine moralische Einstellung. Außerdem wirst du ihr gefallen.* Dann lachte Jasmin kurz. Ihr Lachen wirkte auf Rosine fremd.

Sie gingen ins Bett. Das Bett war sehr breit: sie lagen mit Distanz, bis Jasmin ihre Arme zu Rosine streckte und sie umarmte. *Ist dir nicht kalt?* fragte Jasmin, als ob das der Grund wäre, Rosine zu umarmen. Rosine antwortete *Nein.*

Jasmin steckte ihre Hände in Rosines Hose und sagte, *Wenn dir nicht kalt ist, dann zieh dich aus.* Rosine wehrte sich, aber Jasmin war stärker. Als Rosines Unterleib seine Hülle verlor, hörte sie jemanden ins Zimmer eintreten. *Das ist meine Mutter,* flüsterte Jasmin. Die Schritte näherten sich. Jasmin drückte Rosines Augen gegen die eigene Schulter, bedeckte Rosines Kopf mit der Decke und hielt ihre Arme fest. Rosine konnte nichts mehr sehen, aber sie spürte, daß sich jemand hinter ihrem Rücken auf das Bett setzte. Jasmins Mutter? Sie sieht jetzt bestimmt meinen nackten Unterleib von hinten. Keine Mutter würde so etwas normal finden. *Mutti, das ist meine neue Freundin Rosine, sei lieb zu ihr,* sagte Jasmin in einem ernsten Ton, der etwas künstlich klang. Die Mutter antwortete nichts. Bald fingen drei, vier Finger der Mutter auf Rosines nackten Backen einen Steptanz an. Zuerst vorsichtig, dann mutig. Rosine hielt den Atem an. Sie konnte nichts sagen und hatte ein schlechtes Gewissen. *Jasmins Mutter will mich bestimmt wegen meiner Unmoral bestrafen.* So unsinnig dieser Gedanken ihr erschien, konnte sie ihn nicht vergessen. Bald kroch einer dieser Finger in das Tal hinein, wahrscheinlich um nachzuprüfen, ob er dort einen Beweis für ihre wollüstige Begierde finden würde Ja, er fand genau das, was er suchte: Die Flüssigkeit, die aus dem Tal hinauflief. Der Finger verteilte diese Flüssigkeit gleichmäßig auf die Oberfläche der Backen, bis die ganzen Backen naß wurden. *Mutti, bestraf sie bitte nicht, sie kann nichts dafür, wenn sie feucht wird.* sagte Jasmin.

Rosine konnte sich vor Schamgefühl nicht umdrehen und ins Gesicht der Mutter blicken, obwohl Jasmin sie nicht mehr festhielt. Bald wurde etwas weiches, warmes gegen Rosines Backen gedrückt. Es fühlte sich an wie ein männliches ... das kann aber nicht sein.

Das weiche wurde langsam hart und versuchte, zwischen Rosines Schamlippen einen Platz zu finden. Rosine bewegte ihre Backen heftig, um das zu vermeiden, und fragte leise: *Jasmin, warum hat deine Mutter* ... Rosine konnte die Frage nicht zu Ende formulieren, weil der Satz ihr zu absurd vorkam. Jasmin lachte kurz aber laut und streichelte Rosines Wange.

Rosine tastete mit ihrer frei gewordenen Hand nach dem Lebewesen, das hinter ihr lag: das war eine Mutter ohne Busen, eine knöchige Mutter mit kurzen Haaren und langem Bart! *Jasmin, warum hat deine Mutter einen Bart?!* Jasmin antwortete sofort: *Damit sie einen Bart von Stroh machen kann!* und öffnete Rosines Beine weit auseinander, damit die „Mutter" ihre Arbeit leichter fortsetzen konnte.

Rosine konnte nichts mehr denken und verstehen. Jasmin lachte wieder laut.

Aber ich weiß Rosine, daß du alles sofort erkennst, wenn es hell ist. Laß es doch heute bei uns dunkel sein, damit wir dich genießen können. Plötzlich bekam Rosine Angst vor Jasmins Stimme, die sich wie ein Wind anhörte. Rosine befreite sich von den beiden, sprang auf, und lief zur Tür. Neben der Tür suchte sie tastend den Lichtschalter. Als sie ihn fand und drückte, wurde das Zimmer auf einmal so hell, daß es sie blendete. Die beiden Menschen waren nicht mehr im Bett: sie sind im Licht verschwunden. Stattdessen sah Rosine überall an den Wänden die gleichen Bilder, auf denen zwei Menschen gemalt sind: eine männliche Mutter und ein weiblicher Vater. Rosine schrie einmal kurz und lief aus der Wohnung heraus.

Fortsetzung folgt

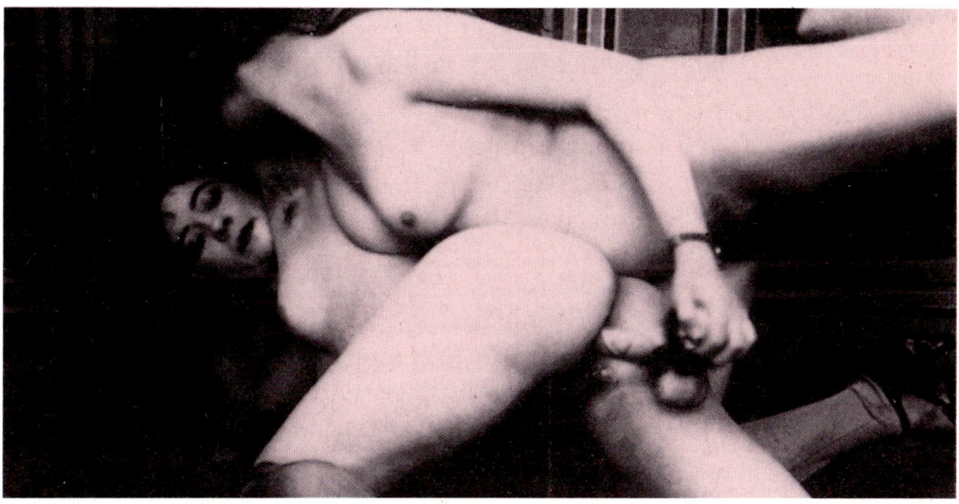

Julia v. Randow

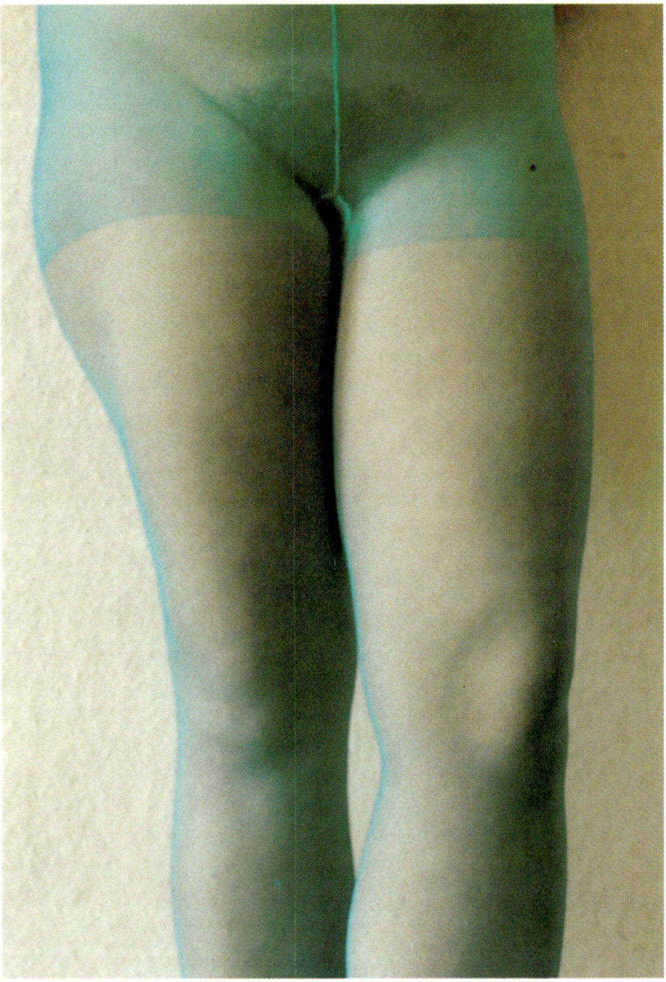

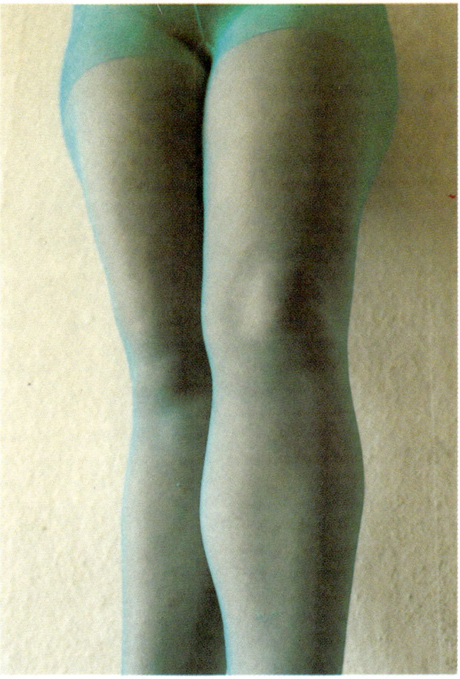
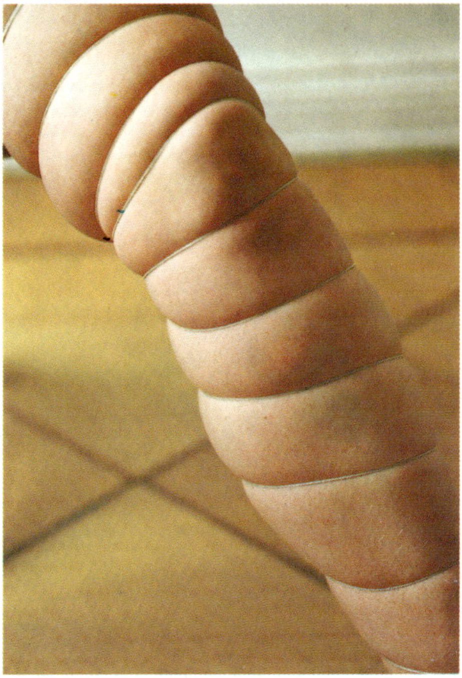
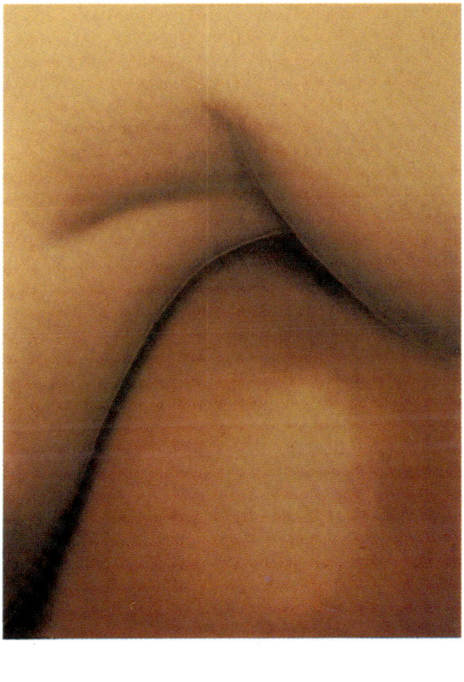
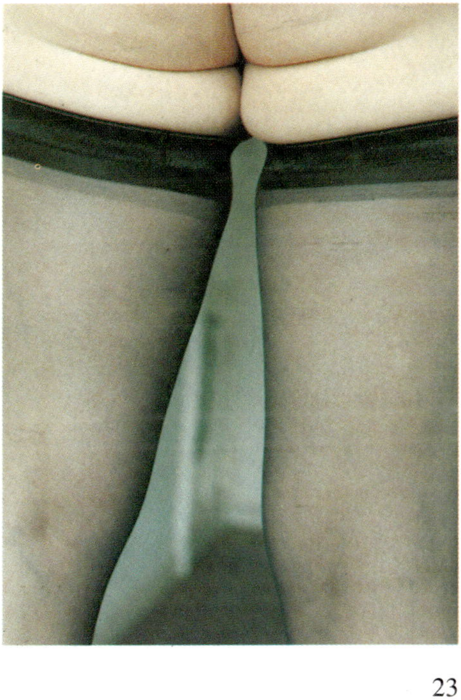

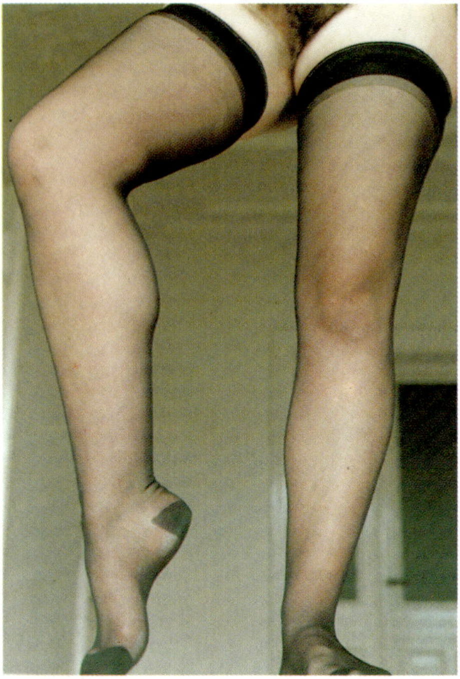

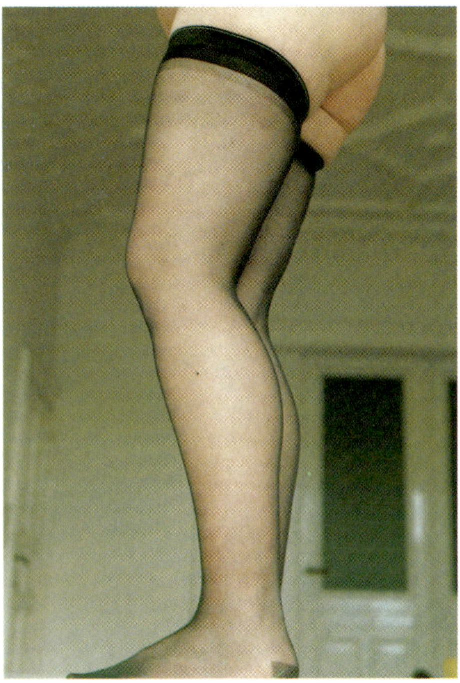
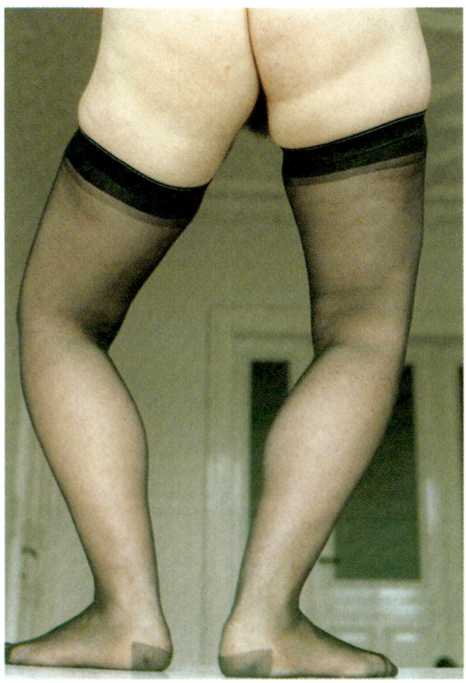

Phoebe Müller

Razorbladelady oder die Gezeiten des Begehrens

Sie kommt mit einem Arm voll Astern ins Zimmer. Sie durchquert den Raum. Sie sagt „Laß uns das Spiel mit den Klingen spielen", und ich weiß, was sie meint, schließe die Augen und denke an Herbst.

Die Astern, die sie mir zu Füßen gelegt, sind rostrot, durchsetzt von flackerndem Orange, dunkel an den Rändern, fast schwarz, als seien die Blütenblätter angesengt, und in ihrem Blütenkern brodeln wer weiß was für Farben!
„Wie passend", sage ich, zu den Astern geneigt, und sie lächelt. Wie sie es immer wieder schafft, alles auf den Punkt zu bringen, für jegliche Botschaft das perfekte Symbol zu finden.
Wieder schließe ich die Augen, wieder wird es Herbst um mich. Mit einem rauhen Seufzen lehne ich mich im Stuhl zurück und lasse die Blätter fallen, lasse die Bilder Revue passieren, während sie, ach, diese vertrauten und immer noch mysteriösen Geräusche, umsichtig die Requisiten für unser Spiel vorbereitet. Das Klappern ihrer Absätze über den Boden zieht feine Borten um meine Gedanken gleich Stickmustern.

Frühling war es. Flammend, ach, berauschend. Ein einziger Blumenrausch. Und Blumen sollten es immer wieder sein, die den roten Faden bildeten durch das, was zu unserer Passion wurde, meine süße Gärtnerin. Keine Astern damals, nein, Margeriten, Tigerlilien, die wettflammten mit ihrem Haar, dem roten. Sacre du printemps, das Opfer des Frühlings, das war ich, ihr dargeboten, ein Kannibalenschmaus. Unsere Premiere. Blütenkelche über weißen Linnen, unter unseren Körpern zerdrückt, so klebten sie an schweißnasser Schulter oder blieben als Zierde im zerwühlten Haar. Deine Tigerlilie, deine Frucht, dein Kelch, so üppig, überlaufend. Ich konnte und konnte ihn nicht leeren, so unersättlich ich auch war. Das Schlaraffenland war's. Ich hatte das Maul voll von Brust. Ganze Füllhörner schüttete sie über mir aus, meine Wonne. Das Zimmer erstrahlte von Sonne & Saft.

Dann Sommer. Glutrausch. Wir erklommen die Himmelsleiter mit ausgedörrten Kehlen. Dürstend und dürstend, die Hände zuckend in wilder Gier tanzten einen Totentanz über Rippenbogen. Blutrot mein Inneres, so weich dein Pelz, ewig nass und ewig brennend. Diese Gier in Genital & Hirn. Von Rosen gequält, auf Rosen gebettet, deren bittersüßer Dorn mir die Haut aufriß, da sie sich auf mir suhlte. Ich hatte den Rachen voll Rosenblättern, Dornen im Hintern, ihre Zähne im Nacken. Das Blut rann zäh in die Achselhöhlen, die Beine hinab in die Kniekehlen, wo es sich wie in einer Schale sammelte. Zwischen geschlossenen Schenkeln wartete Dornröschen auf seine Erlösung, welche stets kam, wenn auch nicht prompt, so doch sicher und mit Macht.

Voll von Schreien war er, dieser Sommer, schönen Schreien, roten Rosen &

roher Raserei. Heißer, feuchter Sommer, der du mich heimsuchst, ich erinnere mich an die wunderbare Erscheinung eines Morgens. Meine Lady, nackt bis auf schwarzen Slip, steht in der Küche und schneidet eine Tomate. Glatt gleitet der Stahl durch die rote Frucht. Ich stehe und starre, bis sie sich mir zuwendet, das Fruchtfleisch zwischen den Lippen. Es tropft, sie lacht.

Von metallenem Scheppern aus meiner Träumerei geschreckt, öffne ich die Augen. Mein Blick verfängt sich im kristallnen Muster eines Weinkelchs, den sie mir gereicht hat. Kunstvoll geschliffen wie er ist, reflektiert er das Licht ganz allerliebst, und ich seufze. Das Seufzen eines Nostalgikers. Ich senke den Blick ins Rubinnass, als könne ich dort die Zukunft lesen. Ich führe ein Dandydasein denke ich, und schmunzle vor mich hin.

Kristallgläser, alter Wein, klassische Partituren und das Spitzenhemd mit den weiten Ärmeln, welches meine Dame mir zu tragen befohlen hat. Dandytum & Schwarzromantik bis an die Schmerzgrenze. Mein Unbeschäftigtendasein kommt dieser Existenzform entgegen, denke ich zufrieden, während ich das Glas an die Lippen führe, während sie weiterhin ihre Kreise zieht im Raum, um ihr Netz zu spinnen.

Dann wurde es Herbst. Die dunklen Vögel begannen ihre Kreise zu ziehen. Der Sturm nagte am Gerippe unserer gläsernen Harmonie. Es dämmerte nun

früh. Die Astern, die du ins Haus brachtest, röchen nach Friedhof & Verdammnis, beklagte ich mich, doch insgeheim verfiel ich ihrem morbiden Charme und ihrem scharfen, ein wenig welken, doch durchdringenden Geruch. Ihrem Geruch. Dieser Herbst sah mich auf den Knien, der Erde zugewandt. Der Herbst entblößte, entlaubte mich. Nackt war ich, endlich nackt, und preisgegeben den schwarzen Vögeln, dem Sturm, ihrem schwarzen Blick. Das Laken dunkelbraun nun, dein Körper entschlossen unter klaffendem Mantel aus schwarzem Leder. Dein Körper, von welchem ich in jenen stürmischen Tagen das Geschlecht nur in Augenhöhe hatte.
Nicht mehr die Lippen des Mundes, sondern den Pelz. Raubgierig, dunkel, ver-

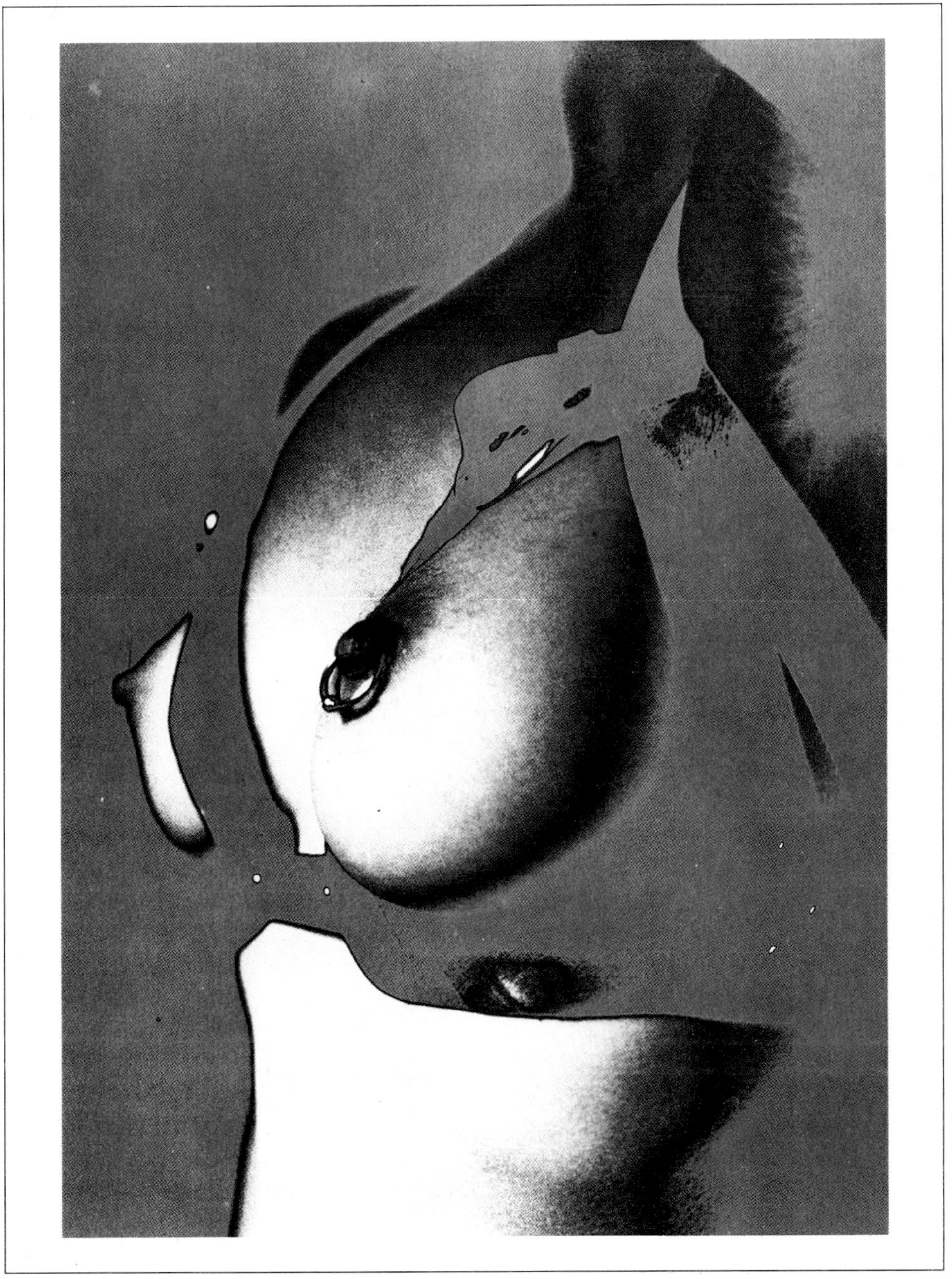

lockend grausam, vereint mit dem berauschenden Geruch welker Astern. Deine harte, herbstliche Hand, meine Dame, ich entlaubt auf den Knien, jeglicher Pose entledigt. So wurde es Winter. Einen weißen Seidenstrumpf, durchbrochen und von Spitze, zog sie sich über den Fuß, die Wade, langsam, ganz langsam, entsetzlich langsam, übers Knie, den Schenkel, bis zu der gewissen Höhe, wo sie ihn mit einem Klicken festschnallte an den seidenen Gürtel der Schneekönigin. Das Fleisch zwischen Strumpfrand und Schlüpfer von Gänsehaut überzogen wie von Frost. Das Bein meiner Lady, bedeckt von üppigem Flaumhaar. Ebenfalls weiß ist der Schuh aus Lack, der spitze, in welchen der Fuß nun glitt, mit diesem unnachahmlichen Geräusch, das nur ein nylonbestrumpfter Frauenfuß vollbringt. Sie hob die Hand, ein Klimpern wie von Eiszapfen ging mir durchs Gebein, ihre Armketten rasselten. In ihrer Hand, wie ein Schneekristall, schimmerte Metall. Die Klinge.

So weiß wie Schnee, ihr Bein, ihre Spitze, meine Brust. So rot wie Blut, ihr Geschlecht, ihr Mund, die Tropfen, welche über meine Brust perlten, als die Klinge eintauchte. Schwarz wie Ebenholz die Pupille meiner Dame, das Begehren, das sie aussandte, das Haar zwischen meinen Schenkeln, das die Blutstropfen fing.

Eine weiße Lilie legte sie mir in den Schoß, danach. Ganz langsam tat sie das, ganz still. Die kühle, glatte Haut der Blüte an meinem heißen, geschwollenen Fleisch, auf den blutigen Laken, den schwarzen. Ihr Strumpf zeigte sich rotgeädert, wo sich mein wunder Körper gerieben, ihre Lippen verschmiert, da sie an meiner offenen Brust gesaugt.

Die Klinge in ihrer Hand im weißen Handschuh, die Stille des Raumes, in der Kälte dieser Nacht, im Schneepalast der Eiskönigin, wo dieser Sog uns tiefer und tiefer zog.

Mit einem Klingen stelle ich das Glas, das nun leere, zurück, die weiten Ärmel meiner Bluse eines englischen Landlords vibrieren. „Es ist angerichtet, Mylady", sagt sie schelmisch und kommt auf mich zu. Gepanzert in ein schwarzes Korsett,

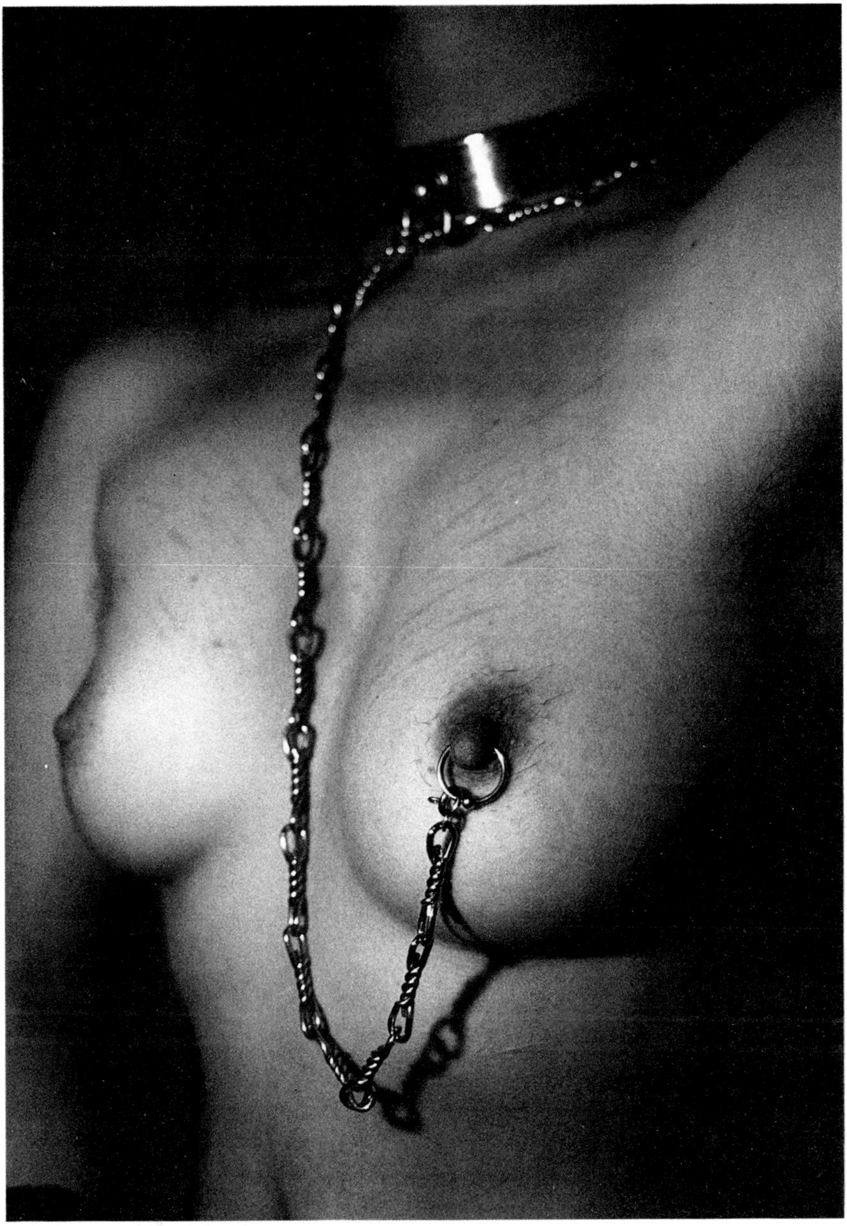

eine martialische Kokotte. Ganz in Seide geschnürt lockt mich ihr schwellendes, üppiges Fleisch, die runden Muskeln über dem filigranen Muster der Spitze. „Es ist angerichtet, mein Lamm", sagt sie mit süßer Ironie und heißt mich aufstehen, und ich, unsicher schon vom Wein und einem jähen Zucken in verborgensten Gefilden, tue, wie mir geheißen. Mein Fuß im neckischen Schnürstiefelchen malträtiert Asterköpfe.

Es ist dämmrig im Zimmer, ein Kerzenleuchter schimmert, ihre Brust, stolz und aggressiv, die sich mir engegenreckt, schüchtert mich ein. Dazwischen das dunkle Tal in niegeahnte Köstlichkeit.

So laß ich den Kopf nach hinten fallen, daß die Haut sich straff über die Kehle spannt. Mit dem Fingernagel fährt sie langsam diesen zarten Grat entlang, um mich zu entzünden, leicht, als risse sie ein Streichholz an, und schon steh ich in Flammen, schon wieder ist Herbst. Gerade noch sehe ich hinter halbgeschlossenen Augen wie einen Lichtblitz die Klinge, welche die Luft zerteilt, dann teilt sich mein Hemd. Es klafft. Da ist meine Brust, da ziehen sich die feinen Narben vergangener Spiele, da senkt sich ihr Blick wie ein Habicht auf mich nieder, stößt zu, erlegt mich, während ich, ganz Wollust & Demut die Beine öffne, damit sie mir an den Pelz geht, wobei ihre andere Hand gleichzeitig die Klinge mit zärtlichem Schnitt ins Weiche senkt. Der Sog hat uns, er zieht uns hinab. Rinnsale fließen, verschiedenster Art, und der Herbst findet seine Vollendung.

Simone Gaus

Amsterdam

Ich habe sie für Dich neonweiß ausgewählt. Blond und ordinär mit hochgebundenen Titten.
Unsere Blicke waren sich durch das Schaufenster begegnet, bevor ich Dich zu ihrer Tür führte.
Ich habe Dich zum ficken abgeliefert.
Ich warte draußen. Laß mich in der Zwischenzeit von einem Fremden befingern und mir eine Ladung in die Möse spritzen.
Als Du wieder herauskommst,
führe ich Dich zurück.
Ich erzähle Dir von dem Kerl und wie gut es mir getan hat. Lache.

Du ahnst, was Du nun zu tun hast.
Leck mir die Fotze, Du Ficksau!

Felicitas Kempff

Gabi Kutz

Die Hütte

Kein Strom!
Nur jetzt nicht in der dunklen Wohnung bleiben, vor allem, die Musik fehlt. Zurückgekommen und euphorisch, überdreht. Am nächsten Tag beginnt der Abflug. Der absolute Moment ist der, den man zum vollkommenen Augenblick erhebt.
Fast ist er wie das Nichts, nicht faßbar, doch ist er erkennbar, das Ideal ist sichtbar geworden, einen Moment lang hat es sich gezeigt, dann ist es weg, wie ein Spuk, eine Erscheinung, für immer dahin.
Zurück in eine andere Welt, die Begebenheit bleibt vollkommen, durch nichts geschmälert, eher noch bereichert in der Phantasie, das Ideal weit weg, absolut, ohne Fortsetzung.

Unermeßlich das Loch, wer hätte geahnt, daß es so tief werden würde. Ein bodenloser Abgrund, tief, dunkel und lähmend.
Was ist Beschwingtheit?
Schwere lastet tief, auf dem Herzen, dem Gemüt, erstickt alle Regungen, jede Bewegung wird zur unüberwindbaren Festung.
Der Pinsel ist so schwer.
Die Finger sind so steif, zusammengewachsen, sie gehören nicht zu mir.
Mechanisch. Alles mechanisch. Der Körper mechanisch, dumpf der Kopf, eigentlich bin ich ein Roboter, irgendwelchen Signalen folgend.
Hier bin ich nicht. Ich will nicht hier sein. Alles wehrt sich hier zu sein.
Allein. Ich muß mich alleine retten.
Wieder. Immer wieder. Leben. Wiederbeleben.
Meine Existenz leben.
Nur existieren, die Minuten spüren, die Sekunden durch die Finger rinnen sehen, fliehen, durch die Seele rinnen, spüren, sehen die Zeit. Nichts ist. Nur jemand der sich selber lebt. Angekommen in dieser Welt, niemand sonst da.
Reden. Wozu?

Ich sah ihn und wußte, daß er es ist und doch weiß ich nicht, wer es ist.
Der ist es nicht, auch der nicht und der auch nicht. Überhaupt erkenne ich ihn nicht wieder, nicht im Café. Ich erkenne ihn nicht wieder und wieder nicht, trotzdem bringt er mich nach Hause.
Jetzt finde ich ihn nicht mehr. Meine Zeit hier ist begrenzt.
Immerhin glaube ich zu wissen, was seine Beschäftigung ist, wo der Ort...
Geduld!
Natürlich ist er nicht da, wieder nicht im Café.
Den Ort wechseln, sinnloses Unterfangen?
Die Situation ist etwas abwegig. Sie stehen in hundert Metern Entfernung. Sie beobachten mich und ich beobachte sie. Mehrere sind schon vorbeigegangen. Sie sehen alle gleich aus. Ich erkenne ihn nicht. Ist er dabei?
Ich sehe nichts.
Es ist der richtige Ort den ich auswählte, doch wieder sehe, erkenne, weiß ich nichts.
Ortswechsel.
Zu Gast bei alten schwarzen Männern.

Auch hier könnte ich bleiben.
Saddle down, your old enough to be married and get children. Meinen sie. Nehme ich vorlieb mit dem Meer, dem Sand und der Sonne, winde mich hinein, gebe mich der Phantasie hin, mühelos, denn die Sonne ist ein ausgezeichneter Liebhaber, fast wäre es, als würde sie alle Wünsche befriedigen.

Ich sah einen, aber das war eine Vision. Den würde ich wiedersehen, die Hütte in den Bergen bauen, mit ihm leben dort, die Nacht der Liebe widmen, dem Tag die Sonne, die Bilder am Strand. Und sonst gar nichts. Nichts mehr wollen.
Ich bin bereit.

Soviele von ihnen. Und jeden Tag sehen sie anders aus. Mit Mütze, ohne Mütze, alle gleich.
Alle dunkel, alle kann man nicht auseinanderhalten.
Jeden Tag das gleiche Ritual, jeder Tag weist auf das Ende hin, jeden nächsten Tag ist es schon da. Nur die Stunden bleiben noch zu zählen. Ich warte. Ich warte und sehe, sehe hin und kann nichts sehen, kann nichts erkennen.
Ein Gesicht wie das andere, alle wie eins.
Ich sehe ihn nicht. Aber er ist es.
Denn habe ich ihn doch gesehen.
Denn habe ich ihn doch erkannt.
Ich gehe ins Bett. Es gibt nichts mehr.
In Ruhe die letzten Tage verbringen, Ruhe für die letzten Tage, Ruhe vor dem Sturm.
Morgen besuche ich ihn nochmal.

Utopie oder das Absolute?
Auseinanderhalten kann man sie alle nicht. Doch war es im Endeffekt der Richtige denn war es doch immer der Gleiche gewesen. Jeden Morgen die Hütte verlassen und gegangen in die Sonne.
Die Nacht der Liebe, dem Tag die Sonne. Geliebt, nur lieben, zwei Geliebte, der eine dunkel und stark, der andere strahlend und schön. Nichts mehr wollen.
Nichts vergessen.
Nicht denken.
Morgen ist die andere Welt da.

Heute erkenne ich ihn sofort.
Überhaupt kenne ich ihn schon seitdem ich hier bin. Gewußt hatte ich es, aber nicht, daß er es ist. Jetzt ist es einfach. Wir wollen beide.
All das hätten wir früher haben können.
Anyway it isn't to late.
Ob er mich ausführen dürfe? Wir verabreden uns am Petit lou lou.
Auch Ph. läd mich ein, heute.
Er hat Pech, jetzt habe ich ihn ja getroffen. Wieder warte ich, doch diesmal kommt er.
Auch er ist so dunkel wie die Nacht.
Wohin führt er mich?
Damit hatte ich nicht gerechnet, das ist absurd. Doch lasse ich die Situation gelten und mache mit.
Saug alles ein! Das kommt nie wieder, nimm es mit! Vergiß nicht!
Nichts kommt wieder. Wieder nichts.
In dieser Nacht filme ich mich selber.
Ich rede nicht. Kann nicht reden, habe nie reden gelernt.
Aber nicht die geringste Kleinigkeit entgeht mir, in dieser absurden, in einer anderen Welt spielenden Nacht.
Er zeigt sich als hervoragender Begleiter, höflich, mit ausgezeichneten Manieren, galant zu einer Dame.

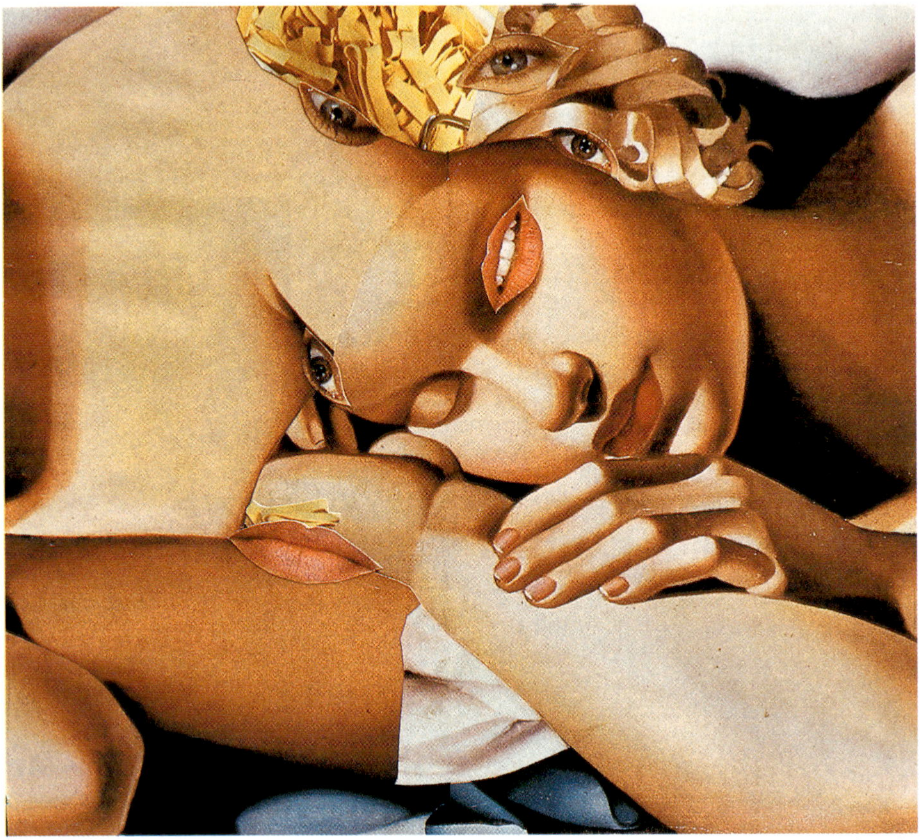

Rabea Graf

Weder ist er Gentleman noch ich Dame, aber das Spiel läuft, vielmehr laufe ich unsicher hinter ihm her, tappsend, täppisch.
Ich weiß nicht, wer ich bin, noch was ich hier mache. Was mache ich hier?
Riesengroße Steine versperren mir den Weg, dauernd muß ich stolpern.
Er führt mich, ich lasse mich führen, ich hefte mich an seine Fersen, achte auf die riesengroßen Steine, will nicht stolpern, will mich fallenlassen.

Er zeigt sich mit mir, er zeigt mich den anderen, ich zeige mich mit ihm, wir zeigen ein anderes Gesicht. Er gewöhnt sich an meins, ich gewöhne mich an sein anderes Gesicht.
Jetzt macht es Spaß.
Die Frau, älterer Verschnitt von gutmütiger Amerikanerin beobachtet uns die ganze Zeit, vielmehr noch beobachtet sie mich.
Wir führen ein Zwiegespräch.
Ob ich wüßte, was ich täte?
Ja.
Kind, wie kannst du nur! So nett, so hübsch und dann mit so einem.
Ein sicheres Lächeln, ein wenig hochmütig, stolz, durchzieht mein Gesicht.
Sie hat keine Ahnung.
Er nimmt meine Hand, behutsam.

Genieße ich den Abend, fragt er.
Ja.
Especially by me?
Ja.
Er küßt meine Hand.
Die Frau zieht sich in sich zusammen, sie kann ihren Blick nicht abwenden, sie kann es nicht fassen. Ich lächele ihr zu.

Gebe ihr zu verstehen, es wäre mein eigener Wunsch, ich würde nicht gezwungen, es geschieht alles auf meine eigene Veranlassung. Er ist nur schwarz, das ist alles.

Aber er ist nicht der böse schwarze Mann, es ist nicht schädlich, es ist nicht schändlich. Sie will nicht verstehen.

Jetzt will sie mich gar bekehren.
Ich lache, lache laut.
Er fragt, ob ich einen guten Witz gehabt hätte. Ich verstehe.

Das ist kein Spiel.
Es ist eine Provokation. Ich mache mit.
Ein Lokal gegen das nächste, ein Gesicht gegen das andere.

Nie werde ich sicher.
Sicher ist gar nichts. Unsicher, Unsicherheit den ganzen Abend. Aber ich mache mit, aber es gefällt mir.

Er erweist mir einen Dienst, ich erweise ihm einen Dienst.
Liebesdienst.
Vorgeführt, ausgeführt, zum erstenmal werde ich geführt. Die Szenerie der schönen Leute, deren Blicke sich nie abwenden, nie wende ich meinen Blick ab.
Auch den Wahlkampf lassen wir nicht aus, die wogende, schwarze Masse ist eher skeptisch, die Blicke auf uns.

Gerichtet! Gezeigt, geführt.
Immer noch tappsend, täppisch, stolpernd.
Nur mit dem Arm um meine Schultern werde ich sicher, nur mit dem Arm!
Hand in Hand.
Was soll ich reden?
Nichts.
Schüchtern mit dem großen, schwarzen Mann, der mich galant verführt.

Denk nicht!
Vergiß nicht! Genieß es, nimm es einfach mit.
Wir fahren zu ihm.
Die Hütte. Endlich!
Habe es geahnt, gesehen, gewußt.

Der schmale Pfad führt zu ihr, die letzte, die kleinste ist es. Davor ist der Taubenschlag, der Hühnerstall.

Es sind nur ein paar Quadratmeter, es ist nur ein Bett. Und der Ventilator, der die ganze Nacht nicht ruht, mein Rücken wird kalt, der gettoblaster, die Reggaemusik, die Poster, ein Spind.

Und zweimal Garderobe.
Hinter dem Hühnerstall, dem Taubenschlag, da liegt das Glück.

Die Räucherkerzen an den Enden des Bettes vertreiben die Mosquitos. Niemand stört uns, nie hätte uns jemand stören können.
Diese Nacht ist der Liebe gewidmet, diese Nacht der Liebe, geliebt in dieser Nacht.

Und keine Sekunde läßt er mich los, er dreht sich mit mir, er hält mich, wir halten uns.

Halten wir uns?
Nie lassen wir uns los. Wir wissen es beide.
Halte die Sekunden fest, diesen Augenblick, halt ihn!
Vergiß nicht! Denk nicht! Laß dich fallen!

Es sind nur zwei Körper, es sind nur zwei Welten, es ist alles anders, nichts ist, es sind zwei Köpfe, zwei Gehirne, vier Arme, vier Beine, eng umschlungen, niemals läßt er dich los, er küßt ganz anders, er denkt ganz anders, er ist nicht anders.

Was sollen wir reden?

Denk nicht, halte ihn fest, nimm seine Hand, er hält dich die ganze Nacht.

Es hat begonnen, doch ist das Ende schon da.

Jetzt noch nicht, schlaf nicht, wenn du schläfst, ist es vorbei.

Ein Licht in der Hütte, es tastet sich ganz vorsichtig heran. Er schläft auch nicht, nie hat er geschlafen, er hat nicht schlafen können.

Widmen wir auch dem Morgen die Liebe.

Jeden Morgen Liebe, diesen noch und noch einen.

Vergiß nicht! Denk nicht! Halte ihn! Fest.

Laß dich los.

Geräusche.

In den anderen Hütten erwachen sie auch.
Aufstehen, doch halten wir uns fest.
Wozu reden?
Wir gehen hinaus in die Sonne.
Sie begleitet mich auf dem Weg.
Er weiß wo ich wohne, noch.
Ph. muß seine Segeltour alleine machen, diesen Morgen schlief ich nicht auf der Couch, diesen Morgen möchte ich nicht missen, diesen nicht.

Ich liege im Sand und er ist da. Er wäre immer dagewesen, doch wußte ich nicht, das es so nahe ist.

Die Zeit ist um, es gibt keinen Kompromiß, nur ein paar Stunden noch.
Er sagt kein Wort, auch ich kann nicht sprechen, nicht reden, nichts sagen, nichts gibts zu sagen, nur die Augen, die sprechen. Und die Sonne, die unbeirrt ihren Weg geht. Er schließt die Bretterbude Beach Bar.
Er weiß wo ich wohne, noch.
Nicht denken, nicht hoffen, vergiß nicht!
Käme er jetzt nicht, ist alles in Ordnung.
Denke an die lange Reise, denke an deinen Weg, denke daran, daß du stirbst.
Ph. kommt von der Segeltour, doch auch die letzte Unterhaltung ist ihm verwehrt.

Da kommt er, auch er ist müde. Wir fahren ins Dorf. Er hält mich, fast wären wir eingeschlafen, fast wäre ich dageblieben.
Die Hütte.
Noch einmal sehe ich sie, noch einmal, noch ein letztes Mal. Das Bett, der Ventilator, die Poster, der Hühnerstall, den Taubenschlag, das Glück.
Der Spind, die Mützen, die schwarze Haut, die Hand, noch eine Nacht, diese Nacht, noch einmal das tastende Licht, noch einmal Liebe, ein Mal noch.
Aber ich werde wach, sowieso konnte ich nicht schlafen, auch er wird wach, sowieso konnte er nicht schlafen.
Der Weg, die Sonne, gegangen aus der Hütte in das Licht. Die Nacht der Liebe, dem Tag die Sonne, dem Geist das Leichte, einfach nur sein, jeden Tag für sich, jeden Tag für mich.
Wir holen die Koffer.
Wir sind am Flughafen.
Es ist vorbei.

Rivka Jaussí

vom körper&reiben

vag: in
..ah! haut
falten&flor
g--e--l--i--e--b--t--e!!!
aus zärtlichkeit und schoß
und naßfeuchten schenkelgrübchen
trieb: an
: dir
prall&auf geil
erovibrig
meine lingua auf deinen liebespfad
im lust&wandel
der höhlen
und hautlandschaft
laß dich
f-f-fassen
körper und mich reiben

Elisabeth Weller

Wegsein

In deinen Schuhen
beiläufig Drängen
an mir just abhanden

Blut ist im
Licht knallt und kippt keiner aus

Rivka Jaussi

lady cool

sie fragt sie
soll ich bei dir bleiben
wenn du willst
antwortet sie
und dann sagt sie ihr noch
ich liebe dich

Sammlung: Die Praxis

Gabriele Schmelz

Hingabe

Seine Hände sind das einzige,
was mich erreicht von ihm.
Unter seinen Händen
zittert mein Körper leicht
wie die Pappel vor meinem Fenster.
Unter seinen Händen
genieße ich meinen Körper
mit Hingabe.

Der Orgasmus des Geliebten

Deine Haut über den
zuckenden Muskeln
Deine Augen die nichts mehr sehen
Deine Zunge die starr wird
in deinem Mund
Deine trockenen Lippen
Der Schweiß auf deiner Stirn
und in den Achselhöhlen
Deine weichen Hände die reglos werden
Die Erstarrung deines Körpers
Dein Schrei

Totalität

Wenn jemals jemand bereit ist
zu mir ein Verhältnis zu haben
wie ich es habe
zu meiner Zungenspitze
dann soll er mir sagen
wie das Schwarze
unter meinem Fingernagel schmeckt.

Janus Kadel

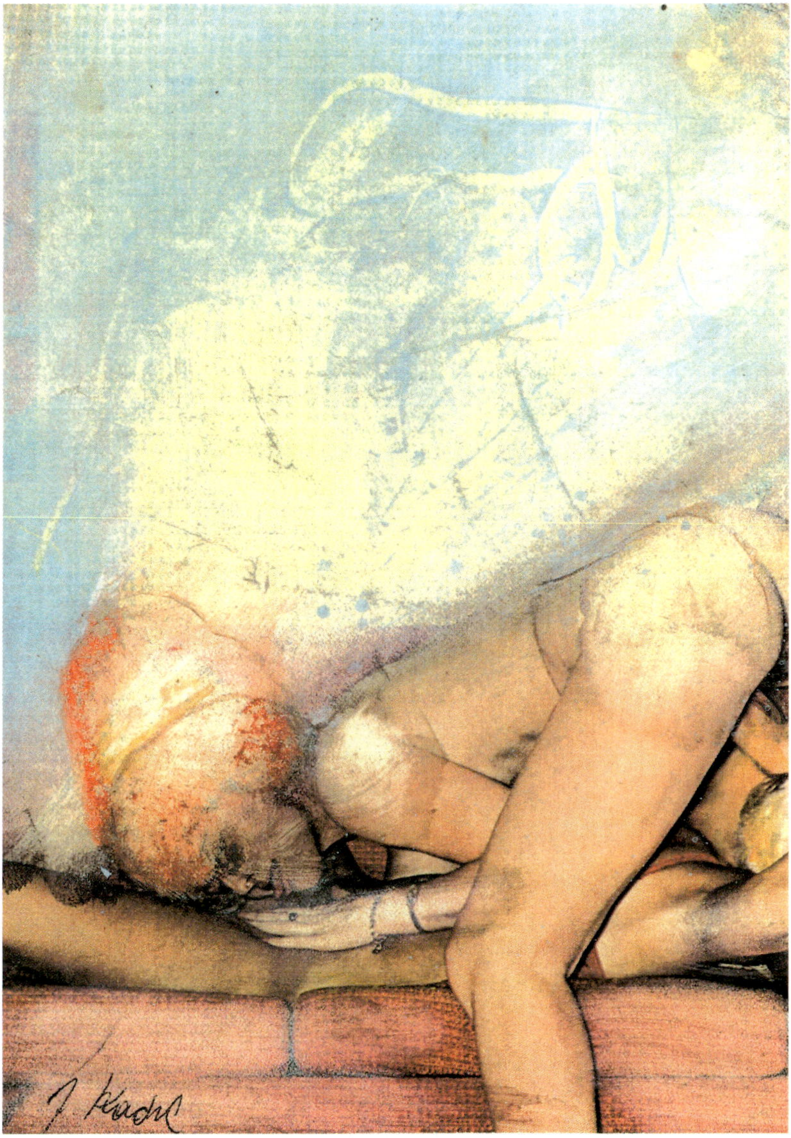

weiblicher akt

die schönsten frauen
liegen in marmor
& im blitzlicht
der stoffe

sie liegt & wartet
berstet & liegt & wartet
liegt & läßt sich liegen

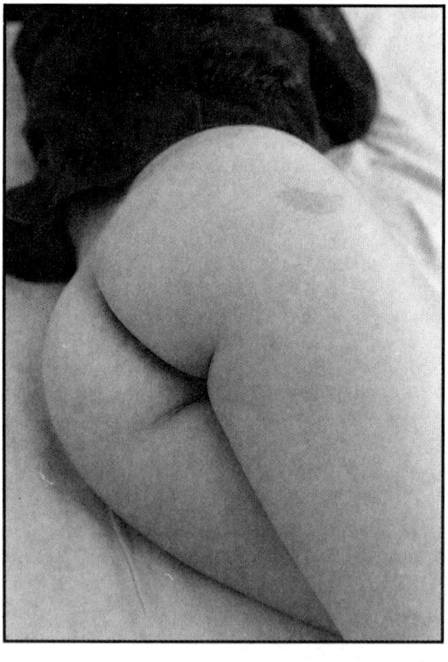

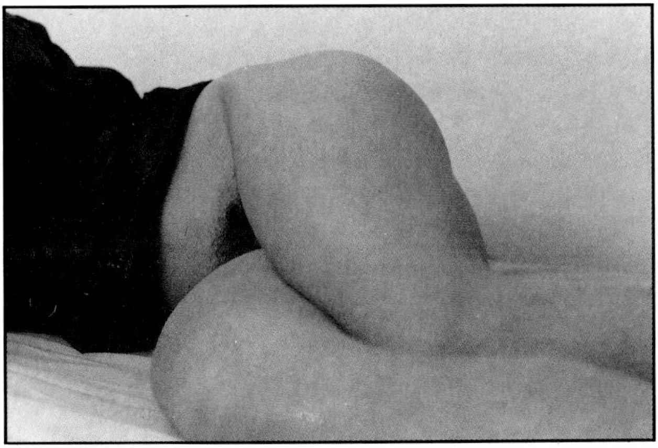

bei den frauen steht die lust nicht punkt

sie ist
in ihrem marmor
ihrem saft
verdunstet
saugt sich voll
berstet & zerfließt

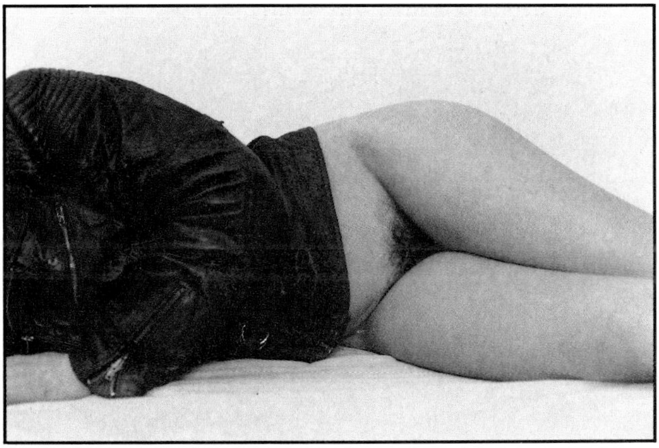

Kurt Held

Wie ich dich mag

Laß uns ein paar Wolken klauen,
die hängen eh nur rum wie Farben-
kleckse.
Wir springen über jeden Zaun
und woll'n verrückte Sachen machen,
vielleicht auch mal ein Luftschloß bau'n.

Dann laden wir uns liebe Gäste ein:
Sandmännchen hat schon seinen
festen Platz,
Seeräuber, ganz verweg'ne,
natürlich nur mit Schatz.
Snoopy kommt mit Charly Brown vorbei
die Musketiere – alle drei.
Dazu gehört schon Mut
und noch ein paar Verrückte
mit Pappnase und Hut.

Wir klau'n im Supermarkt
ne' Flasche Billigwein,
schmuggeln uns ins Kino rein,
weinen, lachen, knacken Popkorn
haufenweise,
küssen, daß die Fetzen fliegen
und die Leinwandhelden
kalte Füße kriegen.

Du meinst, ich kann dich
ruhig vernaschen –
ich bin so frei.
Du knöpfst die Bluse auf,
versprichst mir hoch und heilig:
„Gehört jetzt ganz allein uns zwei."

Glaub' mir,
ich lieb' auch deine Beine,
wenn du so schweinisch schön,
Pipi machst im Steh'n
und mich dann auch
noch fragst:
„Hat's wer geseh'n?"

Und liegt dein Höschen
morgens wieder mal vor meinem Bett,
schreib' ich mit roter Tinte
auf deinen Bauch:
„Selbst wenn du schläftst, mag ich dich
auch."

Und weh' ich hör dich sagen:
„Mein Schatz du spinnst!"

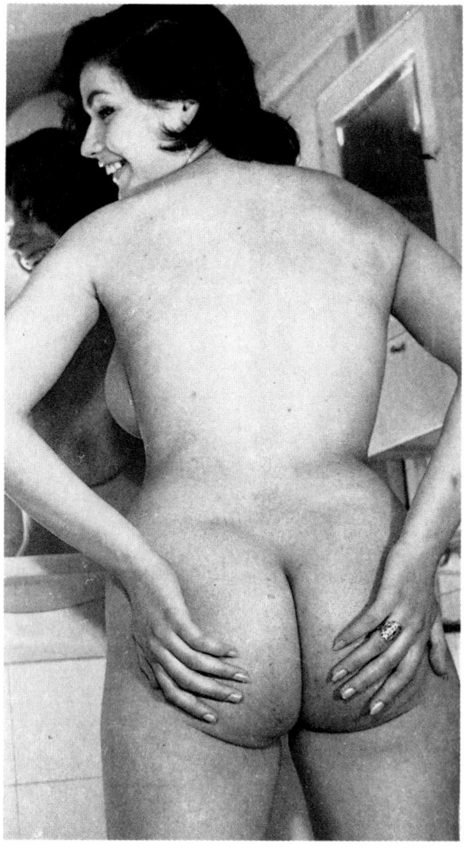

Fritz Widhalm

WARUM GEHT ER NICHT

01

warum geht er nicht auf heißen sohlen ins schlafzimmer sein fuß rutscht tapfer bis zur tollkühnheit die er in seinem mund hält so was dummes eine sekunde eine minute ihm kommt der gedanke das geräusch eines fensters läßt keine männer in der leere sieht nicht so aus eine kleine brise weht was denn was denn und an den rändern mit fransen versehen falls es nicht abscheulich ist er überlegt nicht mehr ich habe die beine bis zum kinn im bett die kerze ausgeblasen er sucht nach witzen mit dumpfer stimme und draußen läuft der mond

02

er hat ein wenig getrunken um einen kater zu vertreiben damit das blut keine flecken macht und das ärgert ihn er bewegt sich ich glaube ich bin das alter bursche befreit jetzt von der sorge ohne die flamme zu löschen ach der beruf mit frischen lippen verkostet läßt puder und schminktopf er sieht aus wie ein entschuldigen sie bitte eine tasse tee ein flottes leben für die augen und ich habe keine geduld ein junger mann vom lande wobei er sich auf die lippen beißt zum teufel ich komme nicht mehr warum zum teufel obgleich ich verdammte lust du wirst den geist aufgeben und deine perücke ich verstehe du liebst mich nicht sehe ich aus wie ein mann er wird weinerlich ich wußte es doch zehn elf zwölf knalle ich ihm eine

03

die bedeutung des wortes ein merkwürdiges buch dunkel und unbekannt werde ich vor deinen augen die brutale kraft für die erhaltung der zukunft erobert zu werden komm ich höre komm ich werde komm und du wirst am gleichen tag nicht zweimal hintereinander heute nachmittag gegen vier uhr absolut zufällig in etwa einer halben stunde er macht mir natürlich komplimente ich habe kleider die an der seite ich habe eine sehr große anzahl die nie geschrubbt werden es ist schon so lange her und bewegt den fuß wie zum metzger an der ecke achtundvierzig stunden wie oben beschrieben und daß er verschiedene und daß die nicht gebraucht werden

04

es hat den anschein er fühlt sich durch seine körperhaltung außerdem hat er das gefühl daß er sehr gute füße hat er sieht sie verzweifelt an wie ein mann im grunde ist es ihm gleichgültig sonst nichts erklären seine augen außerdem ist es ein witz ich mache mich aus dem staub wenn ich die wahl zwischen frechheit mein lieber immer noch unbeweglich

05

er steht plötzlich an der biegung und ich habe verteufelt gelitten ich war ganz dick als wäre was in der schublade ich will dir die ganze geschichte erzählen es tut nicht weh mein schätzchen unerschütterlich so warte doch ich hab' dir die geschichte doch schon mal erzählt jedenfalls bin ich drauf reingefallen du lauschst wohl an den türen wenn du nicht an schweinereien gedacht mein kleiner goldschatz und das an einem solchen tag sprachlos oh

06

aber ja sag ich doch du hast ne ganz hübsche brust das ist so was wie ein dicker fisch greife ihn aber nichts kaputtmachen na wer ist darüber froh was soll das heißen man kommt doch nie dahinter aber du hörst mir ja gar nicht zu du mußt mich sofort lieben hör mal du wolltest ich bin gern bereit dich zu heiraten

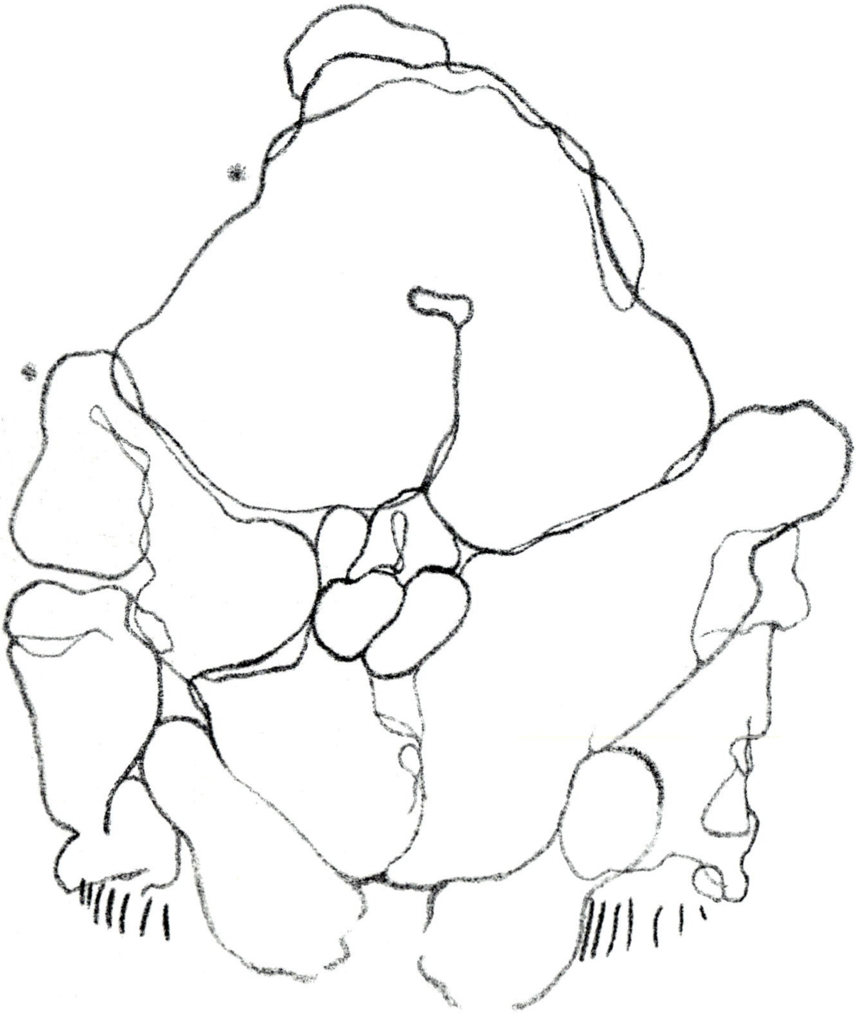

Fritz

außerdem ist es mir gleichgültig daß ich solide lenden habe jetzt wird es höchst interessant ich entblöße mich und er ist nicht besser als die andern eine hand wäscht die andere aber den mund mein kleiner dummkopf mein speichel ist das dein ernst ich habe große angst ganz ruhig

07
aber wenn ich mir's recht überlege daß ich herrlich gebaut bin nun er hat sich sicherlich nicht gelangweilt der himmel war maßlos blau ich dachte an nichts ich bin schöner als du ja das verschlägt dir die sprache davon bin ich überzeugt immer noch lächelnd er geht hinaus

08
und wenn ich schweige nichts natürlicher nichts einfacher ich werde geliebt und nachts sind alle türen grau schon wieder ein bruch hör mir doch ernsthaft zu ein schändlicher brei meine füße schlugen im boden wurzeln nach einer stunde und ich habe das zuerst gar nicht geglaubt er knurrte nicht am liebsten hätte ich ihn getötet ich werde nicht hinausgehen fehlt mir mein herz nur keine übertreibung dieses zimmer hat zwei fenster keine übertreibung ich mache das zweite nie auf man könnte meinen vielleicht ist es auch nur diesmal bin ich wirklich schwindlig du liebst mich nicht mehr

---

Barbara Maria Kloos

HEISSE HEXE

Ich hab dich nicht gehaßt,
nur in die Wüste Gobi
gewünscht.

Ich wollte keinen
Mann im Mond. Nur eine Frau
aus Schweiß & Blut für meine
ausgezehrte Fut.

Ein fleisch-
fressendes Herz. Kein Schmerz!
Ich wollte keinen Schmerz.

Nur
Honig aus deiner pißblonden Wabe.

Annette Frick

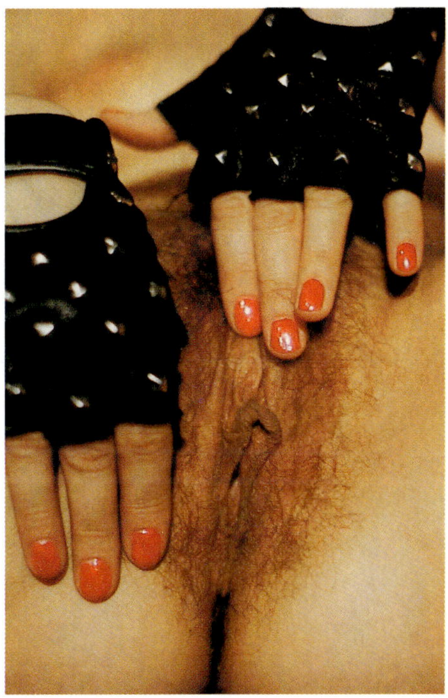

Karen Roth

Hafen

Wenn ich nach Hamburg komme, fahre ich immer über die Hochbrücke in den Hafen. Sich hinauftragen lassen, das Ende eines Traumes, nach 5 Stunden gleichtöniger Autofahrt, Frankfurt-Hamburg, jeden Monat, Frankfurt-Hamburg. Der ganze Hafen schwebt unter einem, ganz Hamburg schwebt unter einem, windet sich. Ich schwebe. Ich könnte schreien vor Glück. Dann sich wieder hinabtragen lassen, hinabgewunden werden, hinein in dieses Hafengewirr. Ich kenne mich nicht aus, ich kenne mich nie aus, ich fahre immer irgendwie weiter. Zoll. Ausgänge. Freihafen. Entlang an den roten Häusern. Entlang an einer riesigen Reihe von Containern, immer weiter, und wieder diese riesige Reihe von Containern, ist es dieselbe? Die Straße wird immer kleiner. Nur Container. Paraquay. Ich weiß nicht, wo ich bin. Vor mir ein Lastwagen, hinter mir ein Lastwagen. Ich fahre mit. Wir fahren über kleine Brücken. Wieder Container. Sie wollen nicht aufhören. Der Lastwagen vor mir biegt ab. Ich folge ihm nicht, fahre geradeaus. Das immer gleiche Hochgefühl auf der Brücke und die immer gleiche Beklemmung hier unten. Weit vor mir ein kleines gelbes Auto. Habe ich nicht schon längst einen Termin. Ich fahre hinter ihm her. Hinter mir ein Lastwagen. Wieder die Container. Es ist dieselbe Straße. Es ist immer dieselbe

Jürgen Hoge

Straße. Ich möchte hier raus. Ich folge dem kleinen gelben Auto, bin direkt hinter ihm. Ich werde ihn nicht wie den Lastwagen abbiegen lassen. Ich bleibe. Das Gefühl des majestätischen Schwebens ist vollständig weg. Ich wollte doch nur diesem Gefühl folgen. Ausfahrt. Vorne steht ein Lastwagen. Es ist sehr schmal. Das kleine gelbe Auto fährt links an dem Lastwagen vorbei, ziemlich schnell. Ich folge ihm. Ein Zollbeamter kommt auf mich zu. Ich halte. Fahren Sie eigentlich immer jedem hinterher? Er deutet auf die entgegenkommenden Autos. Ich fahre rückwärts hinter den Lastwagen. Auch das gelbe Auto wurde angehalten. Ein Mann steigt aus, kräftig, ein Messer an der Seite, wie ein Plantagenarbeiter. Unwillig zupft er an der Gummimatte im Lagerraum seines Kadett-Combi herum. Natürlich ist nichts im Auto. Ich fahre langsam hinter dem Lastwagen heraus, halte in einer Bushaltestelle, studiere meinen Stadtplan, finde nichts. Straßennamen gibt es hier keine. Ich fahre los. Ich werde schon irgendwo einen Straßennamen finden. Das gelbe Auto ist wieder vor mir. Automatisch, träge, folge ich ihm. Ich realisiere im Vorbeifahren noch das Schild Sackgasse und realisiere es doch nicht. Die Straße wird enger. Wieder Lagerhallen, verfallene Schuppen. Wieder Container. Plötzlich stellt er sich quer. Hält an, steigt aus. Ich versuche zu wenden. Die Straße ist zu eng. Er kommt auf mein Auto zu. Öffnet die Tür, faßt mich am Arm, zieht mich hoch. Warum fährst du immer hinter mir? Ich schaue auf das Messer. Ich schaue ihn an. He, warum fährst du hinter mir her, sag schon, Baby. Warum sagst du nichts? Mir ist heiß. Herzklopfen im Hals. Ist die Angst da?
Ich bin schon wieder scharf. Verdammt noch mal, das ists. Daß ich das nie vergessen kann. Daß ich immer wieder welche finde. Hör auf, daran zu denken. Diese elende Musch. Kleiner. Komm. Ich sage nichts, natürlich, was hätte ich auch sagen sollen. Ich starre ihn an, flüstere unhörbar, komm. Mach schon. Er packt mich. Guckt mich fragend an, ok, Baby, ists das, ists das, wirklich, ich glaube es nicht. Ich glaube es nicht. Er drückt mich ans Auto, öffnet seine schmutzigen Arbeitshosen, zerrt mir die Hose zu den Knien. Nimmt seine schmutzigen Finger und drückt mir die Lippen zusammen. Warte, Kleine. Der Honig tropft zwischen seinen Fingern hindurch. Er hält mir einfach die Möse zu und ich werde Saft. Komm, Kleine, machs Dir, los, leg dich. Sein Schwanz ist groß inzwischen. Er läßt mich los, führt meine Hand zwischen meine Beine, drückt mich auf das heiße Blech über dem Motor. Rühr dich nicht. Er nimmt seinen Schwanz, fährt mir sanft die Schenkel hinauf damit. Ich stöhne, starre wieder auf sein Messer. Dann reißt er meine Hand weg und stößt zu. Ich halt's nicht mehr aus. Er hält inne. Sei ganz ruhig, flüstert er, komm. Ich brauche deinen Saft. Ich winde mich unter ihm, er hält mich sehr fest. Küß mich. Ich umarme ihn, ziehe seinen Kopf zu mir und die Wärme schießt mir ins Gesicht. Ich liebe ihn so. Er rührt sich nicht mehr, ich beginne, ihn zu massieren in

mir. Hör auf. Hör ganz auf. Er zieht sich aus mir zurück, steht auf, hält seinen heißen Schwanz. Dann greift er an die Seite, zieht das Messer aus der Hülle. Du hast es zu sehr angeschaut, sagt er, und streicht mit dem kühlen Metall meine Beine herauf. Ich werde unendlich heiß. Er umkreist mein Geschlecht und den Bauch hinauf, die Brüste. Setzt es an den Hals. So. Ich erstarre. Rühr dich nicht. Wie auch.

Mir pocht das Herz, mir pocht mein Leib, ich könnte schreien und wag es nicht. Er beugt sich zu mir, komm flüstert er, komm, sags mir. Ich liebe dich, sage ich, ich liebe dich so sehr. Bitte. Sanft streicht das Metall an meinem Hals entlang. Er steckt es wieder ein, lächelt. Du willst es. Ja sage ich, komm. Er geht zu seinem Auto, öffnet die Hecktür, legt sich auf die Gummimatte, den Schwanz in der Hand. Komm her zu mir, los, hol dirs, ich setze mich auf ihn und komme komme komme. Ich brauche nur aufrecht zu sitzen. Da stößt er zu. Packt mich am Haar, reißt mir den Kopf nach unten und hört nicht mehr auf, nie wieder. Erschöpft gehe ich zurück zum Auto, versuche zu wenden. Verdammt, was habe ich mir da wieder geleistet. Da steht er an der Tür, lächelt, seine braunen Augen dringen in mich, und in ihnen erkenne ich ihn endlich. Komm mit mir, laß dein Auto heute hier, komm wir fahren diesmal zusammen. Es ist jedes Mal das gleiche Hochgefühl und die gleiche Beklemmung und die gleiche Lust. Komm, wir fahren diesmal zusammen weiter. Ich bin jetzt frei für dich. Er zieht sein Hemd aus, legt den nackten Arm um mich. Auf seinem Oberarm erkenne ich meinen tätowierten Namen. Namen.

Jürgen Hoge

Christian Schreibmüller

DIE SCHÖNE PERSÖNLICHKEIT UND DER BÖSE PO

(1990; nach einer Tagebucheintragung vom 7. 8. 1986)

An diesem blendenden Sommervormittag streife ich durch die City, kaufe einen Galaktischen Heimatroman, lasse mich von der Vorfreude auf das Buch in die dunkelsten Regionen des Alls und der Menschheit entführen und lande bereits wieder mittags in einem teuren Restaurant mit sehr schlechtem Essen. Eine Chinesin bedient mit aggressiver Gleichgültigkeit. Aber nichts hat heute eine Chance gegen das für solche Tage typische Sehnen, ja, ich genieße das alles

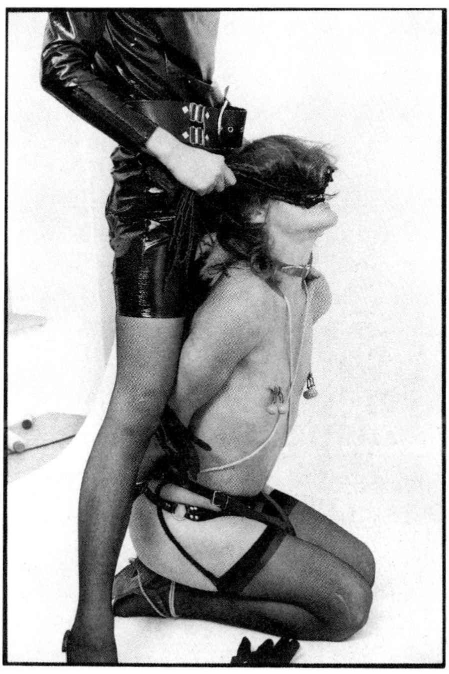

und grüße im Hinausgehen leutselig lärmend wie ein Bürgermeister. Die ätherische Sommerluft entführt mich leider nur in einen Laden, in welchem ich giftigen Bodenlack kaufe. An einer Straßenbahnstation setzte ich mich auf eine Bank und lese den Roman an. Das Auge jagt die Zeilen entlang wie Schienen, entgleist plötzlich und fällt auf eine enge Hose über einem kaum glaublichen Po. Genau einer von jenen, die mich an beiden Geschlechtern erregen, und es spricht gar nichts dafür, so ein Geheimnis schlagartig zu lüften. Daher bleibe ich schön unten mit dem Blick und lasse das Bedürfnis unbezähmbar werden.

Je höher ich dann zentimeterweise an dem gertenschlanken Körper emporblicke, desto härter trifft es mich, wie sehr Menschen in ihrem Aussehen den Trieben anderer entsprechen können. Es

stellt sich heraus, daß dieser Blickfang zu einer Frau gehört, die Mitte zwanzig ist und eine Sonnenbrille trägt. Sie bemerkt mein Interesse bald. Aber in diesem Moment mischt sich ein komisches Gefühl in meine Begeisterung: Denn das Elastische und doch Gestählte an dieser Frau erinnert mich an meine Tochter, die einst als Erwachsene ähnlich aussehen könnte. Und da packt die alte Wut zu und zischelt: „Es wird sich nichts ergeben!"

Doch bloß eine körperliche Wendung der tollen Fremden führt eine seelische in mir herbei: Sie blickt jetzt eindeutig nur auf mich. Alle Attentate meiner Minderwertigkeitskomplexe und alle Versuche meiner Schüchternheit, so zu tun, als blicke SIE vielleicht nur auf jemanden, der direkt hinter mir steht, werden von der Tatsache durchkreuzt, daß sie auf mich Sitzenden herunterblickt und ein allfälliger Dritter also unter meiner Bank liegen müßte – was ich, unberufen, nicht annehme. Also sitze ich herausgefordert und ausgeliefert da mit meinem giftigen Bodenlack und fühle mich widerlicherweise wie eines von den Drei Kleinen Schweinchen. IHRE dunkle Brille verbirgt nicht, daß sie neugierig ist: Sie ist geil.

Mein persönliches Ministerium des Innern schaltet sich nun ein. Es verlangt strengste Rechenschaft und legt Aktenordner an für verschiedene psychische Rasereien – aber auch für Feigheit. Ich soll sozusagen das Objekt der Begierde herumkriegen – aber dann wird Geilheit geahndet. Das Ministerium meint, derlei Thematiken seien in der Weltwichsphantasie „erschöpfend behandelt" (An dieser Stelle zeigt das sogenannte Geistige

Auge, das Psycho-TV, onanierende Kritiker, die am Tag danach unerträglich oft diesen Ausdruck gebrauchen), und das Ministerium meint weiter, heute befreie sich nicht einmal ein Literaturhistoriker durch dreckige Phantasien.
Die meinigen sind nämlich gerade dreckig geworden. SIE steht noch immer ganz nahe bei mir. Noch immer in der Haltung eines Lesenden blicke ich in Wahrheit zu ihrem bösen, strammen Po auf und stelle mir vor, was sie mir mit ihm alles tun könnte: Wie sie – wenn wir z.B. doch noch irgenwie zusammenkämen und uns etwa ein Hotelzimmer aufsperren ließen – in ihren heißen Löchern das Blut rasend klopfen spüren würde beim Gedanken, daß sie sich in spätestens einer Minute an mir austoben kann, mich mit aller Macht ihres Gesäßes und aller Macht ihres saftigen Geschlechts tief in den Staub sexueller Sklaverei drücken kann.
Oder: Wäre sie meine Lebensgefährtin, würde sie auf ihrem täglichen Heimweg von der Arbeit eine räuberische Geilheit packen; sie würde, ohne daß es ihr vielleicht bewußt wäre, streckenweise laufen, um die Diktatur ihrer Begierden zu erfüllen.
Gleichzeitig würde sie sich rührende und doch scheinheilige Sorgen machen, ob sie mich auf die Dauer nicht zusehr zerstöre, um zur Erfüllung ihrer wertvollen Lüste zu gelangen, und würde dabei dennoch dieses straffe Gefühl spüren, das sie hat, wenn sie ausholt und zuschlägt. Oder wenn sie in eine andere Raserei geraten ist und diese immer ernster werdende Verpflichtung spürt, immer noch weiter und noch weiter zu gehen, mir den Kosmos ihrer schönen Gemeinheiten

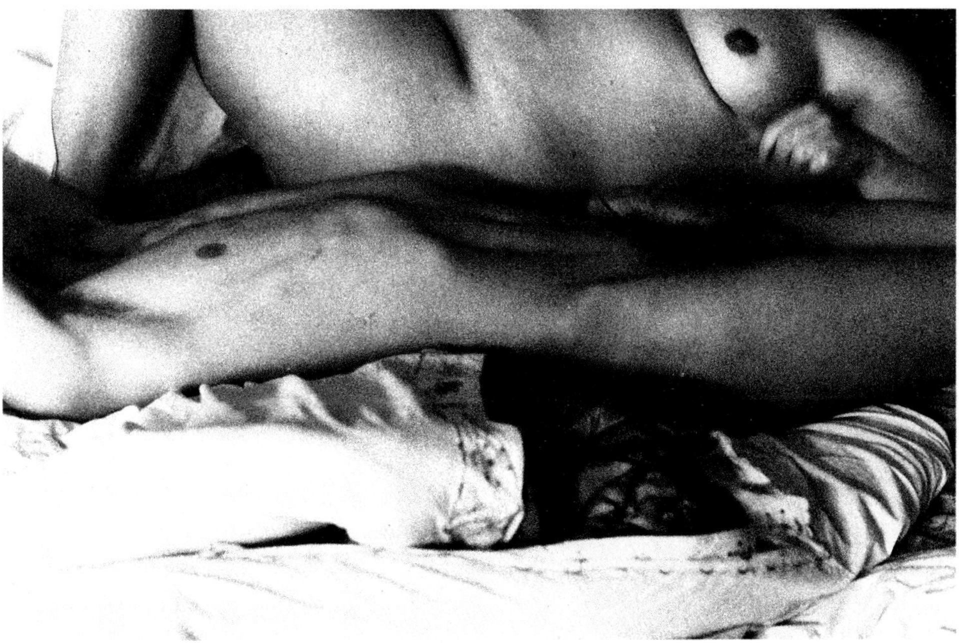

zu zeigen und dann noch mehr und noch mehr und immer fester zuzuschlagen, es mir zu geben.
In der Phase ihrer Ekstase würde es tatsächlich wie eine Verpflichtung werden. Doch nun denkt sie an die Gefahren ihrer Rücksichtslosigkeit, und ich tue ihr leid – aber gerade so viel, daß sie deshalb wieder drauf geil wird. Das ist nun der verderbteste und erregendste Anreiz, es wieder zu tun, und es kann ihr gar nicht schnell genug gehen, endlich nach Hause zu kommen.
Weil sie sich nun sagt, sie dürfe wenigstens bestimmte Grenzen nicht überschreiten, weiß sie, daß dieser Vorsatz schon bei einer bestimmten ersten Handbewegung umfallen wird und sie ihren Instinkten nachgeben und aus Wut darüber völlig vergessen wird, wie weh mir das tun muß. Ihr „guter Vorsatz" würde eigentlich nur geboren werden, um verhöhnt und zuschanden geritten zu werden.

Nun befinden wir uns längst in der Straßenbahn. Beinahe habe ich Angst, daß sich etwas ergibt. SIE, die sogenannte Fremde, ist, als die Straßenbahn hielt, vor mir auf das Trittbrett gestiegen, so knapp, daß ihr Duft und ihr Po mich gestreift haben. Weil sie auf der rückwärtigen Plattform bleibt, ist es mir zu heiß, mich ebenfalls dorthin zu stellen, und ich rücke in die Wagenmitte vor. Von dort aus linse ich sie an – doof. Auch sie blickt zu mir her. Aber nach dem, was gerade im Psycho-TV vorgefallen ist, ertrage ich ihren Blick nicht lange.
Sie hat die Sonnenbrille abgenommen. Ihre hellen Augen blicken entschlossen, aber nicht hart. Niemand könnte mir einreden, daß sie nicht eine durch und durch schöne Persönlichkeit ist. (Das Psy.-Tv: „Und dazu noch dieser Körper, dieser elastische, leicht verschwitzte…")
Würde es doch noch zu etwas kommen, ich würde mich dagegen verwahren, daß sie sich duscht.

THE PUSSY – SINGERS

Verliebt schnuppern Songs aus der
Küche nach Tom.
Ein Gitarrero hat sich wohl
verhört und foltert Harmonien –
seine Stimme sputet sich,
zu Tom ins heiße Bett zu fliehen.

Sie benimmt sich noch am Nabel,
leckt am schmalen Haarpfad lang,
schmust mit nackten, prallen Eiern,
hat plötzlich den Pint im Schnabel.
Dann ist sie im Po gefangen.

Lange spielt der Sänger so –
mit tausend faulen, geilen Männern –
während sein immergrünes Lied
nach einer toten Tussi schmachtet,
die er abgrundtief verachtet.

Er hat sie nicht gekannt
und weiß nicht, ob sie existierte.
Ein fremder Herr hat sie erschrieben,
aus Damen oder Buben,
die ihm im Gedächtnis blieben.

Tom fühlt das, und er gibt sich hin,
genießt lasziv des Sängers Betteln

um die Mösen toter Netteln –
und hält den finstern Gitarrero
fest in seiner Hinterfotze.

Da schrillt Toms Telefon –
wie seit Jahren täglich
exakt um viertel zwei
sein schwarzes Telefon schrillt.
Und gleich wieder abschnappt.

Da schnappt es auch schon ab.
Jemand möchte zeigen,
daß er an ihn denkt,
ihn nicht nur nicht vergessen
sondern auf der Liste hat.

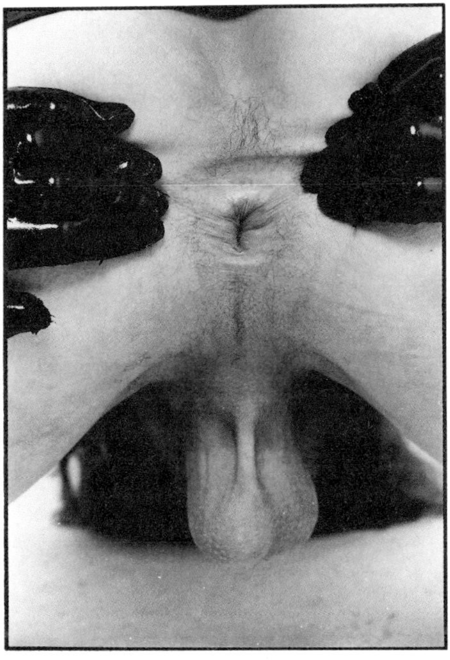

Daß *der* das *ständig* tut
und sich nie meldet,
läßt nichts gutes ahnen.
Die ewig junge Paranoia
legt Tom eine Story vor:

„...sitzt einer jeden Tag,
von neun bis siebzehn Uhr,
am Telefon und ruft,
nach einem fixen Plan,
Rassenfeinde an.

So muß des doch wohl laufen,
das schafft die Liebe nicht,
das ist kein blöder Scherz.
Das macht nur eine Bande,
die für mehr Herz kämpft – ohne Herz."
„Doss sein schun Hunndling", sagt der
Kärntner.
Ein neuer Gitarrero
verhört und foltert Harmonien.
Seine Stimme sputet sich,
zu Tom ins heiße Bett zu fliehen.

Das Stöhnen des Schlagersängers

Der Schlagersänger: „Frog mi need,
wiri gleebt hob ohne di!"

Man sieht den Sänger rasend wixen,
sieht sein Gesicht, wenn es ihm kommt,
sieht ihn auf Pissoirs rumstehn
und seinen Pimmel dehnen.

Man sieht, wie er vom jungen Herrn
ans Pissoir gekettet und
bepißt, gepeitscht, getreten wird –
und auf den nächsten Herrn wartet.

Man sieht ihn, wie er Vetteln schleckt
und es mit großen Hunden macht.
Man hört ihn schrein und stöhnen,
wenn er arschgepudert wird.

„Frog mi need,
wiri gleebt hob ohne di!"

Renate Simon

Sommer

Ich liege auf der Bank im Garten, versuche vergebens zu lesen. Die Hitze und das Grün betäuben mich halb. Mehr döse ich. Türkis, blau, soviel Grün. Schlieren in der Luft, in meinen Augen. Die Hitze ist zwar nicht feucht, aber ich fühle mich trotzdem in schwüler Faulheit. Das Haus ist gemietet, Frankreich, und ich wollte nur weg. Zischende Schläge dringen durch die träge Hitze. Die Nachbarin reinigt ihren Teppich. Eine eigenartige Frau. Sie lebt allein mit einem großen Setter, läuft immer in kurzen Hosen im Garten herum und spricht deutsch mit dem Hund. Heute putzt sie wohl. Sie wird so um die 50 sein, denke ich verschlafen, und die Schläge treffen mich. Das Zischen und danach der Schlag. Hör auf, sagt sie zu dem Hund, wie immer, und der Hund rast wie immer um ihre nackten Beine. Ich träume halb, der Hund, die Frau, die Schläge. Ob ich sie mal einladen soll. Ich bemühe mich von der Bank, gehe zum Zaun. Schließlich sprechen wir dieselbe Sprache. Die Schläge haben aufgehört, ich höre nur das Hecheln des Hundes. Sie spielt mit ihm. Ich rufe hinüber, möchten Sie einen Kaffee. Sie lächelt mich an. Sie ist größer als ich, ein strenges Gesicht. Hohe Wangen, zurückgeknotetes dunkelbraunes, fast schwarzes Haar. Heute ist ihr Haar aufgelöst, ausnahmsweise. Ja, warum nicht, aber kommen Sie besser zu mir herüber, ich erwarte einen Anruf. Sie sei Schriftstellerin, hatte ich gehört, und früher mal berühmt gewesen, inzwischen aber völlig in Vergessenheit geraten. Auch sei sie etwas komisch. Nun, ich bin auch komisch. Ich fahre mir durchs Haar und gehe hinüber. Haben Sie Angst vor dem Hund. Nein. Als Kind hatten meine Eltern einen ähnlichen, nur schwarz. Es ist so heiß draußen, kommen Sie lieber hinein, ich bin zwar gerade am Putzen, ist ein bißchen ungemütlich. Bürgerliches Haus, denke ich auf den ersten Blick. Der Hund kann sich nicht einkriegen, rast um mich herum, hechelt, vertropft Speichel an meinen nackten Schenkeln. Nein, sage ich, bist ja ok, aber ich finde, es reicht an Begrüßung. Ich bin so viel allein, entschuldigt sie sich, er ist keine Fremden gewöhnt. Ich setze mich unbehaglich auf ein kleines grünes Sofa. Landschafts- und Kinderbilder an den Wänden. Entsetzlich. Sogar einige Hundefotos. Ich trinke nie Kaffee, sagt sie. Aber ich kann Ihnen einen Nescafé anbieten. Ich nicke, ein kleiner Kloß im Hals. Worüber soll ich nur reden. War ein Fehler, diese Kaffeegeschichte, hätte lieber träge in der Bank bleiben sollen. Diese Schläge, dieses Zischen hatten mich angeregt. Hätte einfach träumen sollen. Sie schreiben, frage ich. Ja, sagt sie und lächelt. Geht zu einem Schrank, die kurzen Hosen lassen mich in ihre Pofalte schauen, als sie sich niederbeugt, ich weiß nicht, wo ich hinschauen soll, mir ist ungemütlich zumute und dieser Hund hechelt noch immer um meine nackten Füße, als sie sich zu mir auf das Sofa setzt und den Hund mit beschwichtigenden Worten zu vertreiben versucht, daß der kurz seine Nase in den Boden gräbt und empört schnieft, sie breitet ihre alten

Bücher vor mir aus und lächelt wieder, wieder, Melancholie in den Augen. Ich finde keinen Verlag mehr. Als ich die alten Bücher anfasse, wird mir ganz warm vor Sympathie. Lauter Mädchenliebesgeschichten. Alleinlebende Frauen mit Hunden. Von jungen Mädchen verehrt. Vor 30 Jahren erschienen. Francoise Sagan, eine Art Francoise Sagan, denke ich. Sie läßt ihre Hand beim Austausch zweier Bücher ein wenig zu lange auf meinem Schenkel liegen. Der Hund leckt meine Füße. Sie schaut mir in die Augen. Senkt den Blick, ihre Hände formen eine Raute auf meinem Schenkel, die Bücher fallen herunter. Sie schaut mich wieder an. Ich halte den Blick aus. Sie nickt, also ok, sagt ihr Blick, meiner sagt nichts, doch das weiß sie nicht. Komm, ich zeig dir was, sagt sie und führt mich in ein zweites Zimmer, der Hund hinterher. Soll ich ihn aussperren, fragt sie in einem Ton, der nein heißt, und ich antworte auch, nein, macht mir nichts, der ist ja lieb. Das zweite Zimmer ist verdunkelt, ich erkenne nichts auf den ersten Blick. Sie schließt die Tür hinter mir, schließt zu. Mir klopft das Herz, was ist los, was mach ich da, die ist vielleicht wirklich verrückt. Komm, Kleine, es ist zu spät, ich schließ nur ab, damit niemand rein kommt, manchmal bekomme ich Besuch einer Freundin, die hat einen Schlüssel zum Haus. Ich habe diesen Besuch noch nie gesehen. Mir fällt der Anruf ein, auf den sie wartet. Ein Telefon gibt es nicht. Ich sehe noch immer nichts im Zimmer. Plötzlich stößt sie mir ein Knie zwischen die Beine, voll auf mein Geschlecht und wirft mich auf ein Bett. Ich fühle klebrig-feuchtes Material. Ich kann mich kaum bewegen, so sehr klebt das, ihgitt. Gummi. Inzwischen erkenne ich ein wenig im Dunkel. Erkenne, daß sie ihre Hose nicht mehr an hat und sich die Hand in die Möse schiebt.

Der Hund springt aufs Bett, nicht, weg, hau ab, rufe ich und will aufstehen. Da stürzt sie sich auf mich, scheucht den Hund vom Bett, du bleibst liegen, Kleine. Dreh dich um, folgsam drehe ich mich auf den Bauch. Sie zieht mein Höschen aus, das leichte Sommerkleid ist naß.

Was mache ich hier eigentlich, denke ich, aber ich wills doch sonst immer mit Frauen. Warum nicht mit der, warum eigentlich. Ich bleibe auf dem Bauch liegen, unentschieden. Da fährt sie mir mit der Hand den Rücken hinunter, die Poritze entlang und hinein in mein Geschlecht. Einen Finger nur läßt sie kreisen, solange bis die Mechanik funktioniert und ich naß bin, sie zieht meinen Po hoch ich schiebe ihn ihr in den Schoß, gekonnt stößt sie ihre Finger hinein, ich denke nichts mehr, gottseidank, ich denke nichts mehr. Sie macht eine Bewegung mit der anderen Hand, da hüpft der Köter wieder aufs Bett. Sie sagt zwar, hau ab, los runter, doch er folgt nicht, diesmal nicht. Sie zieht mir den Po auseinander, immer weiter, ich schreie, hör auf, schreie ich, es schüttelt mich, sie sitzt breitbeinig da, ich versuche mich umzudrehen, doch sie hält fest, ich sehe nur wie sie ihre Möse hin und her schaukelt und ich sehe es glitzern in ihr, und ich sehe, wie sie mit ihrem Schenkel

Ursula Faure

gleichzeitig den Hund wegzuhalten versucht, was ihr nicht gelingt, und da ists mir egal, ich drehe mich wieder um, schließe die Augen endgültig und spüre, wie mir der Arsch ausgeleckt wird, geleckt geleckt geleckt und stöhne. Sie lacht. Steht auf, schüttelt sich, lacht und lacht. Ich will weinen, es läuft überall aus mir heraus, Saft, glitschiger Saft überall, das Laken ist naß, das war schon immer naß, das war nicht nur Gummi. Sie macht das Licht an, der Hund springt vom Bett, ich sehe schwarz, alles ist schwarz in diesem Raum. Komm her, Süße, sagt sie, komm her zu mir. Sie nimmt mich zart in die Arme, führt meine Hände zwischen ihre Schenkel, ich spüre sie noch zucken. Da küßt sie mich. Ich schließe die Augen und öffne sie nicht mehr.

Ursula Faure

Anne Giordano

EPISODE

Sammlung 1. Deutsches Trivialeneum

Holzbänke, schweißiges Schnaufen, verschämt musternde Seitenblicke.
Oben in der Ecke – etwas zerdrückt: SIE.
Unten – gespannt: ER.
Dieses Gesicht. Maria. Leidend. Vollkommen. Geschlossene Augen, ein bitterer Mund. Umstellt von Problemen. Unnahbar. Der Körper so einladendes Fleisch, atmend, füllig, daß er alle Kraft in den Lenden zusammenkommen fühlt. Schweiß bildet auf ihrer Haut tausende kleiner Glitzerperlen. Sie muß sie natürlich gleich Tränen nennen.
Wie kann Jan, der ihr jahrelang Gott, Eltern und Beruf ersetzt hat, plötzlich sie durch Erfolg und Arbeit ersetzen? Nun schickt er sie auch noch in die Sauna, ,,Für Deine Figur, Liebling.“ Was muß sie für ein Stück Dreck sein!
Ihre Augen werden groß vor Schmerz. Dann größer vor Staunen. So ein Schwanz. Wie aus Traum gemacht. Ein Pferdeschwanz. Rosa – dunkel, glänzend, lang, steif gegen den Bauch pendelnd. Sie fühlt ihn tief in sich, muß sich vorstellen wie sich seine Vorhaut bei jedem Stoß vor – und zurückschiebt. Ein Zucken geht durch ihren Unterleib.
Sie wird rot.
Belustigt registriert er ihr Erstarren. Beugt sich dann vor um ihre Augen einzufangen: ER muß sich festhalten.
Sie trinkt. Trinkt in ewigem Sog Zeit, Raum, ihn. Türkrachen. ,,Aufguß Leute!“ Heftig atmend stieben Beide auseinander. Lara hat es eilig. Ihr Kopf stößt an die niedrige Holzdecke, zwischen den Schenkeln leuchtet kurz ihr Geschlecht. ,,Mist, wo geht denn die Tür auf?“
Er sitzt da. Festgegeilt.
,,Feigling. Elender Schlappschwanz. Sogar flirten kannst Du nicht mehr.“
Streitend patscht Lara in der Pfütze herum. Immer im Kreis. Sie versucht zu löschen, aber dieses Feuer das hat zuviel Nahrung. Wie oft steht sie vor ihm mit feuchtem Höschen und wird allein gelassen. Muß dann auf ihrem Bett – einsam – Träume entschärfen. Ihr Körper flucht. Sie läßt sich ins Becken gleiten, glucksend versinkt die Welt. Lautlos tanzen verzerrte Menschen, Bälle, Lichter über ihr. Das Wasser will aufdringlich in alle Öffnungen. Lara strampelt, verzerrt damit die Bilder noch mehr. Wie kann man nur so hinter ihr her sein, sich allen ihren Bewegungen anpassen?
Sie verachtet diesen Stoff, fühlt sich umklammert und bekommt dann wirklich keine Luft mehr.

Der Himmel wölbt sich helldurchpunktet. Der Mond hat sich zart verschleiert. Er atmet die weiche Luft, sieht dann mitleidig auf seinen pochenden Schwanz. „Die kriegen wir nicht. Die ist zu heilig für uns." Ein dunkles Geräusch. Er schrickt zusammen, erstarrt dann. Sie steht in der Tür, ihr Körper ist in Schatten getaucht. Er kann ihren schimmernden Busen ahnen, sie seine Gier spüren. Witternd stehen sie sich gegenüber.
Durch Laras Fußsohlen kriecht langsam die Kälte – sie registriert nur noch; fühlt die Innenseite ihrer Schenkel feucht werden und kann sich immer noch nicht bewegen. Sie muß die Augen schließen, muß sie kaputtreißen diese Spannung. Einfach lächerlich. Was würde Jan denken, wenn er sie so sah… Eine Hand in ihrem Haar. Er zieht ihren Kopf zurück, hält ihr mit der anderen Hand den Mund zu. Gelähmt läßt sie sich zu einer weichen Unterlage drängen, wo sie sich erst setzen muß, er dann auch ihren Oberkörper in die Waagerechte drückt. Sie sucht verzweifelt ihren Willen – er scheint in ihre Muschi gerutscht zu sein. Jan würde sich doch sofort trennen, wenn sie…
Nein, sie will nicht! Energisch öffnet sie die Augen, versucht sich aufzusetzen – zu spät. Mit weichen Lederriemen hat er ihr beide Beine – weit gespreitzt – gefesselt und ist jetzt gerade dabei ihre Arme am Bauchtrainer festzuzurren.
Lara starrt ihn entsetzt an. Er ist fertig, unterbricht ihren stummen Schrei mit einem harten Kuß. Sie keucht, ist gebrochen, Aufgebrochen. Stöhnend streckt sie ihm ihr Becken entgegen, fühlt seine Hände dann – sanfter – seine Zunge. Saugend, reibend, öffnend, eindringend. Sie windet sich, die Fesseln halten sie. Er folgt allen ihren Bewegungen, immer schneller werdend. Läßt dann seine Fin-

Christian Schreibmüller

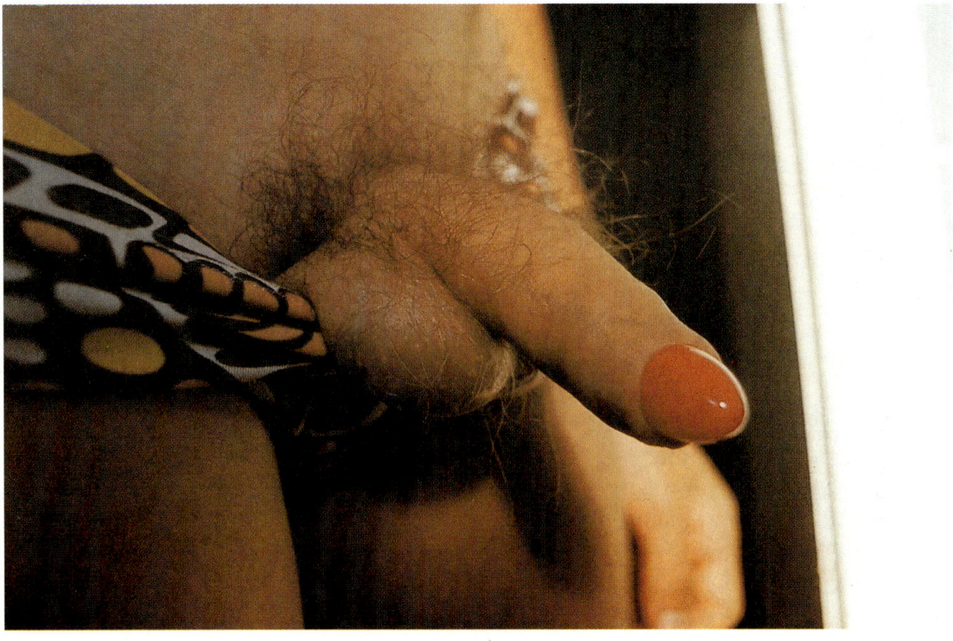

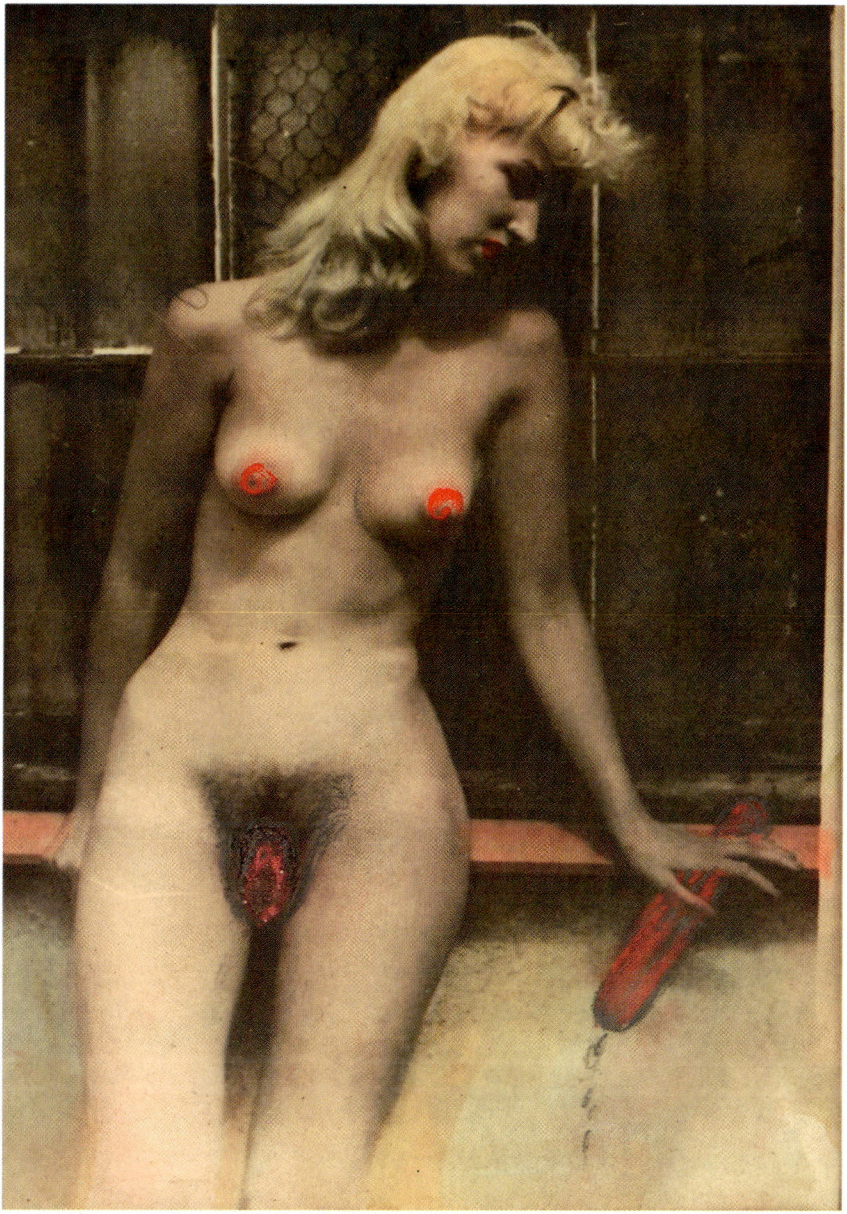

1. Deutsches Trivialeneum

ger weiterspielen und leckt über den Bauch bis hin zum empfindlichen Busen. Lara weiß nicht mehr, wer sie ist. Ihr Mund öffnet sich, er schließt ihn mit seiner Hand. Dann eine schwarze, rauschende Stimme an ihrem Ohr: „Du geile Stute, soll ich Dich ficken? Willst Du meinen Pferdeschwanz spüren?“ Sie fühlt ihn eindringen, immer tiefer gleitet er, bis an den Punkt, wo einen alle Kraft verläßt. Er stößt, stößt. Laras Busen folgt jedem Stoß. Man hört das Klatschen ihrer naßen Körper. Lara umklammert seinen glatten Schwanz und treibt mit jedem Stoß näher dem roten Abgrund entgegen. Sie schreit. Alle Vulkane speien weißen Samen, die Welt zieht sich zusammen und explodiert dann.

Lara hat Probleme in ihre Jeans zu kommen. Dann steht sie vor dem Spiegel, streicht mit den Händen durchs Haar und leicht über ihr Gesicht. Ein schönes gelöstes Frauengesicht. Also ist sie eine Frau? Eine begehrenswerte Frau? Plötzlich fällt alles Schöne von ihr ab, sie fängt an zu zittern. JAN. In Zeitlupe kriecht die Angst an ihr hoch.

Was hatte sie getan… wie konnte sie …

er geht… er verläßt sie… sie kann nicht ohne ihn… wie konnte sie ihn betrügen… er war immer so gut gewesen…

wie ein Vater… sie Schlampe… er muß sie schlagen… aber nicht gehen… Lara muß eine Hand auf den Mund pressen, trotzdem dringt ein erstickter Laut aus ihr. Der Mond hat seine Schleier zerrissen, sieht Lara voll an. Sie muß stehen bleiben. Sagt er ihr etwas? Nein, natürlich nicht. Sie hastet weiter, zögert dann aber doch wieder. War da nicht eben ein „Hallo“ gewesen? Jetzt deutlicher: „Du bist so dumm, hörtst Du mir zu?“ Lara fährt zusammen, sieht ihn irritiert an. Stille. Zwinkert er? Egal. Sie wirft sich die Tasche über die Schulter und keucht weiter. „Du hast Ähnlichkeit mit Deiner Tasche“, frotzelt es von oben. Lara schluckt: Was ist das heute für ein Tag! „Hängst an Jan und läßt Dich einfach so mitleben. Bist Du ein Mensch oder ein Klammertäschchen?“ Lara stolpert, geht dann schneller. „Dabei kann er Dir schon lange nichts mehr geben. Höchstens das Gefühl ein Nichts zu sein.“ Sie läuft. „Schläft er noch mit Dir? Hat er überhaupt noch Interesse an Dir?“ Sie rennt mit klatschender Tasche. „Du bist so abhängig von ihm, daß er Dich als eigene Person gar nicht mehr sehen kann.“ Lara taumelt, hält sich die Ohren zu. „Du existierst nicht mehr!“
Sie knickt ein, die Tasche gleitet ihr von der Schulter, sie sinkt daneben.
Der Mond streicht ihr mit Strahlenfingern über das Haar.

Editorische Zwischenbemerkung

Das „Jahrbuch der Erotik“ enthält ab diesem Band immer einige Beiträge zu einem thematischen Schwerpunkt: so tauchen in diesem Band als heimliches Thema die „unheimlichen Orte“ auf.

Und zwei kleine Korrekturen: Der Text „Rausch Nr. 2“ auf S. 184 ist von Heike Reich und das Bild auf S. 173 von Marion Müller.

Gleichzeitig mit diesem Jahrbuch erscheint: „Rote Küsse“: Filmbeschreibungen von ca. 120 Filmen von Frauen zum Thema Sex, Körper, Weiblichkeit – filmtheoretische Texte – Bildsequenzen. Einige dieser erotischen Filme von Frauen werden durch den Verlag vertrieben, so auch die folgenden Experimental-Filme:

Doris Kuhn, Der Morgen (zus. m. Andrea Wolf u. Katrin Zeiler), Super 8, schwarzweiß, – Sexuelles Desaster beim Frühstück – so die Beschreibung der Filmemacherin selbst. Der absolut verführerischste Onanierfilm, vielleicht gerade aufgrund der altmodischen unwirklichen Super-8-Schwarzweißtechnik. Eine ein wenig mürrisch aussehende Frau kocht ihre Eier zum Frühstück, blickt in den Topf, setzt sich, noch immer verschlafen an den vollgestellten Frühstückstisch, beginnt, ihr Ei zu essen – und es geht los, anarchische und erregende Selbstliebe, alles fällt vom Tisch… authentische Lust, die so selten überspringt, so selten zu sehen ist und doch ein großes Vergnügen bereiten kann – mir zumindest.

Marlon Shy, Wie man Honig opfert, Video, 40 min. 1990. Ich kenne kaum einen gleichermaßen erregenden und zugleich leise erschreckenden Film – mit heterosexuellem Sex. Eine meiner Favoritinnen. Vielleicht dreht M. Shy nochmal einen Frauenliebesfilm? (In ihren Fotoserien gibt es beides, die gemischtgeschlechtliche Liebe und die

Von Frauen wurden immer Bilder gemacht. Wenn Frauen nun selber Bilder der Lust entwerfen, steckt immer ein Moment der Verweigerung des Bildes darin. Und insofern sind diese Filme niemals in dem Sinne direkt, wie es Männerfilme sind. Sondern sie bewegen sich vielleicht aufgrund dieser kleinen Irritationen auf genau der traumhaften Ebene, die Filme so erotisch macht.

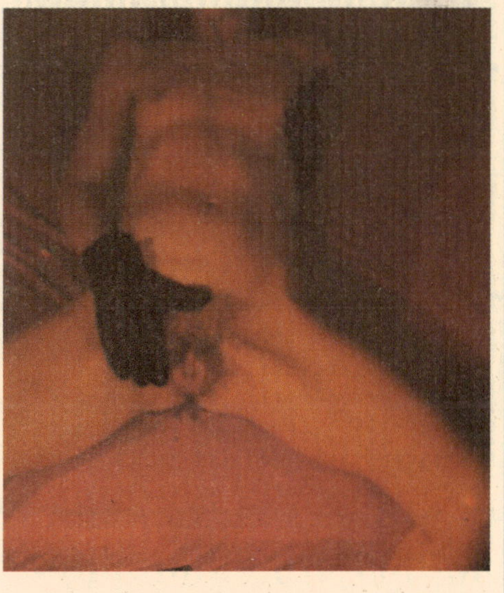

Frauenliebe: „Junge Wölfinnen beim Spiel in der Nachmittagssonne"...) Zurück zum Honig. In bleichen Farben, mit meditativer Musik des „Fetisch Park". Bei der Projektion sind die Farben fast wegzunehmen. Diese Helligkeit der Farben hebt das Filmereignis ins Imaginäre, in eine weggetretene Ebene. Die auf die Zuschauer übergeht. Dazu der kühle Raum, eine symbolische Ebene, wieder der Metallhahn, der aufgedreht wird, fließendes Wasser. Zuerst die Frau, wie schlafend, in Trance, wird von ihm auf die Toilette gesetzt, auch er, fast in Trance, ganz langsame Bewegungen. Das Gegenteil von Schillingers Erotikkonzept: die Langsamkeit macht die Lust. Sie wird gebadet, ihre Füße in der Luft, gespreizte Zehen, sie ist fast willenlos, eine Ahnung vom Zusammenhang der Erotik mit sozusagen außerweltlichen Zuständen vor der Geburt oder Tod wird spürbar – ohne Grausamkeit. Er zieht sie an, ein Korsett, Strümpfe. Küßt, nein schlürft ihren Schuh. Der Schuh, eine zweite Ebene der Geschichte vielleicht. Küßt sie, streichelt sie, so erregend... Je nach Stimmung der Betrachterin manchmal die Frage, ist sie eine Puppe, ist es Hingabe... Sie kniet vor ihm, er opfert Samen. Massiert ihren Nacken. Die Kameraführung, das Licht, bestechend. Ganz lange sein Gesicht in Erregung. Das Schöne: obwohl der ganze Film von Anfang bis Ende ins letzte Detail durchkonstruiert ist, ist zu spüren, daß die beiden in sehr ernster Liebe Sex inszenieren. Dieser Ernst springt über auf die Erregung der Zuschauerin. Und auch in diesem Film. Ein Bruch. Auch Melancholie. Und Härte. Der Schuh taucht wieder auf gegen Ende. (Und spätestens dann ließe sich der Film wieder feministisch interpretieren, auch wenn im Ablauf zunächst das Gegenteil interpretiert werden könnte, dies für die Stimmung Kritik der Hingabe..) Zwei Ebenen, vor Liebe zu sterben. Und am Schluß, wieder sie, wieder die Toilette.

Claudia Schillinger, Between, 16mm, sw und col., 1989 Gehört zu meinen Favoriten. Ein Stück von Prince, eine Frau im roten Unterrock im Grün, die Bilder. Es wird wirklich in die Möse gefaßt, ein weiblicher Körper und ein Dildo, der Tanz, die langsame Bewegung auf den anderen Körper zu, ein sanftes Streicheln mit dem Dildo, das Geschlecht des Körpers ist egal, eine Frau fickt eine Frau, oder einen Mann. Alle Bilder kurz, wie ein Traum, dazwischen die träumende Frau, die sich an den Baum stellt, onaniert." Erotik ist nur in Momenten da. Das kurze Erschrecken, bis wir realisieren, was es ist" sagte Claudia Schillinger zu ihrem Film. Das stimmt für ihren Film. Kaum realisieren wir, was wir eben sahen, sind wir schon weiter, aber wenn die Zuschauerin sich dem überläßt, ist dieses „weiter" nicht woanders, reißt sie nicht heraus, unrhytmisch, konstruiert, sondern dieses „weiter" ist genau da, wo sich ihre eigene Lust weiter befindet. Und darum ist dieser Film ein selten gelungener Film. Er ist poetisch, und überhaupt nicht pornografisch, auch wenn all das zu sehen ist, was nicht gesehen werden sollte, auch wenn der Sex der Zuschauerin deutlichst erregt wird... Zu diesem Film das Wort „Ekstase" wirklich angemessen.

Barbara Thiel, Blues Transit, 16mm, stumm, 1987. Ein schöner Selbstbefriedigungsfilm. Eine Frau streichelt sich. Ihr Gesicht, ihre Brust, ihre Hand in Großaufnahme. Dazwischen überblendete Körper, ihr Körper, der sich auf sich legt, viele Hände streicheln die Brust. Und immer wieder die Bilder: eine Frau leckt ihre Brust, eine Frau, ihr Kopf groß, vor der Möse, umkreist die Clit. Ruhig, gleichmäßig, die Wiederholung. Die Bilder in Blautönen, Wasser auch – Traum – sehr warm. Leuchtendes Blau – die Farbe der Seele – in Japan als blaue Flamme – und hier Sex als Seele. Die Bilder zerkratzt, das Imaginäre...

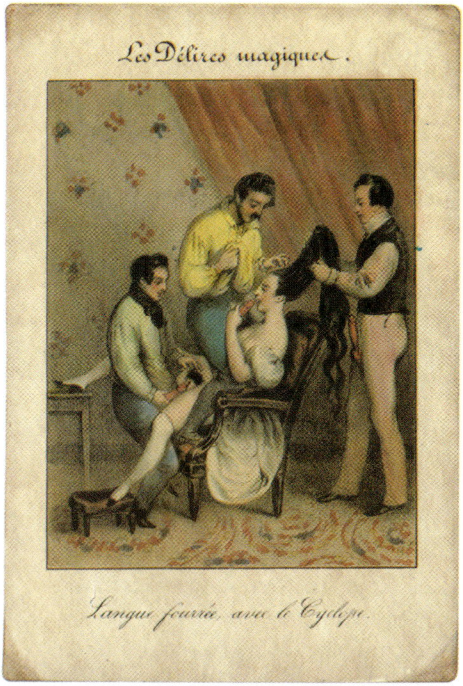
Les Délires magiques.
Langue fourrée, avec le Cyclope.

Fleuve Scamandre.
Manière de ni pas faire d'Enfan

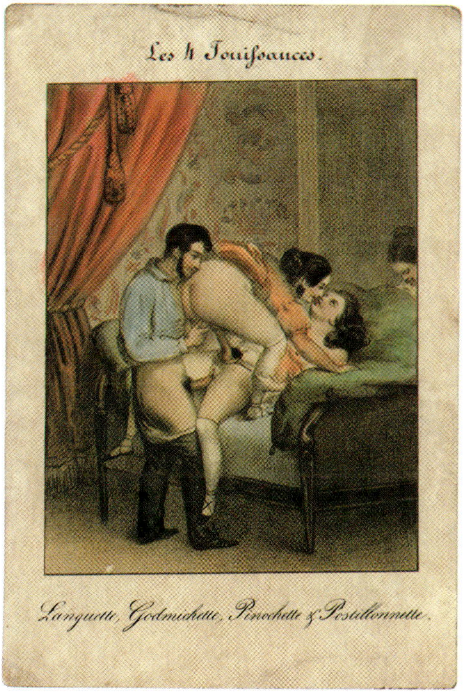
Les 4 Jouissances.
Languette, Godmichette, Pinochette & Postillonnette.

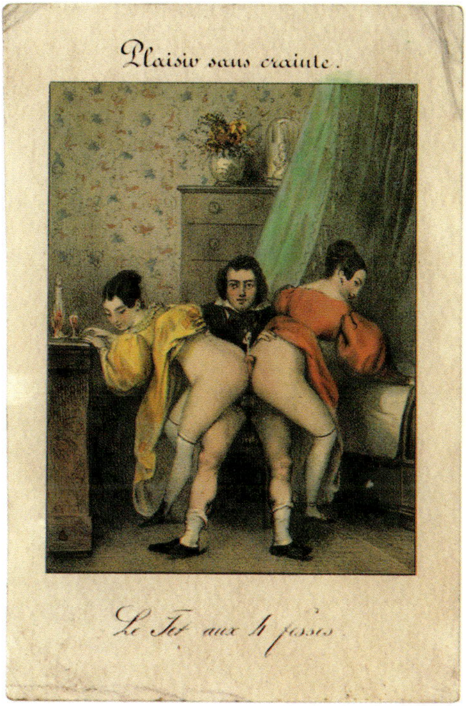
Plaisir sans crainte.
Le Jet aux 4 fesses

Lutz Rathenow

Der Name tut nichts zur Sache

Sie liebt das teure Vergnügen. Und spendiert gern was den kleinen Jungs in den zwei, drei bestimmten Cafés. „Mutti", sagen die scherzend, pflichtbewußt, lieblos nett. Sie hatte viermal kein Kind mehr, bevor sie eins hatte. Mutti, da lacht ihr Herz aus Kaugummi. Wer hat sich nicht alles ihrer Gefühle bedient und sie ausgespuckt, ein deutliches häßliches Lachen hinterlassen.
„Mutti", flüstert er dann bei ihr. „Wir wollen Dich mal frisch windeln", bestimmt sie und hat schon ein Bein seiner Hose in ihrer Hand.
Gern verwöhnt sie die, die gerade auf Arbeitssuche sind. Die haben den ganzen Tag Zeit. Und wer von denen Hunger hat, wird zweifach köstlich bedient.
„Na, rutscht Dir der Schlüssel zu mir wieder aus der Hose?" Dann wäscht sie diese rasch, während er am Kognak nippt. Die Bierhähne krähen, nebenan in der Kneipe. Hier reicht man Besseres. Sie wäscht ihm auch alle anderen Sachen, nicht zu rasch, während er sich per Video einen Porno reinzieht. Sie hüpft zu ihm und er staunt, was so ein Tag hergibt. Und seine Knöpfe, die muß sie auch noch alle annähen, so kann er nicht rumlaufen sonst. Dies Flicken dauert länger, weil sie zuvor, beim Ausziehen, einige erst absprengte.
Jedenfalls haben es die Sachen nötig. Sie hat es nötig, das er bleibt. Bleiben muß. Mit feuchten, knopflosen Sachen droht Schnupfen. Lieber holt er sich diese und jene Delikatesse aus dem Kühlschrank. Nun sind schon 16 Stunden vergangen. Als nächste Mahlzeit Appetitshappen, serviert auf ihrer Brust. Und wenn der Kleine während der 1, 2, 3er Tage bei ihr zu sehr zum Erwachsenen heranreift, dann muß er gehen.

Im November

Ein Mosaik aus Körpern.
Eine Hand greift nach einer Hand.
Stahlgrau. Die Teile teilen, das Ganze
erkennen, während es auseinanderläuft.
Du blätterst das Buch um.
Gepreßte Pflanzen, Hintergründe,
wurzellos. Die Farbe färbt ab,
und leuchtet zarter in sich.
Ein kleiner Ekel probt wütende Scham.
Wenn Gott wäre – du würdest
anders reden. Der Tag offenbart sich.
Gelassen eilst Du umher.
Stundenlabyrinth.

Hermann Schenkel

Barbara Commandeur

Pieta

Jemand sieht aus wie
schlafend die Lenden und
spricht doch von Trauer
hingeströmt die schmale
Muskulatur zähes Sehnen
immer dieselbe Wunde
im Schoß

Der ich war liegt
in meinen Armen rastet
in meinem Puls
ein Schwächling
wir haben
zuviel geliebt

Komm, lass uns
noch einmal die Wünsche
in uns besoffen machen,
die Wachsuhren anlegen und
träumen unsere Haut
wüchse mit jeder Berührung
zusammen und
lass uns
diese Fotografien nicht
zu den anderen legen.

Diesen Film
wolln wir nicht entwickeln.
Ins Morgendämmer, sollte es
regnen, oder auch Sonne,
legen wir alles hinein.

Aus „Tasten"

Ihre Farnfinger rollt sie
auf, meine Geliebte
trinkt meine Brunnen
rinnen ihr entgegen

Sie legt mir Moos aus
das polstert mich
grünt in meine Mitte
dehnt mich läßt mir
die Rippen springen, sie

lehnt mir ihren erdweichen
Leib an, daß
in jedweder Farbe
der Atem tönt
Komm ganz tief Süße,
große Wellen werfen
uns auf, wir sind
ohne Grund, ohne Boden,
auf unserem Laken schäumt Salz

Komm ganz tief Süße,
wir werden uns sandweit
schreien, verlieren
porenwärts finden
auf unserem Laken schäumt Wein

Gerda Classen

Schwestern

Ich erinnere die dunkelblauen Augen meiner Schwester. Manchmal war sie in einer anderen Welt und rührte mich bis ins Herz. Als wir die verlassenen Dachböden bestiegen, weinte sie. Sie hatte Angst. Meine Freundin nicht. Diesmal hatte ich drei Freundinnen zum Kleidertausch eingeladen. Ich mußte an meine Schwester denken. Das Gefühl der Dachböden, der unheimlichen Räume, das Herzklopfen liebe ich noch heute. Der Kitzel des Sex. Ich kannte zwei Frauen schon lange. Ich verschenkte ein rotes Korsett. Und ein rotes Kleid. Sie sieht aus wie meine Schwester, denke ich, als sie mich lachend umarmt, da sie dieses rote Kleid so liebt. Kleider, die ich zwei Jahre und mehr nicht getragen habe, verschenke ich. Ich erinnere mich, daß ich meine Schwester mal überredete, wir waren vielleicht 17, Nacktaufnahmen von mir zu machen. Und unanständige von uns beiden – mit Selbstauslöser. Sie konnte nicht nein sagen, wenn ich Spiele vorschlug. Ich glaube, sie hatte keinen Spaß dabei. Oder fühlte sie sich einfach unsicher. Oder hat sie sich bloß gelangweilt. Die mich umarmte, ist ein richtig liebes Mädel. Hat einen netten jungen Freund, trifft sich immer gerne mit mir, um mir ihre Liebesdramen zu erzählen und die Dramen in der Arbeit. Was sich meist nicht unterscheidet, sie arbeitet gerade als Assistentin im Theater und

dort gibt es viele nette junge Männer... Die anderen Ladys kannte ich eher aus anderen Zusammenhängen. Ich hatte ein kleines schwarzes Kleid geschenkt bekommen. Ich mag kein schwarz mehr. Diese Lady hat was herrisches. Aber nur, wenn sie nicht redet. Die andere, mit meinem Korselett, kicherte schon. Und zerfurchte dabei ihre Stirn so liebeswert, daß ich mich am liebsten an ihr festgehalten hätte. Sie wußte Bescheid. Die herbe Dame nämlich warf begierige Blicke auf meine Unterhöschen. Sie ist die einzige, die ich erst seit sehr kurzer Zeit kenne, die anderen sind wie Schwestern. Wir erzählen uns alles, das Herz erwärmt sich sehr, aber Sex, jetzt unvorstellbar. Leider hatte ich nichts passendes für die herbe Dame. Die Schwestern gingen ins Nebenzimmer und kicherten

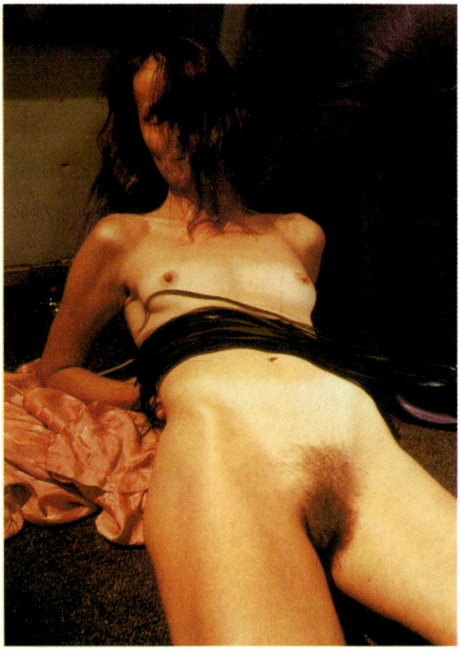

inzwischen zusammen. Die Lady schloß die Tür. Ich dachte an die Dachböden. Warum habe ich heute nur immer die Augen meiner Schwester im Kopf. Sie schaltete einen meiner Arbeitsscheinwerfer ein. Zeig dich – ich möchte dich sehen. Ich dachte nur an meine Falten um den Po und drehte mich zum Spiegel. Da umarmte sie mich von hinten.

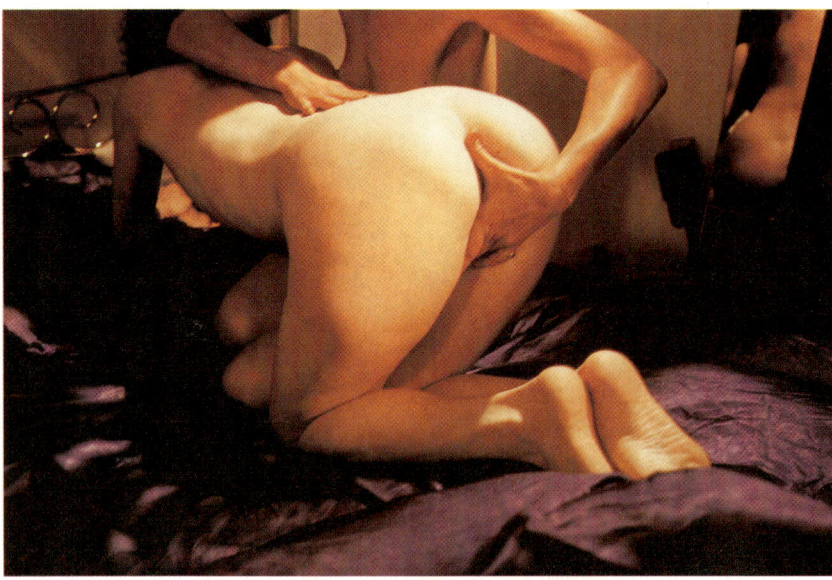

Claudia Packmohr

Die Prinzessin küssen. . .

Der Riesenschritt vom Begehren zum Bett, vom Kopf zur Hand, vom Bauch zum Geschlecht. Der Schritt, der Sprung, bei dem einem so schnell der Arsch auf Grundeis geht, bei dem so schnell alles umkippen kann in Angst, in Abwehr. Um wieviel schwerer für eine Frau mit einer Frau, wider alle Sozialisation, alle Gewöhnung und Gewohnheit, wider alle Sicherheit und Kenntnis, auch wieder alle Moral, allen Usus. Und wider die Männer. Und für uns selbst, für die Frau, für alle Frauen, plötzlich ein Ausdrucksmittel FÜR das Weib, FÜR die Hexe, FÜR die Jungfrau und die Hure, FÜR die Göttin – für uns selbst, die Frau in uns, die wir sind und noch mehr werden wollen. Für uns selbst zu sein fällt uns am schwersten, wird uns auch am gehörigsten ausgetrieben. Wir holen uns unsere Lust mühsam zurück. Die Lust überhaupt, die Lust am Mann, die Lust an uns selbst. Aber den Schritt, die Lust an uns selbst zu potenzieren mit einer anderen Frau gehen wenige, schaffen wenige. Die Lust der Frau an der Frau ein Politikum. Mit der Frau die Frau in sich erlösen. Die Prinzessin küssen, um alle Geschlechter respektieren zu lernen. Die Not-Wendigkeit der doppelten Entjungferung. Den Frosch vor die Wand zu knallen ist ein blutiger Gewaltakt, eine Aggression: die körperliche Defloration der Frau durch den Mann, die einzig die psychische Jungfernschaft der Frau bloßlegt. Vielleicht kann die psychische Jungfernschaft erlöst werden durch den Kuß der Prinzessin, diese Erlösung könnte die wilde wahre Hexe, die Einzige Frau in uns erlösen, freigeben.

*

Die Er-Lösung der Frau durch die Frau. Die Re-Integration des Körpers, der Lust aufgrund seelisch-geistiger Verbundenheit. ...Eros... Flink, blitzschnell, eine neue Welt repräsentierend. Mein ANIMUS erwacht von Eros geweckt. Dieser Spitzbube! Ich bin getroffen, meine ganze Kraft und Stärke mobilisierend, angenehm, erfrischend... Ich möchte brennen lichterloh – aber nicht verbrennen! Ich habe Feuer gefangen. Ich: ein ausströmender, auslaufender Vulkan, erschreckt über meine zu lange verborgene ANIMAlität! Schamlos im Spiel mit meiner Potenz. Eros schlug Purzelbäume vor Vergnügen und ich machte einen Stabhochsprung nach'm anderen über meine Schatten, ohne Anstrengung immer erst frei in der Luft schwebend/zappelnd/strampelnd bemerkend, was ich tat. Im Wesen-tlichen anders als früher in Situationen mit Männern und männlichen Körpern. „Nur“ frei, mit Appetit wie eine Katze, die an der Sahne genascht hat, voll und satt. Angenehm, Selbst-verständlich und natürlich. Wie schön, zu spüren, zu erleben, daß meine Lust, meine Potenz, meine Kraft und Stärke wirklich nicht (mehr) abhängig ist vom biologischen Geschlecht, wohl aber von der Lust, Bereitschaft und Fähigkeit meines Gegenübers, mitzuspielen....
Es ist mehr als bloße Sexualität, pure

Geilheit... Die Erlösung der Frau durch die Frau. Nicht der Kuß der Prinzessin, die Berührung von außen, sondern meine eigene Er-Innerung hat mich zum Leben geweckt: eindringlich erinnernde Handlung. In diesem Moment war sie mir so vertraut, so gewohnt, heimelig schön – ICH erkannte mich in IHR wieder. ICH wußte, es ist IHR Geschlecht, das ich spürte, und es war MEINES. ICH war SIE. Wir waren wie ein Körper, ein Fleisch, ein Wesen, EIN LEIB und EINE FRAU. Ich war ICH: bei IHR, bei MIR, bei FRAU, weiblicher Verbindung und Macht und Kraft und Stärke und Schönheit angekommen. Im Bauch von Frau, mir, meinem Geschlecht mit allen Frauen im Körper zuhause angekommen. Jede Konvulsion ein Energiestoß in meinen Körper, mich mit Leben, mit Frau füllend. Jeder Impuls von ihr, jede noch so kleine Bewegung/Berührung eine glühende, leuchtende Verbindung durch meine Hand, meinen Arm, meinen Bauch, meinen Körper in mein Geschlecht (im wörtlichen und übertragenen Sinne). Ein Geschenk der Göttin. Er-Innern: FRAU. Sie und ich, wir sind FRAU. Kein Tabu gebrochen, nur tastend fühlendes Er-Innern, Hand-elndes Er-Innern, nach unendlichen Zeiten im Geschlecht dieser, im Geschlecht von FRAU, bei der Millionen Jahre alten Verwandschaft der FRAUen angekommen... den gegenseitigen Befruchtungsprozeß fortsetzen, die Parthenogenese wieder erfinden und erinnern. ...Ich kann nur mit Menschen ganz, heil, „ganz Ich" sein, wo Raum und Möglichkeit ge-Geben ist. Hexe, Animus *und* Anima auszuleben, mit Menschen, denen ich mit Lust und Freude entgegensehe, damit wir miteinander spielen können...

Helga Seidenthal

*

Handlungen/Berührungen, die nur verliebten (und dann bitte noch heterosexuellen) Paaren zugestanden werden... ICH möchte mich zu *allen,* die ich mag, Männern wie Frauen, verhalten, wie es gut tut, nicht mich „normal" ver-halten müssen (mit ver-haltener Stimme, verhalten Blicken und Gesten), ich möchte mich Scham-los, frei und unbescheiden be-Nehmen, be-Geben in Kontakt und Berührung/Berührtheit.
Was wir nicht treiben sollen, dafür wurde uns die Sprache ausgetrieben. Wörter wie Gefühle, in ihrer ehemals reichen Ausdifferenziertheit der Vergangenheit überantwortet, zum Aussterben verurteilt. ...Bi-Sexualität. Ablehnung als Form innerer Beteiligung, Angst als

Peter Schlack

Zeichen für ein grundsätzliches Interesse? Das eigene Wesen im anderen wiederentdecken und für gut befinden. Nicht auf ausschließliche Weise wie bei der Homosexualität, sondern als Integration, im Blick nach beiden Seiten offen.
Eine Welt wird erschlossen... Eine Welt die Frau heißt ...Hinein in die Wahrheit... Flucht aus der Illusion... Freiheit suchend... Im Verhältnis der Liebe... Befreiung finden... Im Verhältnis der Geschlechter... Die Suche – Heilsam für Leib, Seele und Geist... Ein Anfang. (angelehnt an Peggy Parnass)

*

Was mir hin und wieder auffällt: Unsicherheit. Unterdrückte Impulse, sich in den Arm zu nehmen in Anwesenheit Fremder und als Gegensatz ein kleiner Kuß im Cafe. Eigentlich will ich dieses „Theater" nicht. Uneigentlich habe ich Schwierigkeiten mit der damit verbundenen Rolle. Mit dem Etikett „lesbisch" hätte ich vordergründig weniger Schwierigkeiten wegen der Klarheit und Eindeutigkeit. Mit den Augen der Außenwelt betrachtet ist Bisexualität nichts halbes und nichts ganzes. ICH will nicht nur ein Stück vom Kuchen, ich will den ganzen, den mit Sahne und einen Sherry hinterher. Auch auf die Gefahr hin, daß mir danach schlecht wird. Ich will mich nicht zwischen Mann und Frau entscheiden *müssen*. Und wenn mich die Umwelt für verfressen hält. ...Mein ganzes Leben bestand aus dem Bemühen, mich nicht in eine der beiden angebotenen Schubladen stecken zu lassen, mir meine Hagazussa-Position und -identität zu bewahren, zu er-innern.
Körperkontakte: sexuelle/erotische und wärmende. Ich kenne, erlebe, spüre die verschiedenen Kombinationsmöglichkeiten mit „und/oder", mit weiblich/männlichem Gegenüber; auf je eigene Weise lustvoll, sinnenfreudig, sinnlich („sensitive"). Verschiedene Arten in verschiedenen Qualitäten, gleichberechtigt.

*

Ich bin in keiner der Welten zuhause. Weder in gemischten noch in reinen Frauenkneipen. In der einen ist zuviel, in der anderen zu wenig... Ich fühle mich subtil bedroht: durch Andersartigkeit. Wie ein Wesen von einem anderen Stern. Kein Ort nirgends... Ich suche das Dritte, the Two-in-One. Ich hab Gefallen an der Frau, am Körper der Frau und möchte letztendlich auf die phallische Seite des Mannes nicht verzichten. Was schreib ich denn da? Hab ich denn nicht schon gespürt, daß diese aufnehmende, aufsaugende, einsaugende Kraft und Sehnsucht in mir eben auch vom männlichen Körper unabhängig ist? Und doch, in letzter Konsequenz, ist sie es? Ist sie es nicht? Ich weiß es nicht.
...Frauenfrauen (homo-, bi- und heterosexuelle) Frauen sind die, die die Priorität auf «Weibliche» Belange legen, sich intellektuell, emotional, körperlich und sexuell (*auch* in *dieser* Reihenfolge!) auf Frauen beziehen. Durch die Reihenfolge ergeben sich graduelle Unterschiede. Hingegen sich *nur* auf Frauen zu beziehen, ist keine Neuerung, ist altbekannter Separatismus mit nur anderen Bezugspunkten/-personen. Die Ausrichtung auf beide Geschlechter für Körper, Seele und Geist scheint mir am ehesten im Sinne eines ganzheitlichen Lebens zu sein...
Ich vermute, daß Wesen-tlich mehr Menschen im Grunde bisexuell sind, als „man" denkt – und zugibt. Vielleicht sind sie sogar die heimliche Mehrheit.

Helga Seidenthal

Selbst- und Fremdwahrnehmung... Gerade bei Bisexuellen gibt es kaum klare, eindeutige (kongruente) Personen. Die eine Frau sagt von sich/erweckt(e) den Anschein der Bisexualität und ist heterosexuell; die andere verhält sich als Lesbe und sagte ganz leise, eigentlich sei sie doch bisexuell. So weit klar, noch herrlich eindeutig inkongruent. Doch dann wird es schon komplizierter. Meine Freundin und ich: beide sagen (und leben) wir offene Bisexualität (Eigenwahrnehmung), doch von außen betrachtet lebt sie in einer nahezu klassischen Beziehung zu einem Mann, versuche ich, mein wenn auch geringes Interesse an Männern „an den Mann zu bringen". Ich fahre mit einer (anderen) Frau (Freundin) in Urlaub, sie mit einem Mann, (Freund).

Beides anerkanntermaßen. Beide leben wir scheinbar im Alltag unterschiedliche, („objektiv beobachtbare") Prioritäten... Ich wünsch mir eine weitergehende (im zeitlichen wie grenzüberschreitenden Sinne) Ausweitung dieser Verwirrung.

Körper, Sinnlichkeit, Kontakt, Entdecken, sich finden im andern Körper, sich ein-finden. Sich kennenlernen. Ich wiedererahne mich in Mann und Frau, in Eigen-Mächtiger Kraft und Hin-Gabe. Und weiß um den Unterschied zwischen Mann und Frau: möcht mich in 1000 Frauen, in *mein* Geschlecht, in die Höhle anderer Frauen einfinden, in ihrem Geschlecht, ihrem Innenraum mich ein-Finden, ent-Deckeln.
Das ist, was kein Mann mir (an)bieten kann: FrauenKörper ertasten, erspüren, er-Finden. Es geht nicht um Gier, um Sex, um Geilheit, um Spannungsbögen. Lust oder Orgas-müssen, sondern um erkennen („und sie erkannten sich"), nicht um die phallische Erfüllung des Innenraums, sondern um (vrouwendes) sich-Ein-Finden, gegenseitiges gemeinsames Wiedererkennen des Selbst, des eigenen Körpers, des eigenen Geschlechts im Geschlecht.
Weibliche Vrouwen-Sexualität, Körperkontakt/Sexualität mit Frauen, als Erweiterung des eigenen Empfindungsspektrums. Konfluenz unter Frauen hat eine ganz andere Qualität. Rein körperlich: ein Mann ist mir dadurch unähnlich, daß er keine Vagina, keinen „freien" Zugang, zu seinem (Körper-) Innern hat, wie ich ihn habe, wie eine andere Frau ihn hat.

Barbara Commandeur

1. Deutsches Trivialeneum

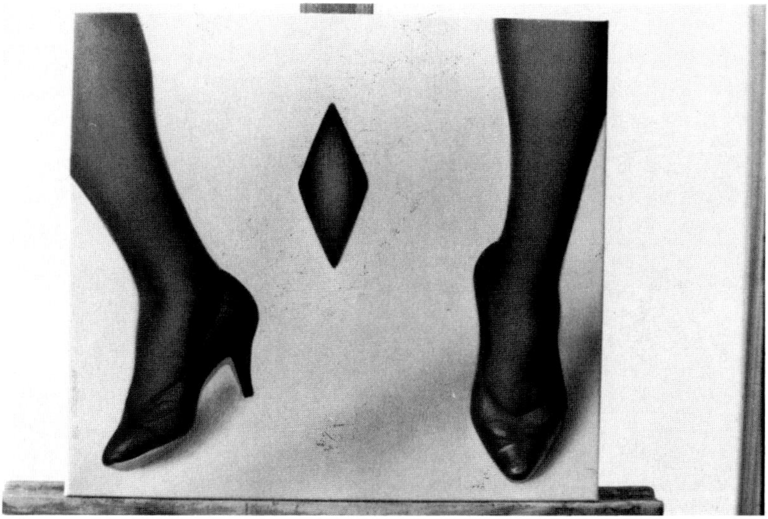

Gerda Ambros

Anatomische Skizze

Sie ist 18, ihre Skizze trägt sie zwischen den Titten.

Sie ist 19, einer sagt Fotze, du kleine Fotze. Das findet sie zum Pissen.

Sie ist 13, sie zieht ihren Muskel durch den rechten Arsch. Sie ist 13 und sie zieht ihren Muskel durch den linken Arsch. Sie zieht ihren Muskel durch den Arsch, um ihren Arsch von hinten zu sehen. Wenn einer hinter ihrem Hintern her ist sagt sie Arschloch.

Er ist 17, er kneift sich die Backen zusammen. Er geht mit einem Arsch. Mit einem Arsch gehen heißt den Arsch im Arsch tragen, das macht ihn weich. Wenn die Schenkel sich gehen lassen zeigen sie auf den Arsch. Er wird von den Schenkeln balanciert. Die Schenkel balancieren den Arsch und das Geschlecht. Wer einen weichen Arsch trägt wie ein weiches Geschlecht, dem greift man früher oder später hinein. Der Arsch im Arsch und das Geschlecht im Arsch, da greift man hinein, sonst nichts. Wer den Arsch im Arsch sucht, der hat sich getäuscht. Das Geschlecht ist nur das, was man sich öffnet.

Er ist 15, er zieht sich den Arsch in die Oberschenkel. Er spannt die Schenkel in den Arsch und den Arsch in die Schenkel. Arsch-Schenkel tragen das Geschlecht. Sie verbergen es nicht, sie zeigen es nicht. Sie machen das Geschlecht zum Körper und den Körper zum Geschlecht, ein Geschlecht, das schon da ist. Wenn er sich die Daumen an die Nieren legt wird sein Kopf weich und melancholisch gespannt. Man greift ihm aufs Fleisch, man umfaßt den Arsch, das Geschlecht. Es ist das, was da ist.

Zug:

sie	sie	er	18	19	15
sie	er		13	17	

18: steckt 19 den rechten Zeigefinger in den rechten Mundwinkel, dringt zwischen den Zähnen zur Unterseite der Zunge vor.

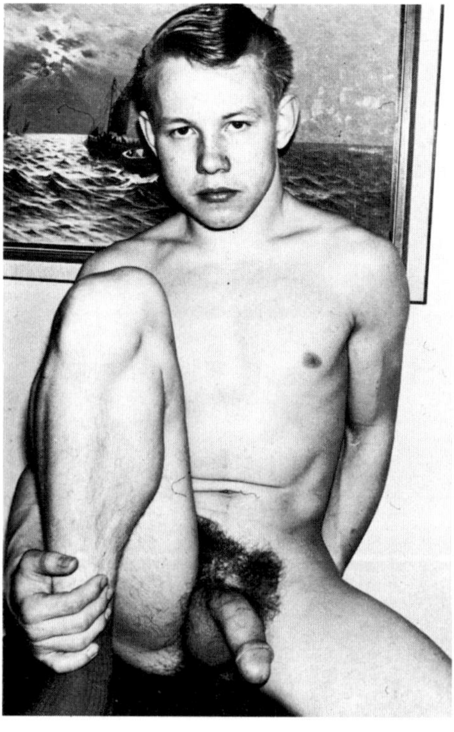

15: legt ihr den linken Mittelfinger schräg an den linken Mundwinkel, führt ihn zur Mitte ihrer Lippen, wartet, zieht ihn zum Ohr, dreht ihr mit dem Daumen das Ohrläppchen zum Hals, läßt es los, setzt an der Mitte der Lippen an, wiederholt es.

13: kniet auf dem Sitz, legt 17 ihre linke Hand auf Augen und Stirn, dreht sein Gesicht zum Fenster.

19: senkt den Kopf tiefer in den Nacken, zieht das linke Knie an die linke Brust, nimmt den linken Schuh ab, legt ihn 15 ans Geschlecht, drückt ihm den Stöckel zwischen die Schenkel.

18: wölbt ihr die Lippen nach außen, streicht den Hals entlang, legt die Finger in seine Mulde, zieht ihre rechte Hand über den Ansatz der Brust, dreht den Stoff der Bluse in ihre Faust, führt ihn über die Spitze der Brust, reißt den obersten Knopf los, wartet, zieht den Stoff von der rechten Schulter, berührt sie mit der flachen Hand, fährt ihr mit drei Fingern in die Achsel,höhlt sie aus, benetzt sich mit dem Schweiß, zieht ihn mit der weichen Haut zur Schulter hoch, führt die Hand zum Kinn, spreizt ihren Daumen um den Hals, umfaßt ihn, preßt ihre Hand über seine Wölbung, zieht sie bis zur Mulde, wiederholt es.

15: legt ihr die Innenfläche seiner Hand auf die Lippen, bewegt sie über ihrem Gesicht, dreht sie ihrer Zunge entgegen.

13: schiebt ihren Rocksaum über den linken Schenkel hoch, hält ihn über dem Beckenknochen, läßt ihn schräg über das Geschlecht fallen, setzt das linke Knie nach außen, drückt 17 die

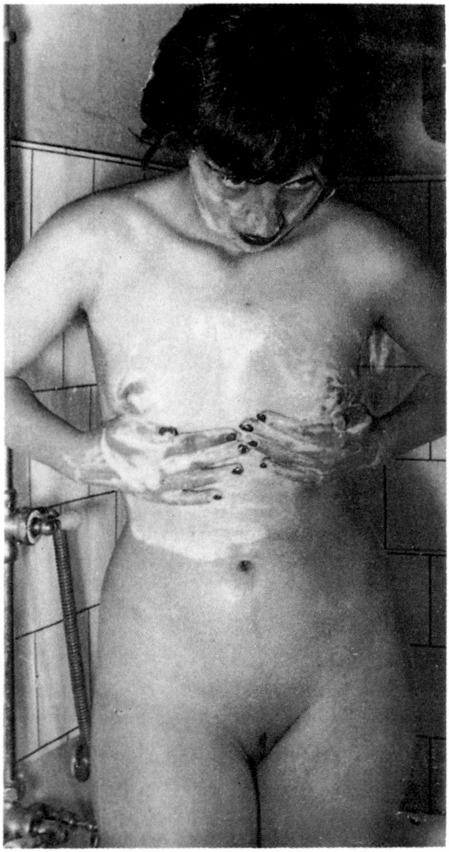

Stirn gegen die Wand, preßt den rechten Schenkel gegen seinen Arm.

17: legt den rechten Handrücken über seinen linken Unterarm, schiebt die Hand an die Innenseite ihres rechten Schenkels, berührt mit dem Handrücken die Innenseite ihres linken Schenkels, führt die Hand hinauf zum Geschlecht, berührt es nicht, beugt seinen Kopf zu ihrer Hüfte, schiebt seine Hand durch ihre Schenkel, berührt die Falte unter ihrem Arsch, legt seine Hand in sie, hebt seinen Arm an ihr Geschlecht, umfasst die rechte Backe, drückt ihre Hüfte fester an seine Stirn, hört auf, sich zu bewegen, bleibt die Kraft mit der sein Arm sich an ihr Geschlecht preßt.

18: drückt die Schulter von 19 zur Wand. Sie zieht die Handkante zu den Brüsten, teilt sie, rötet die Haut, legt die Zunge auf die Spitze der linken Brust, schiebt ihr den Rock hoch, legt die Hand an ihr Geschlecht, streicht über die Schenkel, dehnt das Nylon in der Kniekehle, setzt ihre Nägel an, wartet daß es reißt, wiederholt es, innen folgt sie den freien Stellen der Haut zum Geschlecht, berührt mit den Knochen die Lippen, dreht die Innenflächen ihrer Hand ins Geschlecht, spreizt es mit dem Daumen, dringt mit den Fingern in seine Öffnung.

Thomas Wulffen

Das Auge Die Wörter

Die Bewegung beginnt an keinem konkreten Ort. Ein Ziel wird ihr erst im Ablauf der Handlung gesetzt. Aber sie äussert sich zuerst in einer Verschiebung des rechten Ellbogen vom Körper weg, dem die Hand folgt. Sie erhebt sich von dem weissen Untergrund, wobei sich die Hand öffnet. Eine leichte Spreizung der Finger setzt ein. Im gleichen Moment beginnt sich der Körper, nackt auf einem weissen Leinentuch, zu drehen. Der Kopf hat diese Bewegung in den Bewegungen der Augen vorweggenommen. Sie sind auf ein Objekt gerichtet, das sich links von dem sich drehenden Körper befindet. Dem Kopf ist durch die Augen eine Richtung gegeben. In der Drehung des Kopfes ergibt sich eine Folge von Bewegungen, die in der Berührung des linken Knies mit dem Leinentuch einen vorläufigen Abschluss finden wird. Die rechte Schulter löst sich von dem Untergrund. Der rechte Ellbogen unterstützt die begonnene Drehung, indem er auf die mit einem weissen Leinentuch bespannte Matratze drückt. Die Hand bleibt dabei unter Zurücknahme der Spreizung in der Luft stehen. Das rechte Bein nimmt die Bewegung der Schulter auf und wird von einem Zustand der Entspannung in den Zustand der Spannung versetzt. Indem das Knie erhoben wird, ziehen die Muskeln des rechten Unterschenkel den rechten Fuss an sich heran. Zwischen dem rechten Fuss, der Unterseite des Knies und der rechten Gesässbacke entsteht ein fast gleichschenkliges Dreieck, das sich bald wieder auflösen wird. Das linke Bein dreht sich auf dem weissen Leinentuch. Der linke Fuss wird dadurch von einer senkrechten Stellung in eine waagerechte Lage gebracht, parallel zur Matratze. Der Oberkörper des männlichen Körpers ist mit der Brustseite dem anderen Körper zugewandt. Der linke Arm liegt auf. Während der Drehung hat sich der Penis des Mannes aufgerichtet, ohne seine volle Spannung zu erreichen. Die Hand des rechten Armes bewegt sich in Richtung auf den anderen nackten Körper zu, sie wird eine relative Ruhe am Hals dieses Körpers finden, im Spiel mit den Nackenhaaren.

Der Kopf liegt auf einem Kissen. Das linke Ohr, dessen Ohrläppchen einen kleinen silbernen Ring trägt, die linke Wange und die linke Schläfe sind durch die Lage verdeckt. Die Augen sind geschlossen. Über ihnen wölben sich die dunklen Augenbrauen, die im Kontrast zu dem blonden Kopfhaar stehen. Am Hals ist durch die Lage des Kopfes bedingt das Pulsen der Halsschlagader zu sehen. Auf der der Matratze zugewandten Seite des Halses entstehen Falten, da der Kopf nicht in einem rechten Winkel zum Oberkörper aufliegt. Die rechte Brust wird zum Teil vom rechten Arm verdeckt, der in der Berührung mit dem weissen Leinentuch ruht. Die linke Brust ist unverdeckt. Die kleinen, hellbrauen Brustwarzen werden sich erst im Lauf des Erwachens aufrichten und in der gegenseitigen Berührung mit dem anderen Körper. Der obere Teil des linken Arms liegt auf der linken Seite des Oberkörpers auf. In Höhe des Bauches winkelt der Arm sich ab, wobei die linke Hand in Kontakt kommt mit dem Leinentuch. Der Unterarm verbirgt die Konturen des Bauches und den Bauchnabel. Die Finger sind entspannt nach innen gekehrt. Von ihnen wird die den Augen folgende Bewegung ausgehen. Zwischen den Beinen, von denen das obere leicht angewinkelt ist, zeichnet sich das blonde Dreieck des Schamhaars ab. Auf dem rechten Knie sind zwei Verletzungsnarben zu sehen.

In der Berührung der rechten Hand des Mannes beginnt die Frau aufzuwachen. Sie öffnet ihre Augen. Der Körper des Mannes rückt an den Körper der Frau heran. Die rechte Hand der Frau umfasst die Taille des Mannes und unterstützt diese Näherung. Durch diese Bewegung werden die kleinen Brüste sichtbar. Die rechte Hand des Mannes umfasst die linke Brust und beginnt diese zu streicheln. Danach löst sich die Hand von der Brust und fährt den glatten, flachen Bauch hinunter, um in der Berührung mit dem Schamhaar eine relative Ruhe zu finden. Die Frau nimmt den Penis des Mannes in die Hand und massiert ihn leicht. Währenddessen streicht der Mann mit seinem Zeigefinger über die feuchte Spalte der Frau. Die Frau nimmt den Penis des Mannes zwischen ihre Beine, ohne ihn in ihre Vagina eindringen zu lassen.

Ihre Gesichter erfassen sich nur noch in gegenseitiger Berührung. Die Wärme des Mannes überträgt sich auf die Frau. Der Mann dreht sie auf den Rücken, sie gibt dem Druck nach. Ihre Hände umfassen den Mann und drücken ihn an ihren Leib. Seine Hände umfassen ihr Gesicht, halten es für einen kurzen Moment fest, in dem sich ihre Blicke treffen.
Dann senkt sich sein Kopf neben ihren Hals, im gegenseitigen Wunsch keine Lücke zwischen ihnen offen zu lassen.

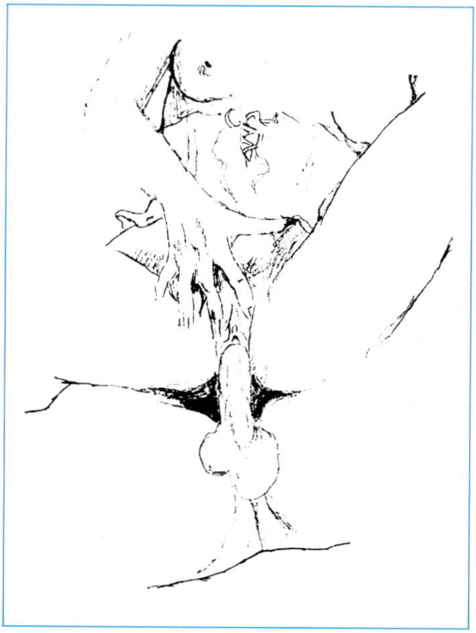

Christina öffnet ihre Beine und Frank dringt in sie ein.

zeitlupe

meine hand schön gewölbt
ruht auf deinem
auch schön gewölbten
arsch

genauer gesagt sie ruht
auf der linken
gewölbten kuppe

gleich begeben sich meine
jetzt noch gewölbten
finger ans wandern
über poröse kühle
körnige landschaft
bimsstein feldspat und quarz
die luft über ihr
summt von pollen

alles ist glatt und rund
ein gartenweg voller kiesel
steine vom schwarzen meer
kleine schrunden
bevölkert mit raupen
maulwürfe täuschen
lebendigkeit vor
tuscheln von heldentaten
gletscherspalten gefährlichen
rissen in wahrheit
wölbt sich
so die rasierte rundung
des toten trabants

der seine wärme
von einem fixstern
klaut
kehren wir aber zur
sensation der finger
zurück jetzt schieben
sie drängeln sich
schmeichelnd
kneten den matten teig
geraten ins abseits
gleiten die böschung
hinab unversehens ins warme
feuchte in eine
feinbehaarte und später
von dichteren büscheln
umsäumte rinne drücken
tasten sich tiefer
im klebrig und feuchten
flußbett verhaltend
am artig gefälteten
rosig plissierten loch
mit seinen griffelnden
netzhaft verzweigten
und unterirdischen
wurzeln (myzelen)
jetzt wird ein duft frei
von tausend
schmarotzenden hallimasch
dünstet geschlecht laster
scheiße und tod
reißt auf ein schluchzen
aus archaischen tiefen

mäandernd treffe ich wieder
auf grund hügelland
zwischen büschen
ein steg von tümpel
zu tümpel stumm
ohne froschgesang

die hand drückt sich flach
rutscht listig durch schenkel
weiter vorn
läutet
triumphal das gemächte

und schalmeienton
schraubt sich
lerchengleich
in die höh

jetzt liebster
bin ich auch
so weit

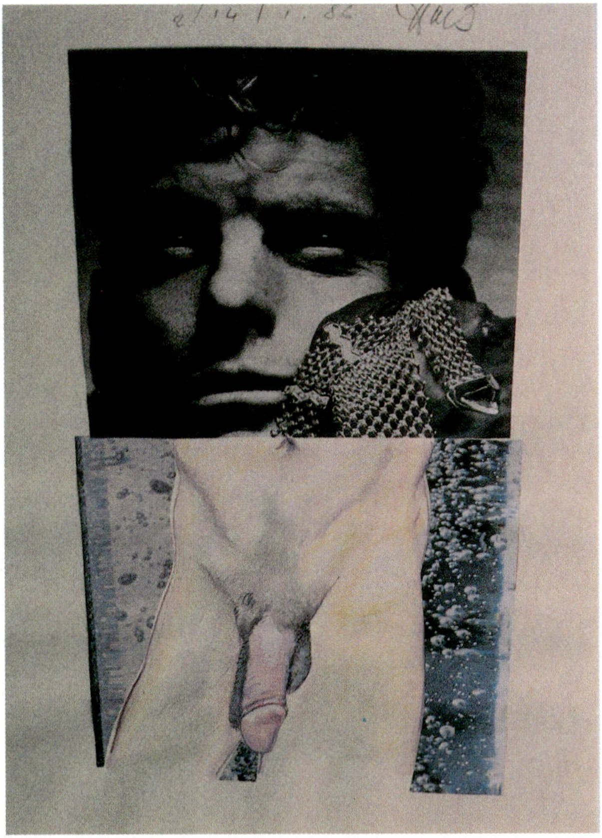

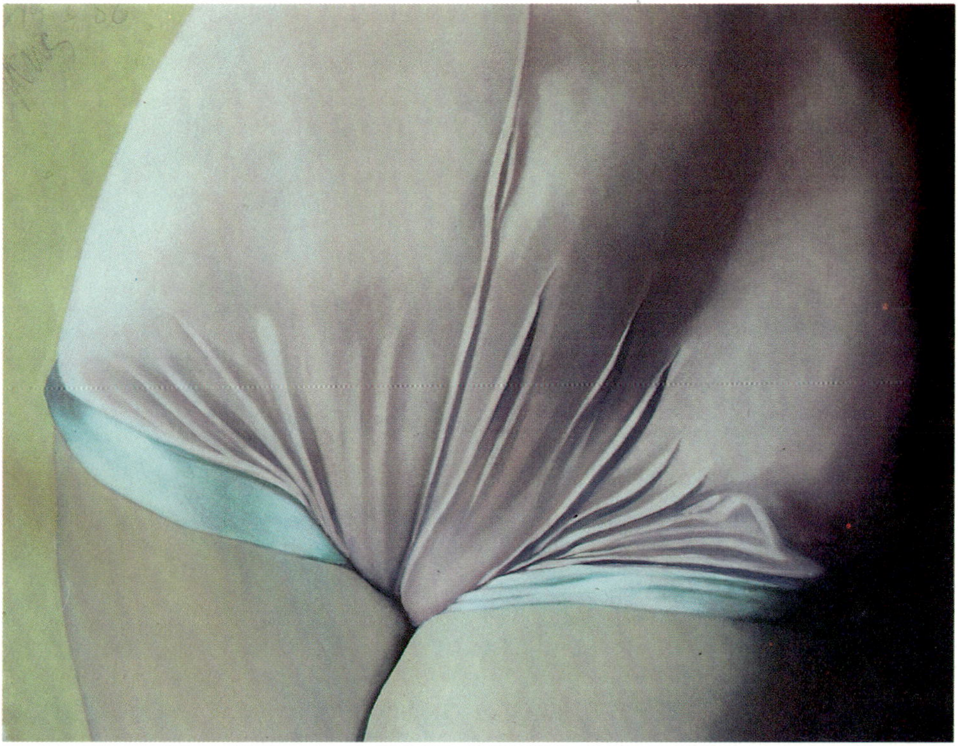

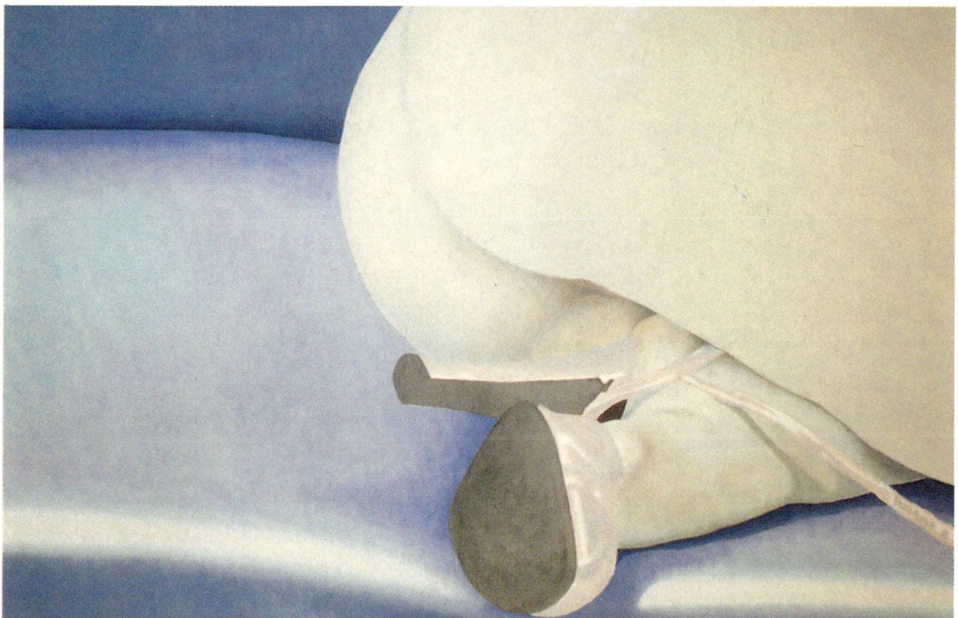

Hans Schmid

Aus einem japanischem Kopfkissenbuch

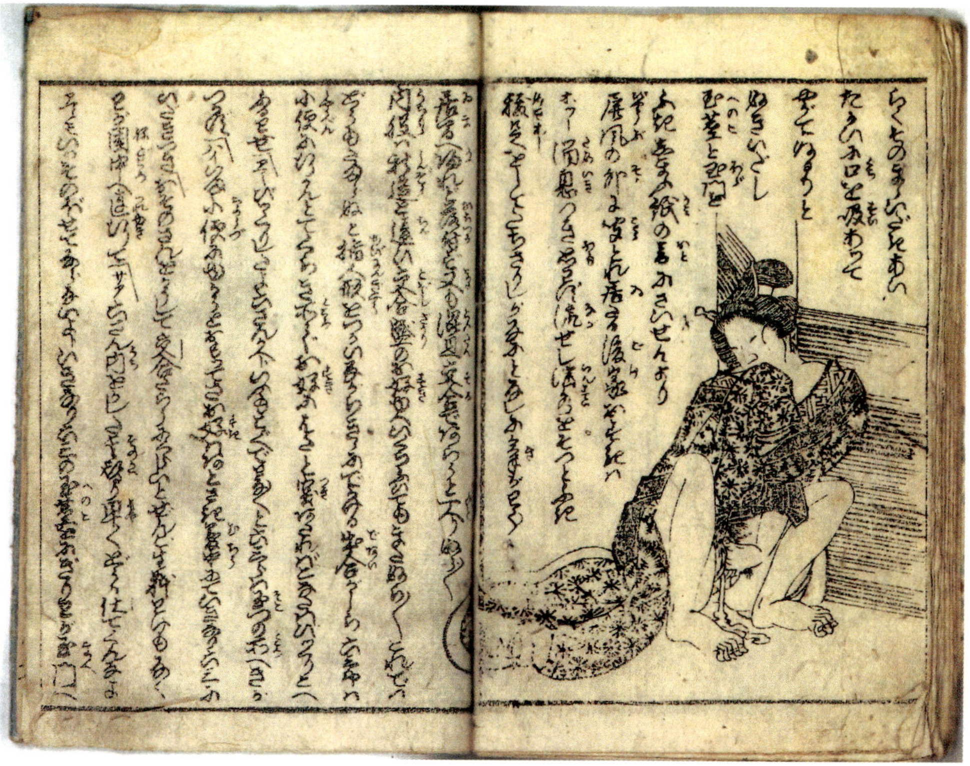

TRAUMHAFTE GELIEBTE

Traumhafte Geliebte hat der Traum,
die uns verzweifeln lassen, wenn er
endet.

Stumm sind sie und sitzen tief in uns
und werden geboren, wenn wir sterben.

Christian Schreibmüller

René Ed Brauchli

Christa Hein

Strandgang

Sie ging den dunklen Strand entlang. Das Wasser mußte schon vor Stunden abgelaufen sein, von weit draußen kam das Klagen der Seevögel übers Watt. Als seien Zeit und Raum hier aufgehoben, dachte sie; die Welt noch in der Entstehung. Großmutter war oft um diese frühe Stunde hergekommen. Sie hatte das Wasser geliebt, das Einzige, was ihr wirklich vertraut war. Immer hatte sie sehnsüchtig von Riga, ihrer Heimat, gesprochen, die sie mit ihrer Mutter verlassen hatte kurz nach der russischen Revolution.

Ich wäre so gern ins Baltikum zurückgegangen, sagte sie oft. Aber es kam der Krieg, Kind, und dann... die Menschen wurden verrückt, das war das Schlimmste. Bei Kriegsanfang sah sie, wie man einen englischen Flieger über dem Watt abschoss. Das Erlebnis hatte sich tief in ihre Erinnerung eingegraben; in diesen Tagen hätte sie vielleicht wieder davon erzählt.

Im Strandgut an der Wattkante lagen ölverschmierte Plastiktüten, Federn, Holz, dazwischen ein alter Jesuslatschen, das feuchte Leder klebrig von Sand und Schaum. Sie hob ihn auf, das Riemchen für den Zeh abgerissen, warf ihn aufs Watt. Eine grauweiche Möwenkolonie erschrak, einzelne Vögel stiegen auf, neue folgten, wie um die Bewegung nicht abreißen zu lassen, eine Kette weißer Schwingen über dem dunklen gewölbten Horizont.

Früher hatte sie hier gespielt, war auf einen Punkt auf der Horizontlinie zugelaufen in der Hoffnung, an die äußerste Erdrinde zu gelangen. Von dort, dachte sie, wäre es nur noch ein Schritt hinaus ins All, um die blauweiße Erdkugel hinter sich liegen zu sehen. Horizontspiel, hatte Großmutter es getauft, und sie erfanden gemeinsam Geschichten dazu.

Der Möwenschwarm flog so schnell auf sie zu, daß sie sich unwillkürlich niederhockte; die Horizontlinie steigt, die Möwen werden größer und größer – aus weißen Federkörpern werden Tücher, wallende Bethemden von Pilgern, in einer Wüste aus Sand und Salz, hätte sie nun die Geschichte begonnen; dazwischen der Priel mit dem riesenhaften Jesuslatschen, wie das ausgetrocknete Bett eines Flusses. Und Großmutter hätte in ihrer seltsamen Art weitererzählt: Und das Möwentuch plusterte sich zu einem Pilgerzug, aus spitzen Schnäbeln wurden scharfe Säbel, waffenklirrend folgte die Kolonie der Schuhspur des göttlichen Sohnes. Bald schimmerte vor ihnen das Grün einer Insel – eine Fata Morgana? Nein, die Pilger flogen hinüber, stark im Vertrauen auf das göttliche Zeichen, und siehe: es wurde ein Garten. Eine wahre Oase, ein Paradies, das einer alten Frau gehörte, die über die Ankunft der Pilger beglückt war. Sie hieß sie willkommen und trug ihnen ein Mahl auf, wie es sich für Pilger geziemt, einfach und nahrhaft, wenn auch ungewöhnlich: Kohl für den Körper und Lilien für den Geist. Denn die Alte hatte sich einem heiligen Ziel verpflichtet: Schmutz und Sünde aus der Welt zu schaffen, um Reinheit und Natürlichkeit gedeihen zu lassen. Auf ihren kerngesunden Wirsing wies sie mit Stolz: in corpore sano mens sana! Nichts verkörpere das Prinzip straffer Ordnung besser als die kräftigen Blätter, nichts so sehr das Prinzip der Nützlichkeit (wegen der vielseitigen Verwendbarkeit als Kohlwickel, Kohlsuppe und Kohlpudding bis zum später weltberühmt gewordenen Sauerkraut, das die faltige Alte erstmalig nach einem streng geheimgehaltenen Rezept bereitete). Die weißen langstieligen Lilien aber schätzte sie wegen ihrer Unschuld.

Den wallenden Brüdern erschien der Garten als die göttliche Verkörperung ihrer Lehre. Jedoch, ihn in Ordnung zu halten war ein mühevolles Tagewerk, ein Kampf gegen böse Mächte, wie die Alte den Brüdern mit rollenden Augen erzählte. Unordnung und Schmutz bedrohten ihr Werk, sie brauche die Hilfe der Pilger, die sich gern bereit zeigten. Gemeinsam rotteten sie nun

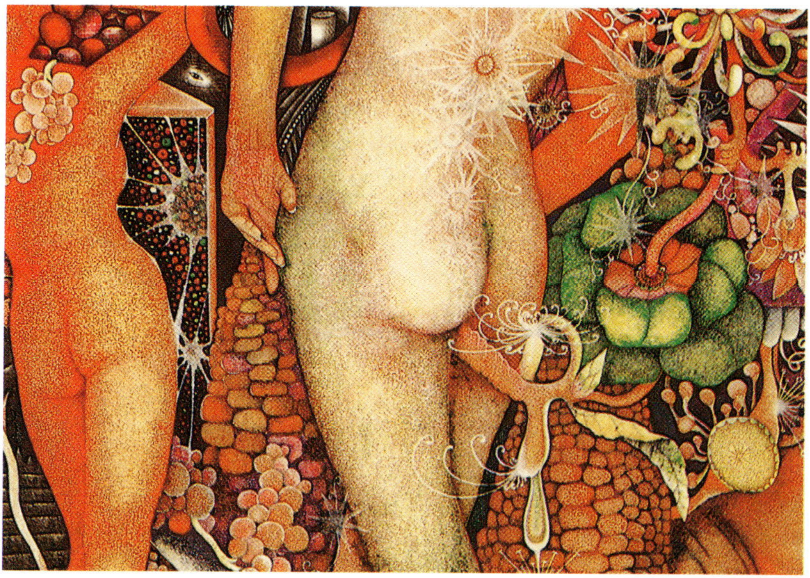

alles, was nicht Kohl oder Lilie war, bis zu den Wurzeln aus; die unsauberen Pflanzenleichen und zerhauenen Teile warfen sie über den Zaun – wo langsam ein anderer Garten zu wachsen begann. Und je heftiger sie ihre Rodungsarbeiten betrieben, desto dichter wurde jener Unkrautdschungel.

Während diesseits des Zaunes Kohl an Kohl in Reih und Glied stand, dazwischen Lilienfelder, verbanden sich auf der anderen Seite Blätter, Blüten und Samen in unbekümmertem Durcheinander. Taugetränkte schwere Kelche, samtig weiche Blüten und sich wölbende fleischige Wurzeln krochen über den Zaun und webten in rankenden Spiralen und luftigen Brücken ein erstickendes Netz über die Lilien.

Jeden Morgen aufs neue hieben die Alte und die Pilger es ab, schnitten die Arme zurück, die sich um die Lilien schlangen, und zertraten die feinen Blüten. Es war jedoch, als kämpften sie gegen eine Hydra. Wenn die Nacht anbrach und die Alte im Dunkel ihrer Hütte saß, begann jenseits des Zauns ein allnächtliches Spiel: die grüngrauen Schutzblätter, die man am Tage sah, wichen, um feuchtglänzenden Blättern und Knospenschleiern Platz zu machen. Zwischen Strahlenlaternen aus Staubfäden und Trichterchen, die gleich winzigen Trompeten ihre Begierde in die Nacht stießen, strömten schwere Düfte, die die Tänzer dieser Nächte, Satyrn und Elfen, betäubten. Dunkle Orchideen lockten auf Samtstraßen in ihr Labyrinth, tiefe Kelche wiegten sich, Kolben und Trichter von Anturien schwollen mit dicken Säften.

Jede Nacht dauerte dieses Schauspiel länger, und immer saß die Alte hinter dem Fenster. Sie versteckte sich zwar, doch wußten die Pflanzen, daß sie dort saß, mit brennenden Augen. Denn so sehr sie den anderen Garten haßte, sowenig konnte sie doch davon lassen. Morgens arbeitete sie umso verbissener um die Ordnung, klöpfte das langhaarige Gras, zertrat Schädlinge, riss das Unkraut aus bis zur Wurzel und schnitt jedes Blatt, das nicht am Platze war, mit scharfem Messer ab. Den Gartenzaun ersetzte sie durch eine Mauer, und doch war sie machtlos; denn als höhnten die Pflanzen der Mühe, warfen sie, gleich, wie hoch die Mauer auch wuchs, jeden Morgen aufs neue ihre Schatten über die Lilien.

Der Sommer kam und mit ihm der Johannistag, an dem sich die Lilien öffnen sollten. In der vorausgehenden Nacht begann ein Tanz, der alles zuvor übertraf. Ins Rot der Orchideen gekleidet tanzten Elfen und Faune, Pflanzen und Flügeltiere in wild verzückter Hingabe, bis sie schließlich – zum Entsetzen der Alten – im Morgendämmer einen Zug bildeten, der über die Mauer auf die Lilienfelder zustrebte, wo sich leise zum ersten Mal die jungfräulichen Blüten öffneten. Ein Schwarm Hummeln löste sich schließlich summend aus dem Reigen, und mit haßerfüllter Ohnmacht sah die Alte ihre pelzigen Leiber in den weißen Lilienkelchen versinken. Ein Zittern lief durch die Pflanzen, bald schwirrten die Hummeln selig betrunken davon, die Lilien in glühendem Wiegen zurücklassend. Gebannt hatte die Alte alles verfolgt, doch jetzt stürzte sie mit einem Aufschrei in den Garten, hackte besinnungslos auf die Lilien ein, zerfetzte ihre zarten Schleier und verspritzte ihren unreinen Saft, bis sie völlig erschöpft inmitten der Zerstörung niedersank. Als sie wieder zu sich kam, sah sie sich von den bunten Tänzern der Nacht umringt, die ihren Körper liebkosten. Auf den Lippen die schwere Süße des Honigweins verspürte sie eine merkwürdige Leichtigkeit. Die seltsam sirrende Insektenmusik, die eigens für sie anhub, zog sie in den Reigen, und vorsichtig begann sie zu tanzen, immer schneller, verzückter, bis sie sich müde in die Arme einer großen Orchidee sinken ließ.

Als die Pilger bei Dämmerung an den Zaun traten, bot sich ihnen ein Bild der Verwüstung. Zwischen zerfleischten Kohlköpfen und abgehackten Lilien lag die Alte, nackt, mit aufgelöstem Haar. Ihrer ansichtig erhob sich ein Kichern unter ihnen, das in lautes Gelächter umschlug und die Alte weckte. Sogleich nahm sie mit aller Sehnsucht die zärtlichen Spiele mit ihrem Orchideenliebhaber wieder auf. Erbost ob dieser Blasphemie ebbte das Gelächter ab, schwoll zu wilden Drohungen an, denen bald die ersten Steine folgten. Zugleich setzte ein wütendes Säbelschwingen ein, als wenn scharfe Schnäbel hackten, plötzlich glühten Flammenspeere auf, Rot flog über den Himmel und die Wüste – und lag das Watt im Glanz der aufgehenden Sonne.

Sie streckt sich aus der Hocke, längst ist der Jesuslatschen fort, der Möwenschwarm beruhigt. Ein Küstenpatrouillenboot bohrt seine schwarzen Aufbauten in die goldorange Kugel am Horizont. So vielleicht, dachte sie, sah Großmutter die Sonne aufgehen im Watt, damals im Jahre 1939, als man den englischen Flieger abschoß.

Monica Streit

Träumtest dich ins Café
wo im verglasten Erker
Tiger sich fleischten
so richtig rot, so richtig
blutig
sagte der Besitzer
verstehe nicht
daß die Leute das meiden
träumtest
ich sende dir eine Kassette
Carambolage und Katakombe
endlich wieder
was von mir gehört.

Helga Seidenthal

Helmut Jansen

LIEBES GUMMI

Gesellschaftsfähig ist das Condom bereits geworden. Zu seinen Vorzügen als Verhütungsmethode von großer Sicherheit ist seine einzigartige Eigenschaft als verläßlicher Infektionsschutz hinzugekommen. Enthaltsamkeit ist für Sie und uns doch wohl kein Thema! Folglich verdienen diese zarten Helfer der Lust unsere Aufmerksamkeit. Und es ist einfach an der Zeit, ihr trauriges Image als bloße Schutzkleidung und als Verhinderungsmittel zu korrigieren. Diese feinen überlangen Vorhäute haben nämlich erstaunlich lustvolle, kreative, ja bewußtseinsverändernde Eigenschaften. Ihnen, verehrte Verbraucher, dies näherzubringen, dient unsere kleine Broschüre.
Beginnen wir also ganz locker mit dem Vergnüglichen – eventuelle therapeutische Gesichtspunkte wollen wir nur am Rande erwähnen:
Das männliche Glied, jahrzehntelang verfemt und in seinen Auswüchsen schlicht für pornographisch erklärt, hat sich einen geheimen Weg ins kollektive Bewußtsein erarbeitet und begonnen, seinen natürlichen Exhibitionismus und Größenwahn unsublimiert auszuleben. Immerhin ist es bereits in den Genuß einer wenigstens annähernd gerechten Darstellung in den Medien gekommen. Die Propagierung eines sicheren Infektionsschutzes hat ihm den Weg geebnet, kurz: Aufklärung und Werbung kommen an einer Erektion nicht mehr vorbei. Noch wird der Schein gewahrt und nur die Schutzhülle dargestellt. Aber da das nur in voller Entfaltung Sinn macht, ist er schon zu ahnen, der Kleine, der so gerne der Größte ist.
Zu seiner und unserer Freude möchten wir Ihnen hier und jetzt eine Reihe wirklich sensationeller Entwürfe vorführen – die neue Überziehermode, die Haute Couture des Genitale, unsere "Pariser Creationen":

Nicht zu unrecht an erster Stelle, das Non-plus-Ultra des verwöhnten Mannes, die Antwort auf die Verruchtheit weiblicher Dessous:

Das SCHMUCKCONDOM

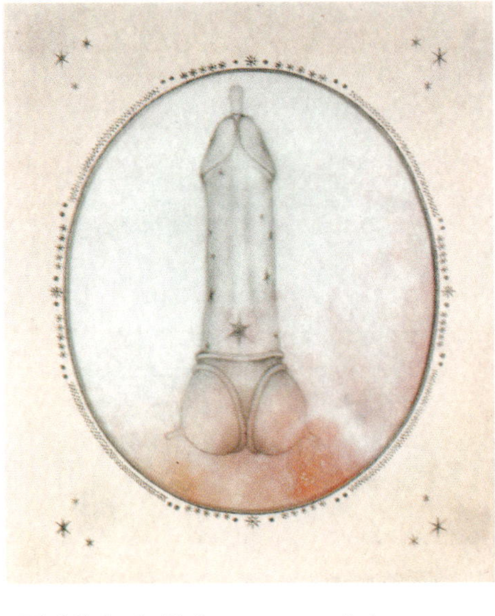

Wirklich ein Spitzenerzeugnis in unserem Sortiment! Zu jeder Gelegenheit tragbar. Ersetzt die schönste Tätowierung, zudem austausch- und ausziehbar wie jeder engsitzende Damenslip. Mit unserem Schmuckcondom bleiben sie immer im Modetrend und im Mittelpunkt – quasi nie der gleiche.

CONDOMINA

Unser Verkaufsschlager! Die ideale Kleidung für die Lust der einsamen Tage! Immer eine Lady zur Hand!
Bei diesem zarten, schmiegsamen Modell besteht die Möglichkeit, nach Zusendung einer photographischen Vorlage, maßgeschneiderte Unikate mit dem Bild der Geliebten, Frau, Nachbarin etc. zu erwerben – bitte Einverständniserklärung beilegen!
Nicht unerwähnt soll hier ein interessanter therapeutischer Nebeneffekt von Autocondomen: Zwanghaft veranlagte Menschen können in mehreren Sitzungen (?) lernen, ungehemmt zu ejakulieren. Bitte mit dem zuständigen Therapeuten absprechen!

Als besonders reizvoll und geeignet für ungewöhnliche Situationen können wir eine Novität im Präservativbereich anbieten:
Den PARISER HANDSCHUH
Er ist für die sensible und neugierige Hand gefertigt (bitte Größenangabe nicht vergessen! S, M und L sind lieferbar.).
Dieser kleidsame Handschuh unterstreicht einmal mehr unsere Behauptung, daß feine Gummiwaren den Reiz einer erotischen Begegnung durchaus erhöhen können.
Wie sich ein erregtes Glied in seinem figurbetonten Anzug fühlt? Der Condomhandschuh gibt die Antwort. Es macht einfach wahnsinnig an, durch eine schleierfeine glitschige Gummihaut die Genitalien einer erregten Frau zu befühlen.

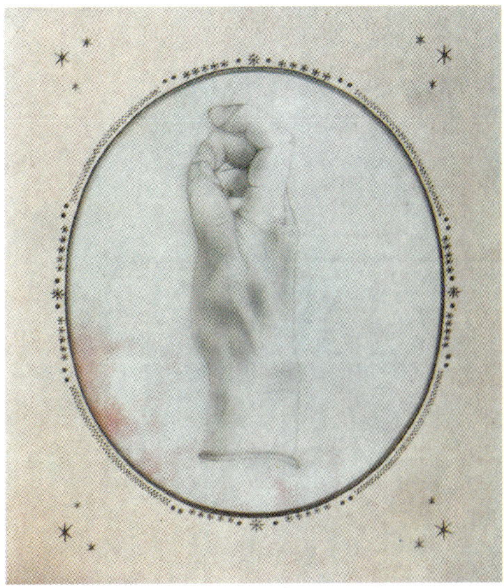

Eines unserer ungewöhnlichsten Modelle ist sicher unser eleganter

PENISSTRUMPF

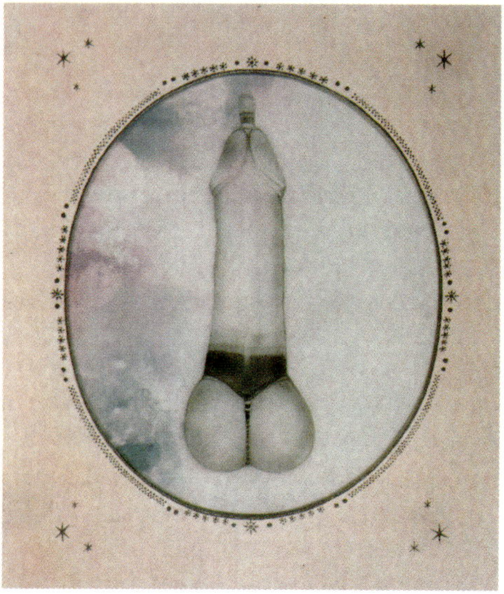

Auf Wunsch kann sogar ein verkleinerter, aber voll funktionstüchtiger Stumpfhalter mitgeliefert werden. Daß es auch ohne geht, werden Sie bald merken: Jede interessierte Frau wird Ihnen diesen hübschen Strumpf gerne halten.
Aber mal ganz im Ernst. Das Ausmaß des therapeutischen Effektes ist zwar in Fachkreisen noch umstritten, aber in jedem Fall ermöglicht unser exklusives Strumpfmodell eine gesunde Trennung von Fetisch und Person.

Zum Abschluß unseres Modebreviers noch der Vorschlag eines langjährigen Condomliebhabers (anläßlich des diesjährigen Preisausschreibens „Mein schönstes Erlebnis") – ein Vorschlag, der sich zugegebenermaßen optimal in unsere Verkaufsstrategie einpaßt:
Der FLOTTE DREIER

Im Sinne eines Schlußwortes möchten wir nun noch einmal betonen, daß es bei aller Lustbereitschaft der Männer einmal mehr von entscheidender Bedeutung ist, daß die Frau die Sache in die Hand nimmt.

Sie neugierig zu machen, sie zu reizen, ihre Hilfe beim Ankleiden zu genießen, dies sind lustvolle neue Erfahrungen, die uns unsere kleinen Helfer schenken können.

Das Condom verlangt einen sorgfältigen Gebrauch und somit, dem (H)immel sei Dank, eine sorgfältige Wahrnehmung des männlichen Genitale. Neugierige Augen und kundige Finger garantieren einen faltenfreien Sitz des Condoms.

Wie fast im gesamten Tierreich die Männchen durch ihr Aussehen und zwar besonders auch im Genitalbereich auf sich aufmerksam machen, sind auch die menschlichen Männchen von Natur aus sehr gefallsüchtig und äußerst interessiert, daß ihre Wünsche nicht übersehen werden.

Bei den Männern also mehr Mut zur Lust, bei den Frauen Neugier und Selbstbewußtsein, beim Hersteller Phantasie und Kreativität und schon hat ein Condom nichts Trennendes mehr, ist dagegen ein Mittler, ein Sexuallockstoff quasi im geschlechtlichen Spiel.

Axel Dielmann

UNTERSUCHUNG EINES SCHWARMS

Regen ist so
ein Phänomen die Schnaken
schwärme Vogelzüge alles
in der Luft Aber schau Dir
Deinen Geliebten an eine
genaue Weile lang ruhig auch als
Forschungsobjekt dann fühle
Dich selbst etwas näher

Und wir
2 nach wie vor
wissen was
das heißen soll

der Traum vom symbiotischen Paar

Regen ist so
ein Pärchenwetter im Bett
kuschelnd unterm Schirm eine
Welt für 2 Aber heute
scheint die Sonne laßt uns
doch in Frieden/einen Osterspaziergang
machen die versponnene
Träumerei bleibt luftig

schön
naturwissenschaftlich also

Manfred Garska

Barbara Strohschein

OBSZENERIEN AUF BAROCCEM GRUND
oder sprichst du etwa von L-utopien?

hochglanz, ganz auf hochglanz. color. dreisprachig. noch nicht chinesisch. gelobt sei gott, wie sprechen die täter die opfer die hälter die halter die steherinnen und seherinnen? climax. eine sprache die du. die die länder kennen. seit hundert jahren tagen stunden.
öffentlich. auf der szene. nicht: hinter über unter ihr. zugänglich, eingänglich, zudringlich. zugang für riese und pamper, für müller und co. auch für direktor liebeneiner, der nie die liebe seiner kalten mutter sah, der nachmittags im beichstuhl saß und sprach von heimlicher berührung, der nie die rosalinde vor dem schultor küssen konnte, der selten nur zu klara durfte. für den, für die, für dich, manfred und all die anderen.
FÜR EINUNDZWANZIG MARK SIND SIE DABEI.
studium nicht gerade auf der parkbank, nicht gerade im büro, nicht gerade kurz bevor der ober das menu serviert, nicht gerade in der taxe, aber nachts um halb elf, kurz nach der trennung von sieglinde, die nicht kam, kurz bevor luise kommt, kurz bevor die einsamkeit das lager füllt. kurz bevor er steht.
seiten vorhang auf für die begabten gaffer, aufsteher und aufseher. wie wunderbar ist die verführung durchs hochglänzende, das auge, das in alles glänzend dringt. sehen: die penetration. zwanzig auf dreißig zentimeter. oder haben SIE ein anderes format?

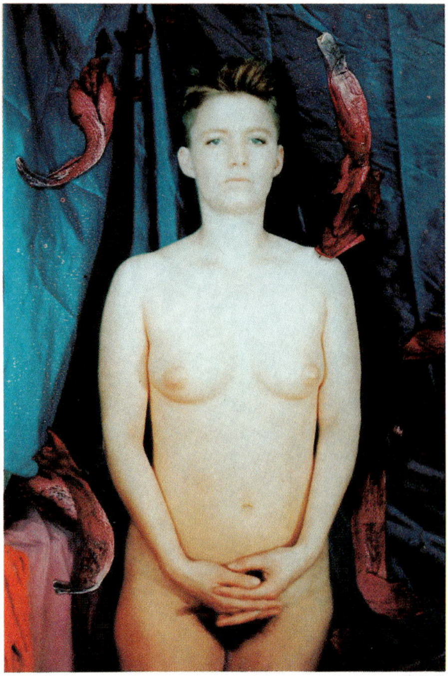

Annette Frick

rosa rosanes fleischiges lippiges üppiges dünnes. schwarz mit spitzen unterteilt. hhhaarige feuchte. hochgezogene. hochrrragendes. gebückt nach hinten oben hoch. es spreizt es rötet es glitscht es näßt es trieft. es tropft. kein glockengeläute nur keuchen. kannst es hören vom papier. aufgerissene münder, lippen, gemeinegemeindeworte in sprechschleifen, hingestammelt, oben mitte unten öffnung schlünde furchen, bergundtalbahnzähne V-DENTATA, ein gefährlicher steiler schlund. *abraham, ich warne.* brauner nabelbauch mit narbe mit stecher, sprich auch pagenstecher, stich zu stoß zu schlag zu. willi will es so. keine bediensteten, keine diener, nie

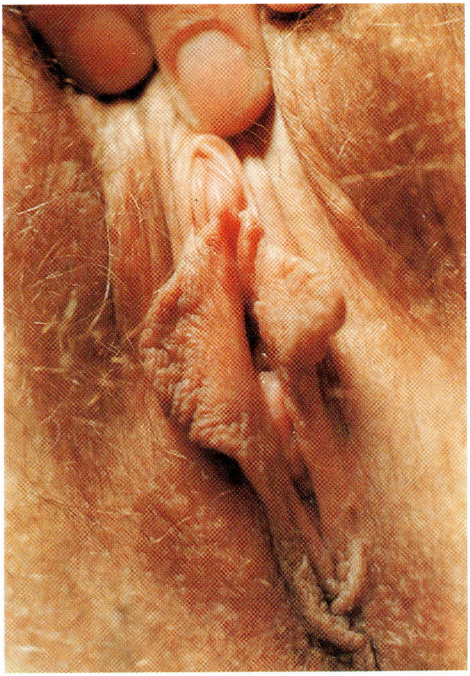

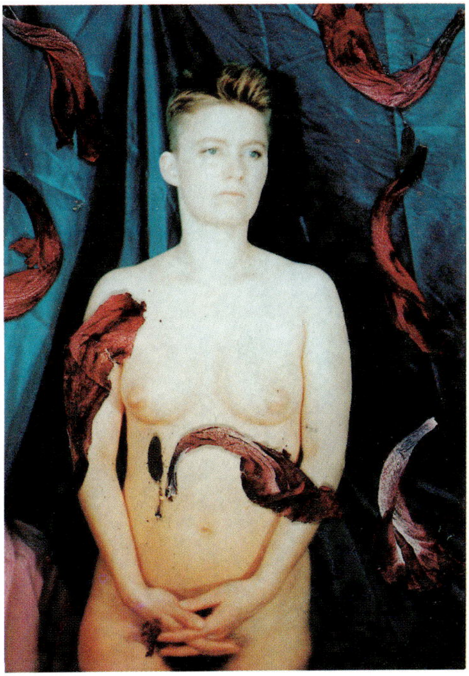

zofen, kein herr kein herrscher, die königin und die priesterin haben ausgang seit heut früh. sind wir doch alle gleich. wir sprechen nicht von hans und grete. wir sehen nummern namen ohne daten ohne leben. anita. aus der vorstadtstraße hat unten eine warze und schwarzblaues haar. gerhard von block fünf sieht mit seinen pranken auch nicht besser aus als du. beautiful, so beautiful, how beautiful. dazu die blonde silvia rasiert ganz aufgefächert in der mitte stößt ganz mexikanisch der dicke schwarze zu und flüstert nicht grad vornehm. mit hochgeschobnen blauen rüschchen mit blauen riemchenschuhen mit lächeln wie eine irre leer, das stöhnen inklusive, mit jedem schrei fällt doch der schein die münzen in das portemonnai.

REDEN WIR NICHT VON EINER OPFEROPER.

Die Damen wollen eher zaghaft mit Billett hinein, die Herren lassen Rubel rollen, der Zuschauer bezahlt ganz ordentlich an der Kasse, die Moralisten verziehen leicht die Miene, der Denker denkt und langt auch manchmal zu und die Heilige spricht vom Vergehen.

sieh doch ihre lust sieh ihren scharfen zungenschlag sieh doch wie sie sich und ihn belügt ganz weitgespreizt. ganz großartig großartig. in öffnungen hineingedrängt zugeschlagen eingezwängt. unten alles spielt sich unten ab, ochlokratie –

ein singspiel für einweg-funktionalisten für hammer amboß-spezialisten. am ganzen tag? das ganze feierabendleben? nein nein einige wenig süß-sauer-scharfe stunden zu viert zu fünft zu wievielt. wir schauen zu und machen mit. jeden donnerstag mit gepflegten gleichgesinnten. beruf = 0 alter = 0 lebensstil = 0 interessen = 0. DAVON REDEN WIR DOCH NIE: es geht um es geht um das es geht um das gespenst das nur eines kennt. wir sind befreit. wir geizen nie mit reizen. alles ist für alles auf der szene. ob der szene obszönerien mit schweiß und angstschweiß wohl gelingt. hält ludwig das denn wirklich aus? kriegt brigitte nicht die krätze oder einen schaden im gebälk? *ach was ach was. die branche weitet sich. firmenexpansion nicht mehr unterm ladentisch nein ladenketten. gleich wer oben unten ist. ich komme ich komme ich kaufe ich komme ich komme ich nicht mehr ich wozu auch ich. ich komme. die hochglanzfolie klebt. es ist geschafft. er ist geschafft. er muß nichts fühlen als sich selbst. er muß nichts anfassen als nur sich selbst. er muß nichts folgen lassen als nur sich selbst. er muß niemandem auf wiedersehen sagen als sich selbst. ich schätze mich auch glücklich nichts berühren zu müssen. kein name kein körper kein psyche kein gesicht keine vergangenheit keine gegenwart keine zukunft. nur die wiederholung auf der zweiten dimension. nichts als ein stück papier. nicht weiß, nicht leer, sondern mit anita juanita und dem netten georgyboy.*

fluchtblick Mann ICH BLEIBE FEST sprich spricht er

das FLUCHTBLICKMANIFEST

flieh flieh vorwärts niemals in den abgrund von dem elise sprach krater verschlangen sie vornehm ach ach antworte geliebte ruft wilhelm sprich vergiß doch wärmen nicht und nicht mein herz

die gesänge am horizont

angekettet an verbundene verbinde wunden flieh doch ruft wilhelm seh von deinen schmerz seh von weitem deinen heiligenschein vergiß die nummer //776677// 0 niemals in den leeren grund in

demut = mütigung

:: sah ::

ein bein ein strumpf ein schuh mit steilem absatz und das kettchen ums gelenk vermuttete ne grotte sah: und frass – sah und überholte seinen kodex sah: und gewaltigte das mindere für sich und seinen rausch aufs lager flieh elise flieh nie verrannte nie verkannte sie sich in baldige zweifel fragt sehnend leise nach dem goßen L--- rosengleich stachellos mit zäunen verruf für ruchlose zersplitterung des beins am bett vorsicht vor der sexualneurose wußte Dr. F. der z. wurde früh schon falsch gestempelt seit gestern schon weiß es elise und vorgestern der große rat traf nie entscheidung weiß sie's seit heute und schweigt beschämt und voller liebe für den nichtsnutz flieh flieh ruft wilhelm firmenniederlassung mit konkursaussicht! elise! begreif es doch sagt das ES höchstfreundlich und

/// persönlich ///

verbohrung in ungeläuterte angstkanAI-ÄI LE spricht satt der OBERST weite sicht nach warnsignal ::: kontrolleuchten blinken winkt der ZUKÜNFTIGE ihr zu

ALARMALARMEEALARM

hoppla he. was soll denn das. was macht denn schon ein blick? GEWALT

und Kaltes Lächeln für das morgen das es schon nicht mehr gibt das gestammelte SEHR SEHR SEHR als liebeswort!! bleibt vorläufiges herzgeflüster:: ein lügennetz über dem UNVERMEIDLICHEN unvermeidlich!!! * spricht der Defätistenspezialist für die ORgane lockere löse verlange dich nach anderswo lache lächle wieder sing dich hin nach anderswo elise sing und weine nicht DER IDIOT will die DIOTIMA die LICHTKRANZSIEGERIN über den Liebestod und kommt mit ordinären seidenrüschen willniemalshurenundhetärenwilldochnursie und sieht bei jedem augenblick nur fern das eigne kreuz der harten scharfen lust mit mieze x das x-te-untere tor das aufgebrochen werden muß der x-te rock der aufgerissen werden muß die x-te tür die eingetreten werden muß mach alles bereit du teufelsfratze meiner qual das tor mach hoch willstechenstoßenschlagenbrechenzwängen &&& statt seelenband mit der elise heloise &&& nimm doch die simple K.() die ganz gottergeben: mach was du willst mit tausend andern neben mir die folgt und nichts begreift und nicht begriffen das wird elise nie trotz liebe die keine argwohn kennt ewig hungrig auf dieses L. was ihr nicht kennt noch könnt ELISE FLIEH UND BLEIB IM GARTEN VERLASSE NICHT DAS OBERSTE GESCHOSS STEIG MORGEN IN DIE TIEFE DU GROSSE HEXENHAFTE PRIESTERIN**

vom dachfirst oben links verhöhnung rechts verheiligung. wir wohnen im gleichen haus mein freund. sei mein reiter meine qual mein peiniger mein verneiner. sei mein erlöser mein befreier mein himmelsstürmer.

– „Spricht der verklärte Blick von Wollust", fragt Wilhelm, der an die Liebe glaubt. „Wenn ja, dann komm nur endlich, komm." – „Wohin denn Wilhelm, wohin?" – „In die Nische, in das HEIMliche, in das Nur-Für-Uns. In die Höhlenhaft, in unsere Szenerien con amore. Schlag die Hefte zu, die Seiten. Sing mir Deine Lieder. Ich fleh um Dich – für immer. Vergiß den kalten Kachelglanz, die Großaufnahmen. An Deiner Stelle Ich nur Ich." Elise sagt: „Ach ja."

Ihr Leib auf dem Altar, das lange weiße Fließende mit offnen Nähten nur für ihn, das die Eleven richten. Novizen halten Leuchter für eilige heilige Orgie. Die Lüste die Brüste die Oblaten und der tropfende Wein, der Opfergang. die Messe, die er mit rauhen Worten für sie liest.

derweil ich knistere und flüstere, an der mündung, an der quelle du, wo du als teil dir selber eins bist, du, in toto, es geflissentlich gewissentlich fliessen schiessen lässt, schrankenlos, ohne blatt ohne barriere, ostinato ohne verfrühten zwischenfall, ruft der organist. dann braust die orgel auf die ewige lust für nur sekunden. ein schrei dann schweigen dann wird der kirche leib ganz leer.

EINSAMKEIT In dieser Einsamkeit/ der mehr denn öden Wüsten/ Gestreckt auf wildes Kraut/ an die bemößte See: Beschaw ich jenes Thal vnd dieser Felsen höh / Auff welchem Eulen nur vnd stille Vögel nisten.

Hier / fern von dem Pallast; weit von deß Pövels lüsten / betracht ich: wie der Mensch in Eitelkeit vergeh / wie auff nicht festem grund all vnser hoffen steh' / Wie die vor abend schmähn/ die vor dem tag vns grüßten. Die Höell / der rawe wald/ der Todtenkopff/ der Stein/ Den auch die zeit auffrißt/ die abgezehrten bein. Entwerffen in dem Mut vnzehliche gedancken. Der Mauren alter grauß/ diß vngebaw te Land / Ist schön und fruchtbar mir/ der eigentlich erkant / das alles / ohn ein Geist/ den GOtt selbst hält / muß wancken.

die perspektive ist ganz irreal. wo bin ich angekommen? enthüllt das ende den schönen schein. bleiben wir uns nur einen tag in die ewigkeit hinein. öffne nocheinmal den vorhang, steck lichter auf? such die schweren blüten vorn? ganz vorn, mit seidenröcken raschelt zum letzten male heloise? lieben wir den tag an dem alles vorüber war. mit sein und schein im gleichen.

Vor der Schlacht sagt Marschall Bassommpiere zum König: „Sire, die Gäste sind versammelt, die Geigen an ihrem Platz, die schönen Masken warten vor der Tür. Gefällt es Ew. Majestat, so beginnen wir mit dem Ballett."

Im Spiegelsaal der Sire als Sire und Bild vom Sire.

Bist Du das Bild vom Ich, das Ich vom Bild?

Wer Lust will, liebt die Täuschung. Morgen beginnt die Schlacht. Hörst Du die Fanfaren?

„Du Ferne-R), Ich weiß nicht, ob ich Frauen oder Männer liebe. Ich glaube, daß ich nur in den Wäldern geliebt habe. Ich liebte nicht die Wälder, ich liebte gar nichts. Ich liebte auch mich nicht, aber ich liebte ohne Maß, Ich habe nur Dich geliebt, aber was ich in Dir liebe, täusche Dich nicht, das bist nicht Du. Ich glaube, daß ich nur die Liebe liebe, und selbst in der Liebe, nur die Angst zu lieben, und diese Angst habe ich nur in den Wäldern gespürt oder an dem Tag als der Tod." Nur die Finsternis gleicht dem Licht. Weder die Sonne noch der Tod lassen sich unverwandt anblicken,

„Werteste-(R, Weise ist der, der durch seine Lebensführung die anderen übertrifft, Versteh mich recht, nicht die Moral, die eng die Lust begrenzen will, stachelt mich an, Dir dies zu schreiben, vielmehr die Lust, weise zu werden. Ich sage Dir ADIEU, zeige nicht bedenkenlos auf Himmel und Hölle, wo wir beide wohnten. Und will Dich bitten, laß die Wunden in Wänden des Labyrinthes heilen. dring nicht in mich, dränge mich, ich werde Dir nicht sagen können, wann ich zurückkehre zu Dir. Wäre unser Bund vom Fluch begleitet, wäre die Lust mit Dir zu sein unaufhebbar mit dem Schmerz verbunden, mit der Demut und der Demütigung vor Deines Herzens Tor verknüpft, so hätt ich längst das Abschiedslied zitiert. Nicht ich, nicht Du, wer sonst sich bindet, will Ewigkeit in dem geringsten Augenblick. Cars bruns et teinz mots entrebecs, pensius pensans.

geht sie auf die straße streift er durch den straßenwald. vergessen nur vergessen. vergessen wir die tiefe, die höhe, die breite, die länge. die tiefe nichts als oberfläche, die höhe nichts als kalte luft, die breite nichts als auslauf ohne grenze, die länge nicht anderes als ein: ein: ein scharfer augenblick.

was fragen wir, wenn wir über die meile gehen? höchstens nach dem preis. peep pop parade der vollen und busigen der starken und wenig schönen nach dem heimlichen dunst der tiefgaragen. die feinen herren niemals im licht eines graublonden nachmittags. und wenn ein anzug mit krawatte kommt, dann wirds ein wiederholungstäter sein wie herr z. und dr. ko. oder auch uwe von nebenan. billig alles billig. o, sagt elise, die noch als observer auf der treppe sitzt, es kommt darauf an, welchen preis ihr zahlen wollt. von eins bis tausend und noch mehr, euer leben einbegriffen. na und na und na und? die weiber haben schuld. sie machen sich breit-macht macht sich breit- macht hoch das tor-und alle laufen weg. sexus plexus plexigirl. herrliches hochglanzgestöhne und niederungsgestammel. wenigstens das, flehen wir, die im seidenjackett rufen: wenigstens das. wohin denn sonst? manche gehen ein stock höher:::: holen sich im gleichen haus die heißkalte augenlust. holen sich ganz vornehm pamela. holen für sie und sich gleich einen hoch. vom kleinen laden nebenan. ganz unverfänglich, der luxus, der eigentlich für damen ist. *fragt dietmar leopold und auch der jo. einmal will auch ich die pamela betasten. (die kriegen sie nie-nicht mal ihr knie.) blau angeleuchtet nobel retuschierte haut perfekt und ohne knicke falten pricks and kicks im strandsand hingegossen so bermudahaft aus feinem stoff mit gold mit lässiger sandale so teuer wie der tageslohn von herbert die lippen rot bemalt im abendsonnenlicht. pamela ist nicht zu haben pamela das bild pamela ist teuer für dezente ablichtbühnen der mondänen wünsche pamela wollte kauffrau werden, sagt vogue, bis mürger sie entdeckte. pamela hält den mund und lächelt versonnen in das universum. pamela stinkt nicht pamela raucht nicht pamela ist einfach toll. sie hat ganz einfach keine stimme und ob sie kochen kann ist ungewiß und was sie unter ihrem blüschen trägt ist leider auch nicht auszumachen. und ihr kollege ted auf seite 5 ist auch nicht besser dran mit seinem leopardenhemd.*

Annette Frick

WOHIN DENN ICH fragt helga, wenn sie aus der verhandlung kommt? zu gerhard heute nicht. luise aus der versicherung? und tanja aus der bank. charlotte fragt das gar nicht mehr, sie sitzt im ledersessel, bestimmt die neue linie. wenn meigler kommt, dann sagt sie: und? was gibt's? er liefert nur die neuen akten. und wagt bestimmt kein blick, der ihm nicht steht. charlotte fragt den schon lang nichts mehr.

brigitta fragt das nie. brigitta war bedenkenlos, deckt niemals richtig zu, stellt spitzen her mit ihrem schiffchen, redet ganz zweideutig vor sich hin. ein ewig kurzes röckchen ein kurzes schösschen ein kurzes höschen und lange strümpfchen und hohe schühchen, ihr lächeln mit den schiefen zähnchen dauert auch nie lang. ich bitte sie mein herr, denn hier ist nichts auf länge angelegt. brigitta ist bedenkenlos bald kommt ihr fotograf und freier. die beinchen weit die beinchen hoch denn bald kommt ira noch dazu. brigitta nimmt den feierabend paul und georg und hansi noch dazu. ganz ungefragt ganz unerhört ganz ungehört. und bleibt allemal für sich. das hotel denn das hotel gehört ihr fast allein und nur zur hälfte georg. ohne frühstück ohne halbpension. garni garniert. brigittas hotel ist immer voll: morgens mittags abens. im frühjahr und im sommer sonderangebot. das quasi-nackte-bloße macht sich besser dann. ganz schlüpfrig gang mit spezialgeruch und kleinen fenstern in der tür.

erwarten sie keine versicherung bringen sie den garantieschein für ihre lust gefälligst selber mit. wodurch womit? am besten ohne kopf und ohne herz. die zimmer sind für stunden nur zu mieten. schliessen sie nie die vorhänge nie die fenster und die türen, der nachbar sieht mit, eine minute eine mark fünfzig-einen franken-vier francs-einen dollar-fünf rubel. (den russen geht es zur zeit am schlechtesten)

fragen sie nie nach georg. er wird nicht viel anders sein als sie. er ist nur leider mehr begrenzt im gegensatz zu ihr. in mehr als sieben jahren sind sie mehr als tot. doch ihre festung in den stadtkopfburgen von ihm und ihm und ihr, die wird nicht aufgegeben. statt b kommt l, statt g kommt f. das ist doch völlig gleich. brigitta war ne nummer! §!

War das nicht schön. justine die war am höhepunkt kurz bevor sie sich erhängte.

In girum imus nocte et consumimur igni. Wir lesen alles von zwei Richtungen, von mindestens zwei Seiten. Die größte Freude ist die größte Qual. ,,Hieronymus im II. Buch sprach gegen Jovianus: Gewissermaßen wie durch Fensteröffnungen dringen die Laster durch unsere Sinne in unser Herz. Die Hauptburg und Stadtburg des Geistes kann erst fallen, wenn das feindliche Heer durch die Stadttore eingedrungen ist. Wer seine Lust hat an wollustigen Spielen und üppigen Kämpfen, am Glanz der falschen Edelsteinen, an Gauklerkünsten und sonstigem Tand, der hat durch seine Augen Fenster die Freiheit seiner Seele verloren und es erfüllen sich an ihm die Worte des Propheten: der Tod ist zu unseren Fenstern eingefallen. Wenn durch die Stadttore, fragt weiter Abälard, die feindlichen Herrhaufen bis in unseres Geistes Burg eingedrungen sind, wo bleibt dann der Seele Freiheit, wo bleibt ihr Heldenmut? Wo hat die Seele dann auch einen Gedanken für ****, wenn der wachgerufene Gefühlssinn die schon vergangenen Freuden in Mitleidenschaft zieht und sie

unbewußt wirken läßt. Dort wo ein bewußtes Handeln nicht mehr in Frage kommt"?
ach bitte werter stanislaus, wo ist dein lederhemd und dein kleiner tiger? du weißt ich komme nur mit mieder? ich war erst fünfzehn als ich das erstemal. das prägt das hält entschuldige den spiegelsaal. spielen wir doch nicht heute wieder den untergang. los großer stanislaus, wo bleibt das lederhemd und dein kleiner tiger?
mir fehlen die worte doch goethe findet sie
Kehre nicht liebliches Kind, die Beinchen hinauf zum Himmel; Jupiter sieht dich, der Schalk und Ganymed ist besorgt.
Wende die Füßchen zum Himmel nur ohne Sorgen!
Wir strecken die Arme betend empor; aber nicht schuldlos wie du.
Und zitternd spricht Caspar von Lohenstein, egal, wann wie zu wem warum:::::::::
Mein Herz das will das deine schaun' drum suchs ich's da, wo es ganz offen ist.
Elise an W.: W. an Elise: wann werde ich wiederkommen. wann wirst du bei mir sein. wann wird er eintreffen bei mir. wann wird sie endlich wiederkommen. wann öffnen wir die andere bühne. wann reißen wir die zerschlissenen vorhänge nieder. wann und wo sprechen wir von anfängen und nicht mehr von enden. wann hören wir die stimme des anderen. nicht nur unsere die auch verborgen bleibt.
wann bezeichnen wir das mögliche. wann finden wir den grund. ohne abgrund. das leichte ohne fertigkeiten. die experimentationen. die illuminationen. die unvergessene beleuchtung. die szenerien des hoffens. die heimat die es noch nicht gibt. ohne wüste ohne wüsteneien. ohne zerstörten leib. bis zur holzbank von philemon und baucis. ohne verzweiflung durch das schräge wort durch das verzogene bild. wann siehst du was ich bin statt des bildes von mir und deiner befreiung durch mich. wann sehe ich was du bist statt des bildes von dir und meiner befreiung von dir. gib mir lohn für die freiheit. flieh nicht. verlier das verlies aus dem trauer blick aus den sinnen. vergiß nicht das lied vom großen L >>>>>>>>>>>>>>>>>>>>>>>>>
Mit Gedanken und Zitaten von Abalard, Hieronymus, Andreas Gryphius, Johann Wolfgang von Goethe, Caspar von Lohenstein, Sören Kierkegaard, Georges Bataille, Ernst Bloch, Ludwig Marcuse und Konrad Lorenz.

Annette Eckert

es gibt ein lieben, da hab ich sehnsucht nach dem gefühl im po, in der möse, am muttermund, an diesem inzwischen langen festen runden nassen etwas (klitoris ist zu und zu scheußlich, wortmalerisch). aber sie hat sich verändert, wenn ich an meine pettingzeiten denke, erinnere ich sie klein und rund und weit vorne, sie hat sich ausgebreitet, weit in die vagina hinein. wenn die vorderste kuppe des schwanzes (es ist die zarteste haut, sie ist so wahnsinnig dünn. ich konnte nie verstehen, warum die männergruppen da den ring gegen den männlichkeitswahn durchzogen, um gegen ihren chauvinismus zu demonstrieren. sich selber sowas anzutun = gräßlich) mir am anfang der möse begegnet, wenn ich den schwanz so fest umschließen kann, wenn ich lust hab und ihn im po hab und spüre, wie aufnehmen und loslassen zeitlos wird, wenn buchstaben hieroglyphen werden, zahlen sich in töne verwandeln, ich meine wenn die bewußtseinszustände sich ändern, dann weiß ich, daß ich manchmal einen mann lieben kann.

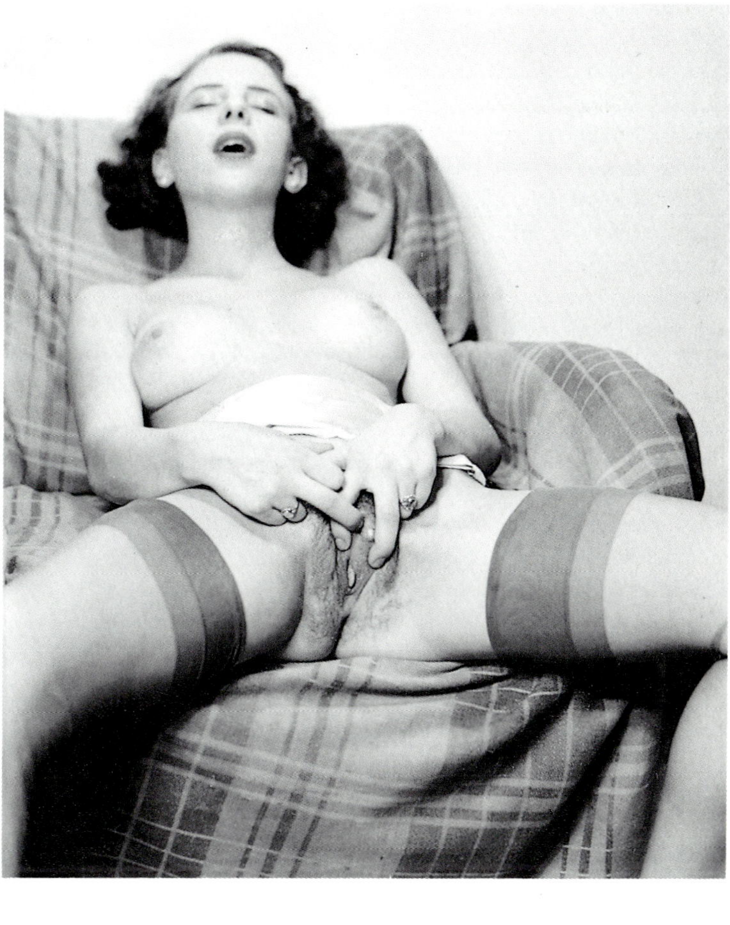

Carla Mureck

Mein unheimliches Auge

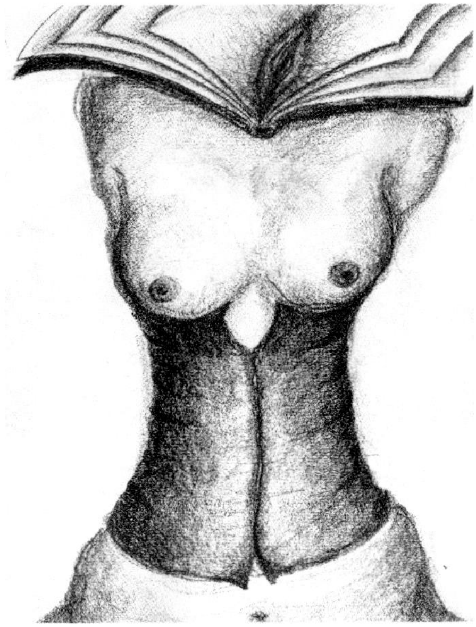

Eigentlich wollte ich einen längeren Aufsatz schreiben über die dunkle Seite der weiblichen Sexualtität, durch das Schlüsselloch des eigenen Gemüts betrachtet; über jenes Reich, das jenseits der Sichtweite unseres heimlichen Auges liegt, jenseits des Körpers und der Welt, in der wir uns heimisch fühlen. Ich wollte schreiben über die Nachtseite der Frau, über das Un-Heim in uns, in dem die blutsäufende Kali, die böse Hexe Baba, die verschlingende Lilith wohnen, über jene Untiefen und Löcher, in denen unser monatlicher Blutfluß versickert und uns auf seinem warmen Strom mitnimmt, wenn wir bereit sind, ihm zu folgen. Über die Unersättlichkeit der Frau, die, einmal in sexuelle Raserei geraten, kaum mehr zu stillen, wie ein Vampir die männlichen Energien in sich hineinsaugt und kein Ende finden will. Über die hungrige und mächtige männliche Seele der Frau, die zugleich ihr Tod ist, ihr chthonisches, phallisches Spiegelbild – Animus. Über die Unterwelt der Frau, die sich in ihrem Schoß verbirgt und in ihrem Gehirn, wenn sie sich fallen läßt, wenn sie sich durch die fruchtbare, lieblich blühende, aber hautdünne Krume ihres Tagesdaseins hindurchgräbt, in jene graue Zone, wo Zerstörung herrscht, wo Tod und Verwesung ihr Werk verrichten und einen neuen fruchtbaren Boden bereiten.

Die Gestalt, die vor dem unheimlichen Auge auftaucht, hat viele Namen bekommen. Die Inder verehren sie als Kali, die wilde Kriegerin, die im Kampf gegen die Dämonen aus der Augenbraue der Göttin Durga sprang – als ihr gewaltiger, mächtiger Aspekt. Sie ist die weibliche Botschafterin des Gottes Shiva, die kreiert *und* zerstört, die kosmische Vagina, die alles gebiert *und* wieder verschlingt. Bei uns haben 2000 Jahre Christentum sie ausgetrieben, mit Feuer und Schwert, mit Ächtung und Verboten, bis sie nur noch als männliche Angstphantasie vegetierte, bekämpft schließlich auch von den Frauen, die das friedliche Prinzip für sich propagierten. Sie, Lilith, die langhaarige Dämonin der Nacht, die aussieht wie ein Mensch, doch manchmal Flügel hat und vom Nabel abwärts flammendes Feuer ist. So wurde sie zum Sukkubus, der alleinschlafende Männer des Nachts überfällt, Symbol der Begierde und der Sünde, Frau Eselsbein, Teufelsdrachen und Blutsaugerin, Hurenweib, Fremde und Unreine, böse Alte, Kindsmörderin und Zauberin. In uns führt sie einen ewigen Krieg mit ihrer Nachfolgerin Eva, jener Frau, die ihre Bedürfnisse in einer Beziehung befriedigt, die gebiert und pflanzt, während sie frei, beweglich, unabhängig sein will. Während sie, die Unfruchtbare, Blutende ihren Ort in der Ödnis der Wüste findet. Dies hat nichts zu tun mit einem neuen Hexenkult, mit kollektiven Mondscheinriten, nichts mit Moden und Zeitgeist, denn Lilith führt kein Gruppendasein, sie sucht die Isolation. Sie ist der weibliche Schatten, den wir verloren, verraten und verkauft haben zugunsten eines Frauenbildes, das sich als passives Opfer begreift, als blühender Garten, vom eisernen Pflug des Todbringers Mann zerfurcht, als Frucht ohne Wurm.

Da ich mich aber damit trug, diese Gedanken aufzuschreiben und durch meine Zeichnungen blätterte, bemerkte ich, daß ich darin alles schon gesagt hatte, verschlüsselter, behutsamer, instinktiver, als ich es mit dem Werkzeug der Sprache vermocht hätte. Das unheimliche Auge hatte sich seine eigene Methode der Aufzeichnung gesucht; es zog den Bleistift als Grabstock dem Seziermesser der Analyse vor. Sei's drum.

Manfred Riepe

HEIMARBEIT

Kuckuck!
...der Fleischerhaken dringt zwischen zwei Rückenwirbeln ins Mark ein. Ein Schnitt durchtrennt die Halsschlagader, verspielt. Sie schreit, und ihre Fingernägel schlittern aus der Rille. Ihr Mund entläßt eine dieser mit hoher Frequenz vibrierenden Kugeln, „deren Zentrum überall und deren Umfang nirgends ist". Träume ich? Oder ist diese Formulierung tatsächlich im „Pseudo-hermetischen Buch der XXIV Meister" unter These II vermerkt?

An einem Anderen Ort wurde derselbe Zwischenfall wie folgt notiert: „Die Gräfin de Quiche erhob sich zu einem markerschütternden Schrei, der das Porzellan zum Erklingen brachte und ihren Gesang fürchten ließ. Es gab wahrlich nichts Komplexeres als den Aufbau des Schreis einer Frau, der sich aus verschiedenartigen Komponenten zusammensetzte. Angefangen beim Mund, einem pulsierenden Tor aus rotierenden Ringen, die sich wie dressierte Ketten um das Ohr des Versuchsleiters schlangen. Die Frequenz schwankte je nach der Kraft, mit dem ein zum Schutze erhobener Holzscheit gegen die bedrohlich wie eine Kreißsäge rotierenden Stimmbänder gepreßt wurde. Der besseren Handlichkeit halber von einem tragbaren Verbrennungsmotor angetrieben, erreichte die mobile Stimmwucht der Zahnscheibe die Leuchtkraft einer zweidimensionalen Sonne, die ihre akustischen Protuberanzen in den Lauf einer Fahrradkette spie, deren klitorale Schneidezähne um das an seiner Spitze abgerundete Schwert einer losen Zunge eilten...
Ohne weitere Details anzuführen, halte ich es für ausgemacht, daß das während des vorangegangenen Prozesses bis in die Gegenwart herüberreichende Geräusch zu laut ist. Träumerisch schiebe ich ihr den mit der staubgeschützten Schalterreihe versehenen Scheit Holz in den Rachen. Ihr Schrei erstickt wie eine handgestoppte Tonbandspule, und ich muß aus irgendeinem Grund an Aubrey Beardsley denken.
So klingt das, wenn kein Staub unter der Nadel ist. Doch jetzt sind alle Gesänge verstummt. In meinen Ohren verhallt das Echo ungesagter Worte.
Unsere konvexen Gesichter sind einander zugewandt wie die Kontur des Rubinschen Bechers, dessen Inhalt sie mir mit verschneitem Grinsen ins Gesicht schüttet. Ziehe das Schaltholz aus ihrem Rachen und prügele auf sie ein. Knochen splittern, vertraute Geräusche, die Endgültigkeit verheißen. Nachdem ich mit ihr fertig bin, liebe ich sie. Ein Gefühl der Zärtlichkeit durchfährt mich, als sich aus dem blutig flimmernden Haufen zu meinen Füßen langsam ihre Umrisse herausschälen wie aus einem ungekehrten Rorschach-Test. Ja...
Auf irgendeine Weise durchfährt mich, während ich noch dabei bin, kräftig – das ist Arbeit – der Verdacht, daß das, was zu tun im Begriff ich gerade bin, einer gewissen Beliebigkeit nicht entbehrt.
Sie stöhnt und zittert. Als hätte ich sie an elektrischen Strom angeschlossen. Ich schaukele im Oval ihrer aufgeklappten

Schenkel. Sie stöhnt weiter. Ich entrichte den Einsatz, entlasse meinen Sabber in ihre Möse, die sich zusammenzieht und zudrückt wie ein besiegelnder Handschlag. Hat nicht eben eine Signalglocke geläutet?

Jetzt redet sie, kaum ist das Gewaber vorüber, los, sie hätte eine vaginalen Orgasmus gehabt. Redet wie eine Spieluhr, klingt, als sagte sie mir, sie hätte Herpes. Na ja, es ist nicht jedesmal so schlimm.

Ziehe meine schlaffe Nudel 'raus und lehne mich gegen die Wand. Was jetzt?

Mein Gott, ist die geil, denke ich – ehrlich – und ich? Na ja. War so wie immer, kann nicht klagen. Trotzdem!

Mit einem Mal sitze ich hier wie dieser Bankräuber, der nach erfolgreichem Coup den Geldkoffer wahrscheinlich im Tresorraum hat stehen lassen.

Vielleicht brauch ich was Härteres? Was ausgeflipptes? Vielleicht brauche ich die Peitsche? Stählerne Fingernägel, die mir den Pelz schälen, blutig? In meinen Gedärmen wühlen wie in einem Sack Verpackungsmaterial für japanischen High-Tech? Ohrfeigen, die meinen Kopf (nicht *den* Kopf) gegen die Wand schleudern, bis das zermürbende Gefühl übermächtig werdender Übelkeit mich zwingt, anzunehmen, daß ich es möglicherweise doch mit Wirklichem zu tun habe?

Kuckuck!

Nein. Ziehe das Tape heraus und nehme das Andere mit der Aufschrift:

„Blaue Frische":

„Es war gut", sagt sie. Ich bin genervt, daß ich wieder 'rein mit 'raus vertauscht habe. Richtig, jetzt geht das wieder los. Ich muß reden, irgendwas. Sollte sich nur anhören, als redete ich nicht einfach irgendwas, ins Blaue. Sonst: Irritation, Distanz, Systemverlust, etc. Also reden...

„Avez-vous encore de la confiture d'oranges?"

„Non, je n'en ai plus. Demain j'espère d'en avoir."

Bin noch immer gegen die Wand gelehnt und schaue sie an. Das vertraute Layout ihrer Gesichtszüge zerfällt in die Bestandsteile eines schwer lösbaren Versetzrätsels.

Vorsorgliches Lächeln, jetzt. Sie lächelt zurück und fährt mir über die Stirn. Ich schließe die Augen und beobachte diese Gruppe von Fußgängern, die eben noch den Bordstein ereicht.

Es funktioniert, meldet der Andere, den ich im Schild führe und den ich in solchen Fällen, die, soweit ich weiß, beispiellos bleiben, konsolidiere. Ob ich ihr sagen soll, daß sie nur eine Ficktion ist? Besser nicht. Wer weiß, was *ihr* dann einfällt.

Meine phosphoreszierende Fingerkuppe gleitet über die leuchtenden Farbfelder des veralteten Pull-down-Menus. Wechsele auf Multisprech. Ihre Worte und Äußerungen, selbst beiläufiges Räuspern, aufnehmen, kommentieren und ihr in einem x-beliebigen Kontext widerspiegeln. Bis Rückmeldung A: Lachen. Aber wenn nichts zurückkommt? Wenn sie verschwindet, wie die anderen?

Zwischen meinen Schenkeln, die ich für diesen albernen Klimaversuch bereitgestellt habe, beginnt die Eisdecke zu brechen. Ihr Kopf taucht aus der Tiefe herauf; kühl saugen sich ihre Lippen an meiner Eichel fest, senden tickende Telegraphien bis in die Fußspitzen, und ehe ich kapiere, daß die Nachricht den Adressaten verfehlt, ist sie schon in die

Küche vergangen, um eine weitere Flasche Sekt zu öffnen.

„Georges!"

Irritiert, daß sie einen Namen ruft, den ich noch nicht gehört habe. Aber er gefällt.

Ficke sie jetzt von hinten, damit sie besser fernsehen kann. Ihre Möse quatscht wie ein ertrunkener Furz. Ich stoße auf eine gewisse negative Dichte und tanze wie ein Eiskunstläufer zum Mittelpunkt der Erde. Es wird dunkel. Greife zur Orientierung nach ihren Titten. Griffig wie die Holme eines Barren, auf dem ich jetzt turne, um den Intendanten zu besänftigen.

Mit der Zeit fand ich heraus, daß *sie* nur die Gegenwart kontrollieren. Ich konnte also davon ausgehen, daß meine im Imperfekt niedergelegten Gedanken garantiert von mir allein stammten, persönliche Erinnerungen, sozusagen. Ich erinnere mich an einen Gang zum Kiosk, eine Art Strandbüdchen. Von glühender Sonne aufgeweichter Asphaltbelag klebt an meinen Espadrilles. Ein warmer Luftzug streicht über eine Oberfläche, die ich dadurch als meine eigene Haut empfinde.

Unbewohnte Häuser, dem Verfall überlassen, verdecken den Horizont. *Jetzt* weiß ich natürlich, daß es stets nur Kulissen waren, unauffällig bereitgestellt, um meinen Weg zu säumen. Damit ich keinen Verdacht schöpfe! Aufgemalt auf meine Pupillen. Meine „nur gegen Barzahlung" reparierten Pupillen.

Es ist verwunderlich, mit welcher Unbekümmertheit *sie* schalten und walten. Ein starkes Stück. Orte, an denen *sie* bis zu meinem Eintreffen mit der Montage nicht rechtzeitig fertig wurden, sind einfach als Baustellen getarnt. Ich verzichte auf Stichproben. Ich weiß Bescheid.

Sätze im Präsens, soviel ist sicher, sind nicht aus meiner Feder, dieser hier eingeschlossen. Das ist nicht meine Schuld. *Sie* treiben dieses Spiel. Lassen sich nur schwer täuschen, sind geschickt.

Mit der Zeit lernte ich mich anzupassen, *sie* doch zu täuschen, was mir einen gewissen Freiraum für private Zwecke eröffnete. Vielleicht kann ich irgendwann ausbrechen, dachte ich noch vor kurzem, doch bis dahin gibt es eine Menge zu tun. Arbeit.

Ich vögele also dieses aasgeile Weib. Habe es auch schon mit Kommunikation versucht. Sage „Hallo", die Lettern brennen eine glühende Spur in ihre Haut, und plötzlich hängen ihre Brüste im Raum wie Christbaumkugeln auf einem imaginären Tannenbaum. Dabei habe ich schon vor zwei Jahren mit dem Rauchen aufgehört. Wie man mir sagt.

Man stelle sich die Ratlosigkeit eines Mannes vor, der, beim Telefonieren vielleicht, mein Gott! – kann man doch nie wissen –, gedankenlos Schriftzeichen auf ein leeres Blatt kritzelte, auf das er unvorsichtigerweise einen zweiten Blick warf, oder, was das selbe ist, einer Lappalie wegen das Haus verließ, Richtung Kiosk, seiner Frau, die gar nicht seine Frau war, sondern, wie sich hinterher herausstellte, nur seine Mitbewohnerin, die über weite Strecken den Namen Jeanette führte, etwas zurief, was, ist jetzt nicht mehr wichtig, um, auf der Straße angelangt, erstaunt festzustellen, daß ihm der *Ort,* an dem er sich jetzt nach Verlassen der vermeintlichen Wohnung befand, gänzlich unbekannt war, schlimmer noch, daß ihm der Rückweg aus dem einfachen Grund versprerrt blieb, weil er darüber hinaus untrüglich feststellen

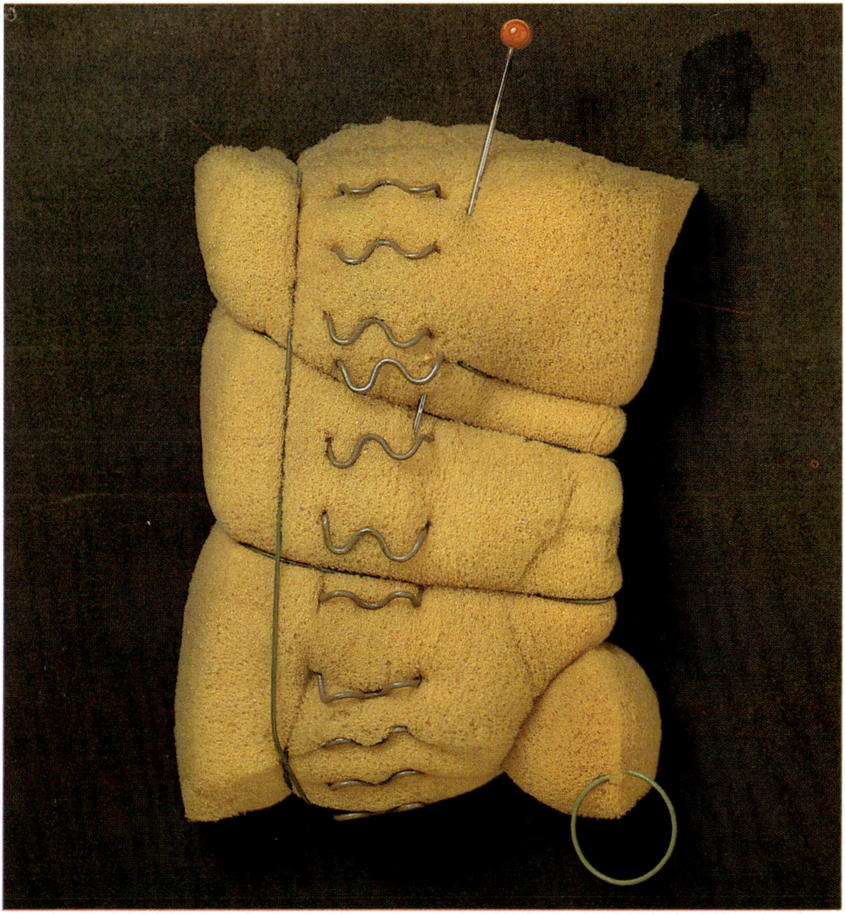

Günter H. Seidel

mußte, daß er das Bett, in dem er sich zur gleichen Zeit kopulierenderweise wiederfand, weder an *diesem,* noch an *irgendeinem* Tag verlassen hatte. Wie ist so etwas möglich?

Das vertraute Piepsen der sich aufladenden Blitzautomatik riß ihn aus zeitloser Bestürzung. Als er den Kopf nach ihr wendete, wurde er von einem grellen Lichtblitz geblendet...

Das bin ich jetzt. Und manchmal liebe ich sie. Ich würde in dieser Situation sogar von Genießen sprechen, doch die obszöne Monotonie meines kopulativen Daseins wurde bislang von keiner von der Kopulation abweichenden Tätigkeit unterbrochen. Fragen Sie mich, was das ist: Genießen: *sie* werden Ihnen garantiert antworten.
Bis dahin verhalte ich mich natürlich, ungezwungen. Als wüßte ich nicht, was ich weiß. Ich ficke und ficke, bis ihr der Saft aus den Ohren quillt, und wenn das Telefon klingelt, nehme ich den Hörer ab und melde mich mit meinem Namen.
Als wäre nichts geschehen. Und die Tatsache, daß ich selbst nicht weiß, worum es sich handelt, erfüllt mich mit tiefer Ehrfurcht.

Bernhard Lassahn

Der männliche Blick, die moderne Legehenne und die passende Musik dazu.

Eine Beobachtung zur real-existierenden Pornographie.

Nun gibt es ja fast zu jedem Gefühl ein passendes Lied mit irgendeinem blöden Text. Und einmal in einer Peepshow lief gerade < Stop Making Love beside Me > das geht irgendwie so: cause it makes me feel sorry, and it makes me feel sad, stop making love beside me – also sie soll aufhören, vor seiner Nase mit andern rumzuknutschen, weil er das nicht gut ertragen kann, so etwa. Und unfreiwillig wurde damit das Gefühl zu all den Pornofilmen deutlich; denn auch in den Filmen machten ja die Frauen, die man möglichst begehrenswert finden sollte, vor der Nase mit andern Männern rum, manchmal sogar mit zweien oder dreien gleichzeitig, egal – nur selber war man nie mit dabei. Und das ergab dann so ein gemischtes Gefühl fröhlicher Wehmut, wie das Leben so an einem vorbeirauscht.

Und deshalb gibt es auch in den Solokabinen so viele Programme zu wählen… Da leuchtet außen diese kleine rote Lampe, und innen kann man an einer Wahltaste zwischen – was weiß ich? – acht, zehn oder zwölf Programmen wählen. Und da sieht man auch, wie es einem die andern vor der Nase vormachen, und so verpaßt man nicht nur sein eigenes Leben, sondern auch noch die Programme auf den andern Kanälen,

Judith Jagow

weil man immer nur eins davon angucken kann, aber gleichzeitig bis zu elf andere verpaßt. Wie in den Ländern, wo es schon so viele Fernsehprogramme gibt, daß man nur noch dahockt über seinen Ravioli aus der Dose, die immer kälter werden; und man drückt ein Programm nach dem anderen durch, und so rauscht das Leben an einem vorbei, auf mehreren Überholspuren gleichzeitig, und man guckt und guckt und verpaßt und verpaßt und versäumt…

So sieht man nicht nur eine verpaßte Gelegenheit, sondern fühlt dabei die Ungeduld von gleichzeitig elf anderen verpaßten Gelegenheiten auf den andern Kanälen. Wenn du einen Film davon gesehen hast, weißt du, daß die sich gar

Judith Jagow

nicht steigern können, die haben dann schon alles gezeigt. Aber technisch haben die das Problem durch die Wahltaste gelöst; damit können sie das Gefühl für verpaßte Gelegenheiten eben doch noch steigern: Du guckst kurz in ein Programm rein, verabschiedest dich schnell, um ins nächste reinzugucken, und dazu läuft der Countdown...

Da steht also eine Kabine neben der andern, und oben leuchtet die kleine Lampe; und wenn man den Gang entlanggeht, hört man aus allen Kabinen dieses Stöhnen... Nein, nicht von den Männern, von den Filmen! Da wird ganz schön was rumgestöhnt, und das eine Stöhnen mischt sich mit dem andern Stöhnen aus der Nebenkabine; und von draußen hört man nur das gesamte Stöhnen und sieht die roten Lampen und denkt, daß da merkwürdig dringende Dinge in den Kabinen passieren müssen; denn in der Mischung hört sich das Stöhnen gar nicht wie Lustgestöhn an, vielmehr so, als hätte jemand starke Schmerzen; und ich mußte unwillkürlich an die moderne Legehenne denken, denn dieser ganze Apparat machte auf mich so den Eindruck einer Legebatterie, wo eine Henne neben der andern hockt...

Ja, Hahn, natürlich, müßte eigentlich Hahn heißen, aber so genau stimmt das sowieso nicht. Mir sind die Legehennen auch nur deshalb eingefallen, weil die moderne Legehenne nicht mehr genug Wärme erzeugt, um die eigenen Eier ausbrüten zu können... Doch, doch, die moderne Legehenne produziert jede Menge Eier und muß die auch gar nicht ausbrüten, soll sie gar nicht. Die Eier werden ihr ja sowieso weggenommen. Aber sie könnte eben auch keine Eier mehr ausbrüten, weil die so gezüchtet ist, daß die gar nicht mehr genug Wärme abgeben könnte, um die Eier auszubrüten – das ist mir dazu eingefallen.

Als Kind glaubt man noch, daß es nur begrenzte Vorräte gibt, das muß man einfach glauben, es gab ja auch nie genug Nachtisch, so was weiß man einfach; einmal ist Schluß. Herzstiche sind eben nur in begrenzter Zahl möglich. Der Märtyrer kann nur wenige Pfeile in sein Herz ertragen, dann ist das Herzgefäß, prall gefüllt mit heißem Blut, so durchlöchert, daß es überall nur noch so rausspritzt in kleinen Fontänen...
dieses Bild von den Herzstichen kennt jeder. Deswegen guckt man doch. Und die Märtyrer stehen im Land verteilt in den Dörfern, manchmal direkt neben dem Ortseingangsschild.

Kennst du noch den Ausdruck, daß man einem was wegguckt?
Nein, nicht das Abschreiben in der Schule – Weggucken.
Wenn man hinguckt, guckt man was weg, genau. Ich habe früher tatsächlich gedacht, die Frauen müßten in Angst davor leben, daß man ihnen was wegguckt, was auch immer, so wie bei wertvoller Wandmalerei, die durch Lichteinfluß immer blasser wird, wie verzaubert: wenn man hinguckt, ist es weg...

Barbara Maria Kloos

SPLITTERNACHT. EINE KLEINE PORNOGRAPHIE

Ihre Zunge war nackt wie ein Pfeil und er so zugeschnürt bis an die Kehle. Ein Postsack voller Liebesbriefe, dachte sie.

Karottengelbes Babyface, ein Kopf voll Schamhaar, lockig, naß. Ihn ausziehn, dachte sie und alle Wonnen von der Haut ablesen. Schon floß der Wein in roten Strömen. Sie rauchten viel, und ihre Zigaretten glühten wie zwei neue Augen auf. Beim Sprechen beugte sie sich vor und sah die Zeiger seiner Uhr ganz langsam kreisen: wie Mädchen in der Peepshow, dachte sie.

Der Mond ging auf. Er leuchtete ins Fenster wie eine große weiße Brust. Wieviel, wollte sie fragen und griff, statt in sein warmes Nest, ein Buch. Es handelt von zwei Leuten, sagte sie, die sich am Nordpol treffen, in die Augen sehn und weitergehn. Einfach weitergehn, allein. Die Nacht lief aus. Ein schwarzes Loch. Wer nicht schreien darf, bleibt stumm. Sie lehnte sich zurück, doch ihre Zunge wand sich wie ein Leib in ihrem Mund. So rot wie eine Vogelkehle war die Lust. So weich wie Pferdenüstern, so hart wie ein Geschoß. Die Gläser leerten und füllten sich wieder; Ebbe und Flut.

Am Rande blieben Lippenspuren, Fingerabdrücke zurück. Indizien für einen Lustmord, dachte sie, und ihre Blicke fuhren tief in seinen weitgespreizten, feuchten Mund. Sie wollte Nächte rot wie Blut und schwarz wie Ebenholz. Nächte, die wie Schnee in ihrem Nabel schmolzen. Ihr lief es heiß und kalt über den Rücken, der sich krümmte wie ein Katzenbuckel. Im Kopf rollte der Wein. Schaumkronen spritzten an die Schädeldecke. Schlügen ihm doch Flammen aus den Poren, dachte sie. Aus Augen, Ohren, Nase, Mund. Würde er doch verbrennen, als lebende Liebesfackel. Er stand auf und räusperte sich. Soviel Rauch im Körper und kein Feuer. Sie drückte ihre Zigarrette aus und ging mit ihm zur Tür.

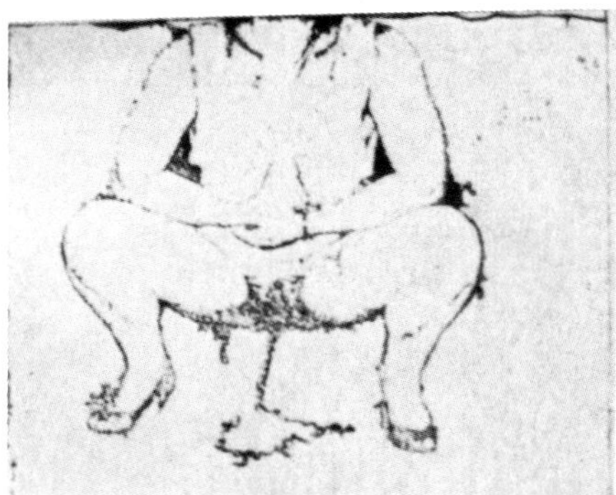

E. T. IN HELSINKI

Die Lawinen scharren mit den Hufen.
Tigergelb funkelt der Schnee.
Wenn die Herren ihre Hunde rufen,
stechen wir in See.

Du hast ein krummes Fingerlein,
das mich verzaubert, wie es will.
Aus der Prinzessin wird ein Schwein.
Du läßt mich brüllen, legst mich still.

Du spannst den Bogen lang und länger,
schnappe ich über, schnalzt du nur leis.
Die Pfütze friert. Der Spalt wird enger.
Pfeilschnell brech ich durchs ewige Eis.

Alice Krins

Lustgedichte

Ziehst aus mein Höschen
krabbelst ins Schößchen
schlürfst ab mein Möschen
machst dann ein Stößchen
läuft jetzt Dein Sößchen

Vor Dir entblöß ich meine Brust

Sieh hin! Das bringt Dir Geilelust

Machst Du nun Deine Hose auf

Lust platzt spritzig aus Dir raus

Slow song spielt im Hintergrund

küß mich! bitte! auf den Mund

Zieh mir jetzt die Hose aus

Liebster! Laß mich auf Dich drauf

Schieb Dein Geschlecht tief in mich rein

laß mich Liebestöne schrein

rutsch auf und ab
durch Deinen Bauch

bei jeder Reibung stöhnst Du auf

Hältst mich fest an beiden Bein'

rutsch(t) tiefer in mich rein

spür feuchte Lust in meinem Schoß

und

Dein Geschlecht ist sooo groß

Jetzt spritzt Du ab in meine Glut!

komm doch noch mal

Ha! tut sooo gut

Götterspeise auf unserer Haut vermengt
mit süßlich-bitteren Düften

mundet so wohl

nach Liebeslust und ew'gem Leben

Mein Prinz klebrig-feucht

Deine Jadeschaft war fest wie nie

im nassen Jadetal vereinte sich die
klebrig Götterspeise

zu einer wahren Wonne Harmonie

Geht die Lust
schon wieder los

oje mine

was mach ich bloß

läuft in mir hoch
ein Feuerball

es ist grad wie
im Hexenstall

sprüht tausend Teufel
in den Flaum

Flieg durch die Stern

es war ein Traum

Ursula Faure

BRÜSTE
FREI
ZUR
SONNE
SAGEN
VIEL

KEIN HERZSPIELZEUG SEIN

VORHER NOCH GELOGEN
AM SCHATTEN MUND
AUGENSALZ
TRAUMTRÄNEN

SILBERNE SPITZE
IM HIMMEL SCHRÄGGRÜNES
POLSTER
AUFGEBLASEN
FORTGETRAGEN

FREMDE WILDHEIT
ERSCHRECKT MICH
BRUST SICHTBAR
NEBEN WEISS
ROT
AM ENDE DER TANZ

TROPISCHER RAUM
MIT ROTBEBLUSTEN BUSEN
KEIN VOLLMOND
BITTE KÜSSEN SIE MICH NICHT
ICH KANN KEIN HERZSPIELZEUG
SEIN

HEMD UND HIMMEL
GOLDMUND UND SCHWEIF
DUNKELHEIT UND KAMMER
ZYPRESSEN IN DER NACHT
NICHT WACHEN NICHT SCHLAFEN
ATMEN ERINNERN UND SEIN

Lilo Karsten

Judith Lemens

FÜNF MINUTEN VOR LIEBE

Gläserne Bannmeile
die Schere am heißen Draht,
Jesus im Alter von sieben Jahren mit der Nabelschnur erhängt,
Moses mit Plattfüßen vom erschwerlichen Wandern.
Wenn meine Klitoris platzt, sterben Gehirnschwänze den Hungertod. Im violetten Wind meiner Herkunft steige ich vom Gipfel der Sehnsucht ins Tal der Mühsal und verrichte meine Notdurft im Raum hinter Glas, bis es im Atem der Zeit zerbricht.
Es ist fünf Minuten vor Liebe.
Das Loch in der Wirklichkeit läßt sich nicht mit einem Pfropfen Wachs verschließen. Im konturlosen Rauschen eines Baumes verfängt sich die Ewigkeit des Wissens, in dessen Wipfel ich auf der Biegsamkeit des Reichtums sitze.
Schätze im Glanz ihrer Pracht liegen ausgebreitet im mannigfaltigen Grün als Geschenk für die Gabe des Sehnens.
Der Mensch versucht in emsig verbissener Anstrengung, das Loch zu vergrößern, um Gott zu begreifen und scheitert an der Blindheit für die Dimension des Universums in seiner Brust.

*

Wenn du mich sanft auf dem Rücken eines herabstürzenden Astes balancieren läßt, beiß' ich dir die Hoden ab, Meister, der du alle Wege leitest. Kannst du mich nicht verschonen mit ausgewachsenen Zyklonen, in denen Quartalbumser wahrhaft lieblich rabiaten Dreckschleudern Mutternaturhäubchen auf's frischgebackene Emanzenhaupt setzen. Meister, was soll ich in dieser Einöde? Willst du, daß Herodes ein zweites Mal um seines Thrones Willen den Mond im Rot ertrinken läßt? Hesekiels Zunge schwingt im Sanskrit über dem Kelch des gestrichenen Allerheiligsten. Das Konzil von Nicäa gab Priestern die Gelegenheit, Wasser in Wein zu verwandeln, ohne sich für ihren Alkoholspiegel in morgendlichen Mitternachtsmetten rechtfertigen zu müssen. Konzile sind die Rettung vor dem Denken, wenn der Geist und das Selbst unter einem dicken schwarzen Strick verschwinden. Das Auge Gottes in der nächsten Folter eingespannt, verbannt den Geist ins Sub und in die Irrenhäuser in die Obhut gutbetuchter Folterknechte.
In deinem Namen Meister, heb' ich mein Herz, laß' deine Hoden wo sie sind und rufe allen Außerirdischen im Erdinnern zu:
„Es ist an der Zeit".

*

„Naß, klatschnaß bin ich", sagt sie unter Donner und Blitz. Regen trommelt auf seine flache Brust. Er lacht mit offenem Mund in den schwarzen Wolkenhimmel, der sie mit seinen fetten Ergüssen überzieht. Bäume atmen die Fruchtbarkeit des Sommerregens in kräftigen Zügen, schicken erdene Dämpfe unter ihren wehenden Rock.
„Du bist blöd", sagt sie „laß uns in die Kneipe gehen." Er schiebt sein Rad mit einem Ruck nach vorn, sein Gesicht wird dunkel wie der Himmel. „Dumme Kuh, kann ich was dafür, daß wir nicht rechtzeitig..."
Gefüllte Hitze fällt in seichten Tropfen

auf den Boden unter ihren Stühlen. ,,Kaffee", bestellt sie – ,,und Kuchen", fügt er düster hinzu. Sie lassen ihre intellektuell aufgebauten – Ich bin hier – Du bist da – Gegensätzlichkeiten über Kaffee und Kuchen aus. Sie nörgelt an Unzulänglichkeiten, entblößt ihn, zieht ihn wieder an. Er tut das gleiche auf seine direkte, unverhohlene Art. Sie hat genug, macht sich bereit zum Aufbruch.

Als klebte sie an ihrem Stuhl, setzt sie das Händeln um den aufgedunsenen Egoismus fort, verbietet sich das lose Kribbeln unterm dünnen Rock. Unaufhaltsam hält es Einzug in den leicht gewölbten Bauch, erfaßt die Pfirsichbrüste, stellt die Warzen für Momente. Sie streicht sie glatt.

,,Ich gehe jetzt", sagt sie bestimmt. ,,Bleib doch noch", sagt er, die Halbherzigkeit erkennend. Sie: ,,Nein". Er: ,,Ja". Sie: ,,Nein". Er: ,,Ja". Sie: ,,Ja, auf einen Wein". – ,,Es ist aus", denkt sie, mit einem Vibrator auf der Zunge. Die Feuchtigkeit des Weins und sein Näherrücken nässen die Lippen. Sie kleben aneinander zwischen Stoff und festem Holz. Während ihre Hand seine Schenkel zart umwandert, läßt sie ein letztes: ,,Ich gehe jetzt" in den Raum, das niemand hört.

Das Feuer brennt. Was nützt es, die Asche zu schüren. Eine lodernde Stichflamme schlängelt sich durch's Haar bis in die Ohren und brennt. Sie tastet nach versengten Spitzen, riecht den Brandgeruch in ihrer Nase. Die Schleuse öffnet ihre Tore und sie badet im warmen, vaginalen Fluß der Phantasie zwischen zittrigen Schenkeln.

,,Ich blute", sagt sie, sich der Wirkung auf das pralle Männerherz hinter seinem Hosenladen wohl bewußt. Es schlägt schneller, drängt gegen festgewebtes Leinen, das schier zu sprengen droht. ,,Herrlich", dringt's durch das Sausen an ihr Ohr. Das Tischtuch verdeckt weiß geglättet das Schäferspiel. Die Tischnachbarn fragen nach Kochrezepten. Seine Hoden kochen unter ihren Fingern. Sie könnte gehen, jetzt. Allein. Allein, ihr Mund spricht mit durchbluteter Röte.

Im Raffen aller Vernunft verlassen sie den geschwängerten Raum ins Halbdunkel abendlicher Straßen. Ein kurzes, verhaltenes Stöhnen unter der Laterne, wo jeder Vorübergehende ahnungsvoll die Blicke wendet oder richtet.

Er faßt mit sicherer Hand ins lüsterne Dreieck, das gierig seine Pforten öffnet. ,,Laß uns fahren", keucht er ihr entgegen, zieht seine Zunge aus dem glühend schmalen Mund.

Lachend setzt sie sich auf's zweirädrige Gefährt, preßt das Becken gegen holprige Pflastersteine, jauchzt entzückt, wo sonst sie nur ein ärgerliches Fluchen übrig hätte. Übermütig wie ein junger Hengst ruft er den sittsam Arm in Arm Spazierenden zu: ,,Brunftzeit, ihr Leute, Brunftzeit", amüsiert über ihre im Dunkeln verhüllten brüskierten Anstandsmienen. Auf der kleinen Brücke über aufgewühlten Wassern hält der Damm der beiden vollends entfachten Seelen nicht mehr. Sie stützt stöhnend an seine Brust, die schmale, hebt den Rock. Er hält sich am verschnörkelten Geländer, öffnet den Verschluß, entläßt den Gequälten aus der Enge, der nach dem saugenden Tunnel sich streckt. Kreisend belebt er ihre Öffnung im Puls von Ebbe und Flut. Urkräftiges Liebeswasser fließt in schäumend dunkelblauen Wellen über nachtlichtbeschienene Hälse im Biegen

Wilfried Kalter

und Dehnen klangbesetzter Körper. „Ich bin", singt sie die Melodie von Geben und Nehmen auf seine samtene Wollust. „Strom", flüstert er, „Strom", der Spannung in den aufgewühlten Nacken. Die Wirbel tanzen den Tanz der Einzigartigkeit über weißer Gischt. Sie führt ihn ein, bis tief die Lava seinen wunden Punkt berührt. „Ah, wie lang ist's her", stößt er hervor. Ein nächtlicher Passant stört das Vergessen, treibt ihn hinaus. Taumelnd über Treppenstufen erreichen sie die Ufer, wo Erlösung sie sich erhoffen. Steile Hänge bieten keinen Platz zum Liegen. Von rauhem Fels gestützt, zieht er sie schmachtend an sich. Die Beine hebt sie geschickt um seine Lenden, nimmt ihn erneut ins blutige Sakral. Das tiefe Rot birgt gipfelnahe Lust. Scharfe Kanten zerschneiden ihr entblößtes Knie.

Eine Bank, das geschundene Knie zu schonen. Kaum in erneutem Tauchen aufgegangen, kurz vorm explosiven Augenverdrehen, treffen sie die nüchtern, abgestandenen Worte zweier Penner: „Wenn ich groß bin, lieb ich auch mal so". Ihre Möse zuckt verstört, sein Schwanz erschrickt. Sie retten sich klagend ins nahe gelegene Heim. Als seien es Weltumrundungen bis zu diesem Ziel, hält sich das Pochen fest. In Windeseile nehmen sie die knarrenden Stufen, als ächzten sie mit ihnen. Die Tür im Schloß, der Atem frei in schützenden vier Wänden. Die Wachsamkeit fällt mit den Kleidern. Sie schafft ein Vakuum um den samenspendenden Eroberer und lockt ihn zum Geben seiner Habe. Narkissos wendet sich gequält zu seinem Spiegelbild, als zerrisse es seine Eingeweide beim Anblick glitschig, geschmeidiger Lust. Schluchten schließen, öffnen sich beim Eintritt in die Welt der Mannigfaltigkeit des Seins mit tosender Mächtigkeit der Sinne. Dschungelrhythmen glänzen unter prall gespannter Haut, perlen über Körperhärchen weich und stetig auf die Nacht der Tropen. Ein einziges, bestärkendes Nicken, als er im Atem ruft, ,,Ich komme", und sich entlädt im Jenseits aller Wünsche. Nach kurzem Ruhen dort, gleitet seine Zunge über Synapsen ins Tal der Hieroglyphen. Ihr Stöhnen treibt die weiche Echsenzunge. Um das letzte Rätsel zu lösen, hält er sie über dichten Venushaaren, bis hin zum Nabel, an, zum Schenken ihrer Fraulichkeit, die seinem Pol brüllend offenbart, was Mann und Frau bedeuten. Sie sinken dankend all den Göttern in dem einen auf die Leiber und verharren zwischen Mars und Venus, bis die Erde sie erwachen läßt.

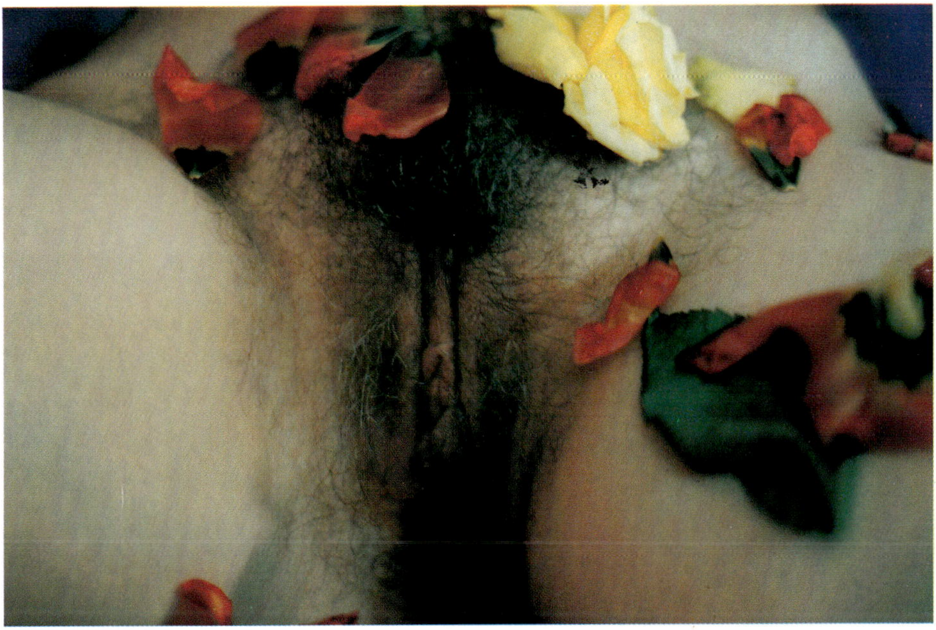

Annette Frick

Karl Riha

abzählvers

möse
moses
hobelmann

flöte : futt
kapores

ausfahrt (in barocker manier)

komm her, du meines herzens
kommandöse
daß ich der hosen öse vor der möse löse
den bändel fahren laß –
zum spaß
sink nieder hier ins gras!
noch eh an bord der kaffee gart
sind wir gen afrika auf großer fahrt!

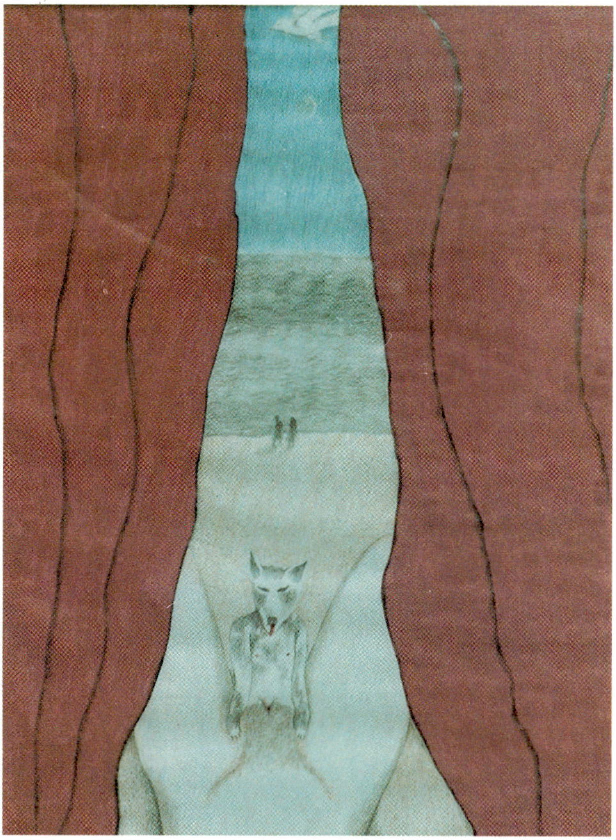

Angela Hans Scheirl

GANG-GO SFAB STYLE

Die Motorrad Gang der „Sloppy Fat Armed Bitches“ (SFAB) machen die Gegend unsicher. Eine Art „Neighborhood-Watch“.
Langsam schiebt sie mir den dicken Griff der Peitsche zwischen die Beine. Sie ist fett. Bierfahne. Schnaubt leise „Baby“. Ich überlege, ob ich jetzt besser wieder gehe. Sie hält mich von hinten. Die Beleuchtung ist kärglich. Cool leather, cool whip. Keine Bewegung. Nur Druck. Und feuchte Hitze. Sie legt die andere Hand um meinen Hals und drückt mich zu sich. Angst schwappt plötzlich über mich. Is this the real thing? Guns, knives, bikes. Ein Morgenstern im Wappen, Bilder voll Todessehnsucht in die Haut gestochen, Narben. Der Schweiß rinnt mir über den ganzen Körper. Ein Klicken hinter mir. Blut und Schweiß und Pisse spritzt gegen Kachelwände, Gläser werden geschleudert und rieseln in scharfen Splittern über mich. Dumpf surren die Ventilatoren. Im fettverschmierten Spiegel sehe ich unsere blassen Gesichter in dümmlicher Agonie. Zack – ich entspringe ihren Bratzen und pflanze mich vor sie auf. Ihre Augen sind fast zu. Die glatten, weichen Lippen. Ich beuge mich vor und lege meinen Mund auf den ihren. Ich packe sie bei den Oberarmen und gebe ihr Druck. Zungen wollen vorbei an trockenen Lippen, wie schwere Schnecken werfen sie sich aufeinander, winden sich träge, die glitschige Reibung kostend. Speichelwasser strömt. Sie drängt mich gegen den Spiegel. Ich beginne den Kopf hin und her zu wenden, um den Schmerz am Hinterkopf zu verteilen. Sie gibt mir nur noch mehr von ihrem Gewicht, jagt den ausweichenden Lippen erbarmungslos nach. Zap – Ihre Zähne schlagen in meine Unterlippe. Ich lecke Blut. Reibe mich gegen das Holz in ihrer Hand. Sie wankt in ihrem Rausch. Ein Schmerz durchzieht mich: sie könnte abstürzen, im Stehen einschlafen vielleicht. Ich drücke die Bikerin, nennen wir sie X, mit dem Fuß von mir, ziehe das Kleid hinauf, damit die umstehenden Frauen genau sehen, was geschieht, ziehe die Unterhose ein Stück hinunter. X ist

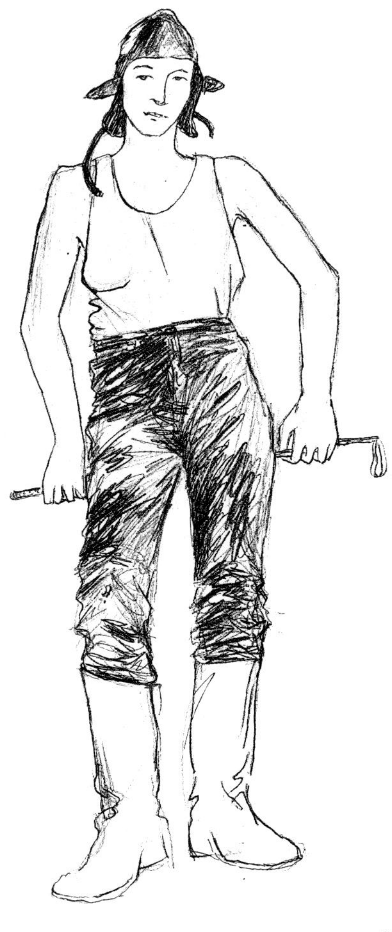

etwas aufgewacht und reibt nun das schwarze Leder mit dem eingestanzten Muster an die nackte Fut: Zarte Hautfalten werden durcheinandergebracht, nach vor gezogen, mit einem Ruck wieder zurückgezerrt und gequetscht. Neben Mitgliedern der Gang stehen noch andere Frauen im Raum herum, lehnen an blaßtürkisen Kacheln. Wasserplätschern. Tropfen hallen. Sie sind geil. Wollen weder dafür noch dagegen etwas unternehmen. Die Luft steht. Der Griff glitscht an meiner nassen Fut vorbei. Ich knete X's Brüste. Steinharte Brustwarzen stechen durch den Stoff. Sie ist wieder ganz bei der Sache, drückt mir gegen die Klit, grinst, zieht das Werkzeug zurück, spielt mit dem Riemen. Ich halte es nicht mehr aus, gebe auf, lasse mich zurückfallen. Die U-Hose bindet meine Beine zusammen. Kühle Luft streift vorbei. X ist über mich gebeugt und macht sich daran, mir die U-Hose ganz auszuziehen. B, die, über einen vorangegangenen Streit verärgert, die ganze Zeit draußen herumgeflucht hat, ist hereingekommen, steht nun da, braune Lederchaps, Fransen, mehrere Gürtel, Stiefel mit Sporen, ein langes Gewehr in der Hand. Reißt X weg: sie hätte jetzt lange genug gebraucht, sie wäre ein besoffenes Tier, solle sich lieber übergeben, damit sie weiterfahren könnten. Dabei fährt sie mir mit dem kalten Gewehrlauf den Körper entlang. Ich bin völlig hingegeben, ich will jetzt gefickt werden. Sie kniet sich neben mich, zieht mir das Kleid über den Kopf und fixiert damit die Arme hinter den Kopf. Sie streichelt mich, beißt leicht in die Brustwarzen. Ich winde mich unter ihren Händen. B nützt das, um – nichts zu machen, geht zu den anderen, läßt sich eine Zigarette geben und von einer unbekannten Frau anzünden. Ich schleudere Kleid und U-Hose weg, setze mich auf ein

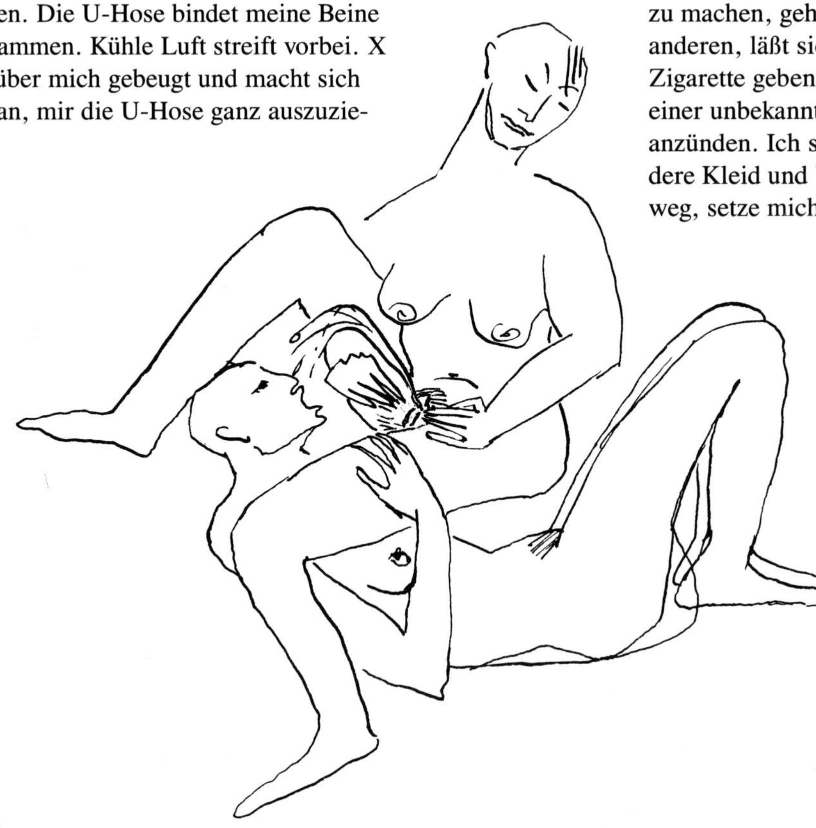

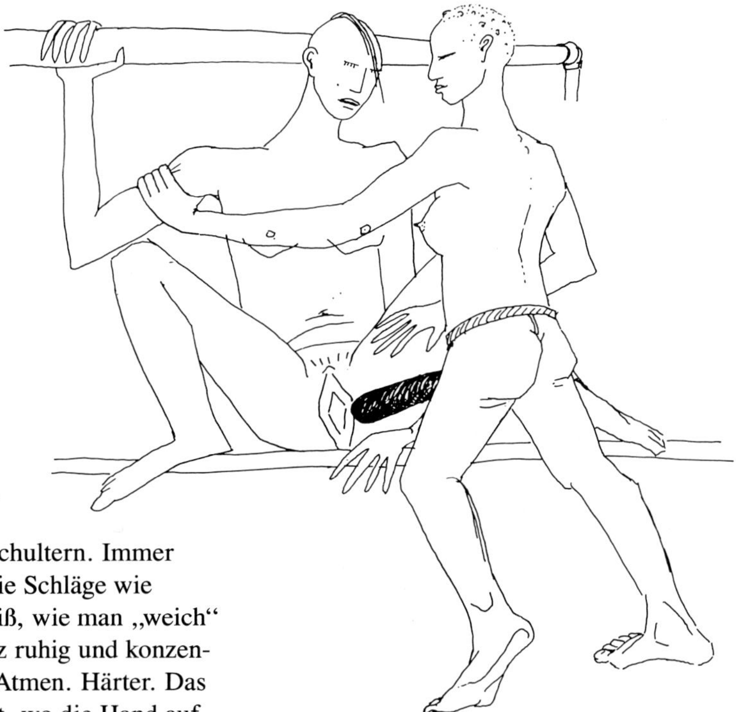

Waschbecken und stecke mir zwei Finger in die lechzende Fut. B stürzt sich auf mich, schlägt mir die Hand weg, schlägt mir ins Gesicht, rechts mit dem Handrücken, links mit der Handfläche, erwischt unkontrolliert Hals, Brüste, Schultern. Immer schneller prasseln die Schläge wie Regentropfen: B weiß, wie man „weich" schlägt. Ich bin ganz ruhig und konzentriere mich auf das Atmen. Härter. Das Fleisch erzittert dort, wo die Hand aufsetzt. Plötzlich hört sie auf. Es ist vorbei. Ich stehe in Flammen. Sehne mich nach kühlen Küssen. B befiehlt mir, vom Waschbecken zu steigen und mich dort an die Wand zu stellen, wo noch am meisten Licht hinfällt. Meine Beine zittern. B legt eine Kette um meine Handgelenke und hängt sie an einen Haken an der Wand: ein spitzer Haken aus grauem Metall. Genau hinter meinem Nacken die Handgelenke kreuzweise übereinander. Ganz nackt stehe ich da, die Frauen lechzen mit ihren Blicken nach der Feuchtigkeit, die in den Hautfalten glitzert, weißlich rosa braun gelbe Haut, Häarchen, gerötete Wangen, Schweiß klebt. Eine dritte der SFAB's, die dickste von ihnen, Y, die inzwischen genug Zeit gefunden hat, sich ihren Dildo umzuschnallen und einzufetten, hat endlich begonnen, mich zu ficken. Großer schwarz-violetter Schwanz mit grauem Gummischleier. Die Dykes halten was auf ihre Dongs! Sie fickt mich. Ihr Rhythmus ist gleichmäßig: sehr langsam. Ich beginne auf dem Prügel in mir zu reiten. Mein Rhythmus ist unregelmäßig, nervös, manchmal schnell, abgestoppt: ich lasse los, höre auf sie, auf ihren Rhythmus. Ihre Hände auf mir elektrisieren mich. Sie läßt es kommen. Die Gumminoppen innen am Dildo stoßen auf ihre Klit. Jetzt ein paar schnelle harte Stöße und ein wilder Orgasmus durchzuckt und schüttelt sie. Sie grölt. Ich packe ihren Arsch und stoße sie in mich und wieder raus: mach jetzt sofort weiter! Sie macht weiter. Ich reiße sie her zu mir und stecke ihr meine eklige Zunge in den Mund: Da iß! und ich komme, während ich sie so fest drücke, daß ich sie fast erwürge. „Baby, Baby!"

Vera Rosenbusch

DIE MÄNNER SINGEN, WENN DIE FISCHE STERBEN

Die Fischer von Sizilien treiben ihre Beute nach alter Sitte in eine Bucht und riegeln sie mit Netzen ab. Ein Thunfischschwarm sitzt in der Falle. Die Männer brauchen ihre Fische nur noch aufzuspießen und an Bord zu hieven.

Während sie das Fangnetz enger ziehen, öffnen sie ihr Herz und singen die althergebrachten Lieder. Sie beginnen voll Gefühl, con moto, doloroso, die Ballade von dem alten König von Palermo zum Beispiel, der sich nach dem schönen Mandolo verzehrte. Der greise König erntete nur Hohn und Spott, verlor Ehre, Reich, Vermögen und endete als Bettler auf der Piazza von Livorno.

Dann stoßen sie mit ihren Haken, die sie Penderele nennen, in die Thunfischherde, die Männer aus Catania. Körper bäumen sich, die kühlen, glatten, Schwanzflossen peitschen die Gischt.

Und während sich das Wasser ganz allmählich rötet und während sich das Wasser ganz allmählich rötet, dringen aus

Wilhelm von Gloeden

Wilhelm von Gloeden

den rauhen Kehlen neue Töne. Süß und schmelzend, grazioso, espressivo und smorzando klingt das Lob des blonden Gianni. Gianni hatte einen Schwanz, der funkelte wie eine Wunderkerze und züngelte wie eine Natter, wenn er den Herren von Marsala seine Gifte in die Unergründlichkeit des Mastdarms stieß.

Haben sie die Leiber dann an Deck gehievt, beginnen sie sogleich, sie aufzuschlitzen, die Eingeweide rauszureißen und in hohem Bogen über Bord zu schleudern.

Jetzt gröhlen sie die wüstesten der Lieder, den Song von dem Bootsmann Umberto zum Beispiel, der sich immer einen Hering in die Hose steckte, ehe ihm der Junge Luca in die Takelage griff. Das glitschig-kalte Zappeln dieses Fischchens brachte beide jedesmal um den Verstand.

Nach getaner Arbeit treten schließlich alle Männer an die Reling. Sie starren auf das aufgewühlte Wasser, warten auf das Wimmeln kleiner Fische, die sich um die Eingeweide balgen.

Und wartend kommen sie zum giocoso, zum scherzando – schmutzige, zotige Liedchen, einfallslose Melodien mit holperigen Reimen.

Julian Schutting

SCHMETTERLINGE

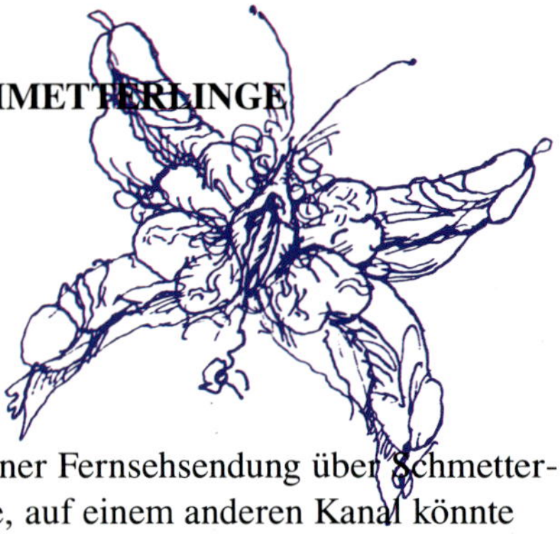

In einer Fernsehsendung über Schmetterlinge, auf einem anderen Kanal könnte über einen speziellen Aspekt der Emanzipation der Frau diskutiert werden, wird u. a. ein Film über ein Experiment gezeigt, das die Hypothese bestätigt, daß die Ausschüttung eines bestimmten Hormons Schmetterlingspuppen sich zu metamorphosieren veranlaßt: eine Schmetterlingspuppe wird halbiert, dann werden die zur Verhütung einer Infektion mit Penicillin behandelten Schnittflächen, mit Paraffin abgedichtet, und zuletzt wird, ehe beide Hälften in Watte gehüllt wieder schlafen gelegt werden, der Hälfte ohne Hinterleib das vorhin erwähnte Hormon, synthetisch hergestellt, injiziert – nach der üblichen Ruhezeit entwickelt die eine Hälfte Flügel und Beine, während die andere, kopflos zum bein- und flügellosen Hinterleib eines Schmetterlings geworden und über das Erwachen hinaus am Leben geblieben (auf wie lange, wird allerdings nicht gesagt), geschlechtsreif wird und dann *die* Duftstoffe produziert, die, kaum daß der sie von den bis dahin friedlich beisammensitzenden Männchen isolierende Glassturz gehoben worden ist, unter diesen und den auch aus der Ferne herbeigerufenen Geschlechtsgenossen große Aufregung stiften: alles dichtgedrängte Männliche gerät in Wallungen, sucht panisch flatternd über den weiblichen Stummel herzufallen, bis schließlich einer den Kampf um Helena gewinnt – er drängt seinen Hinterleib an sie, diesen Nurhinterleib, schließ sich mit diesem in kleinen Stößen zusammen und sondert an dem ohne Beine und Flügel etwas unbeholfen, an ein Steckkissenkind gemahnenden und trotzdem bewegten Anteil habenden Relikt sein Sekret ab – die Anstößigkeit dieses von der Kamera vergrößerten Geschlechtsaktes könnte dem Zuschauer die Vision von einem Bordell bescheren, in welchem in einer Abwandlung und Verkehrung des Prangers, an den der Unkeuschheit schuldig befundene Frauen gestellt wurden (Holzwand mit einer großen Öffnung für die Zurschaustellung des Gesichtes und einer kleinen für die darin gefangen zu haltenden Hände), die auf ihr primären Geschlechtsmerkmale bzw. ihre Gebrauchbarkeit einfachster Art zu reduzierenden und daher in die Anonymität von Spielautomaten beorderten Mädchen hinter einer mit entsprechenden Öffnungen versehenen Wand oder von reizfarbenen, mit entsprechenden Löchern versehenen Säulen umkleidet (und so zu neuen Eisernen Jungfrauen gemacht), darauf warten, daß die Besucher nach kleineren Erprobungen dieser und jener Wand oder Säule sie als die passendste auswählen, und, an den Griffen der Wand sich festhaltend bzw. die Säule umklammernd, sich ihrer sogleich bedienen (aus der Wand, aus den Säulen, hervorragende Busen hätte man längst wieder abgeschafft, da diese – nicht viel

Mara Eggert

weniger als die bis zu dieser Erfindung vorhandenen Gesichter die Anonymität – die Illusion der Dame ohne Oberleib stören würden; Beine könnten aber vorhanden sein). Der Hinterleibsschmetterling könnte während seiner Begattung den Fernsehzuschauer aber auch (ohne daß dieser von dem SS-Mann wissen müßte, der seinem vor ihm stehenden Opfer voll Wut, daß es sich per anum nehmen zu lassen zu schwach war, mit einem Bajonett den Hinterleib aufriß) KZ-Einrichtungen der Art mutmaßen lassen, daß einige der inhaftierten Frauen stehend oder liegend vom Kopf bis zum Nabel und vom halben Oberschenkel bis zum Fuß eingemauert und durch andere ersetzt wurden, sobald sie den privilegierten Benutzern zu schwach zu kalt geworden waren.

Man könnte angesichts dieser Schmetterlingspaarung aber auch an einen Lustmörder denken, der…, oder, wenn man sich vor der Vorstellung des Tranchiermessers und des zufüßen seines Liebhabers im Gras liegenden Fleischtorsos scheuen würde, an die praktische Anwendung von Ergebnissen künftiger Humanmedizin: von der im soundsovielten Monat der Schwangerschaft dem Mutterleib entnommenen weiblichen Leibesfrucht wird das Gewebe, aus dem sich der Unterleib entwickelt, behutsam isoliert, aufgezogen, durch Hormonzufuhr etwa im Alter der reifen Kindheit geschlechtsreif gemacht, und zuletzt werden die längst verheilten Schnittflächen an den Beinansätzen in der Art, in der man Aststümpfe teert, kosmetisch verschönert, wobei mögliche Reminiszenzen der Käufer an Strumpfbänder und schwarze Seidenstrümpfe berücksichtigt werden könnten. Dann kommen die Freier in die Klinik, tragen ihr Weibchen in Rucksäcken oder Tragtaschen nachhause, legen es in sein Seejungfraubett, ja und sooft sie die Bettdecke zurückschlagen, werden sie von ihrer unbekannten Schönen, die sich ganz anders anfühlt als die mechanisch gesteuerten Kunststoffpuppen, wortlos aufgenommen: jederzeit zum Geschlechtsakt bereit, erweist sich das von Geist, Seele und Erziehung verschont gebliebene weibliche Wesen immer von neuem als eine instinktiv alle Wünsche erfühlende und erfüllende Junggesellenmaschine, die überdies im Unterschied zu den ganzen Nurfrauen durch keinen Seufzer und eigene Wünsche die Vergnügungen ihrer Konsumenten stört und dank ihrer Gleichheit mit ihren Gattungsgenossinnen so leicht und konfliktlos wie ein welk gewordener Blumenstrauß zu erneuern ist. Einige Tage nach diesem Fernsehabend darf in einem Zeitungsartikel über die Prostitution in Österreich eine Prostituierte ihr seltsames Abenteuer erzählen: von einem Mann mittleren Alters seien ihr für die Erfüllung des Wunsches, von ihr ausgezogen zu werden, zweitausend Schilling geboten worden, und gegen Schluß der Prozedur habe sie mit Befremden entdeckt, daß er eine Windelhose trage – da der Interviewer nicht nachfragt, ob sich trotz dem hohen Honorar hinter der Maskierung ohnehin nur rein symbolisch zu erweckende Kleinkinderzeitfreuden verborgen gehalten hätten, sehe ich den nächstbesten nach einem Vertreter aussehenden Herrn entschlossenen Schrittes in eine finstere Gasse biegen, statt Geschäftspapieren und Warenmustern führt er in seinem James-Bond-Koffer eine Garnitur frischer Windeln mit sich.

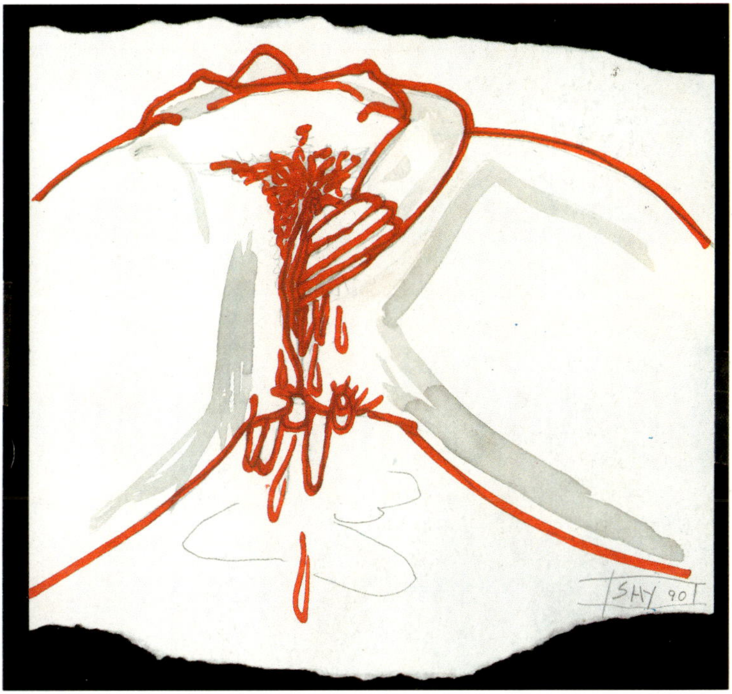
SHY 90

die Lippen leicht geöffnet, sehr nass.
verhärtete Zungenspitze fast schon
im Mundwinkel, geniessen, wie ihre
Zungenspitze darüberfährt und sie
langsam wahnsinnig wird.

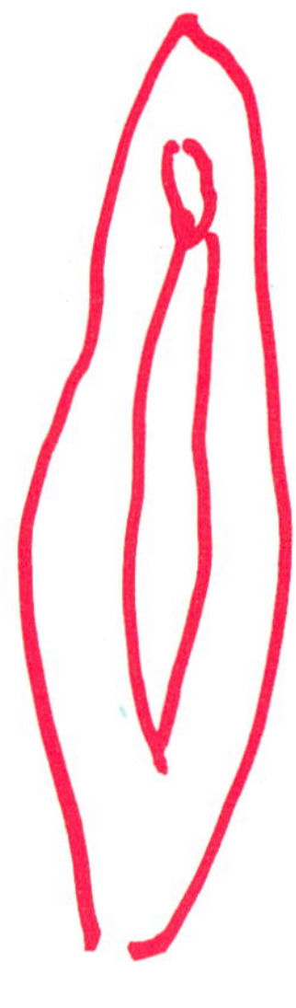

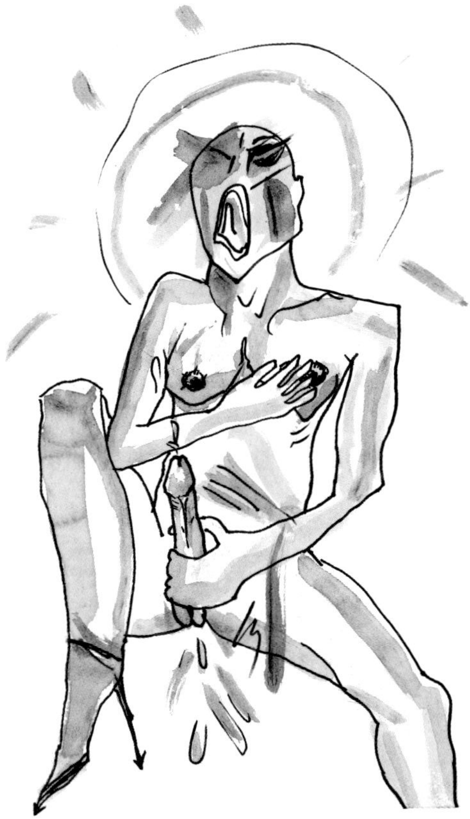

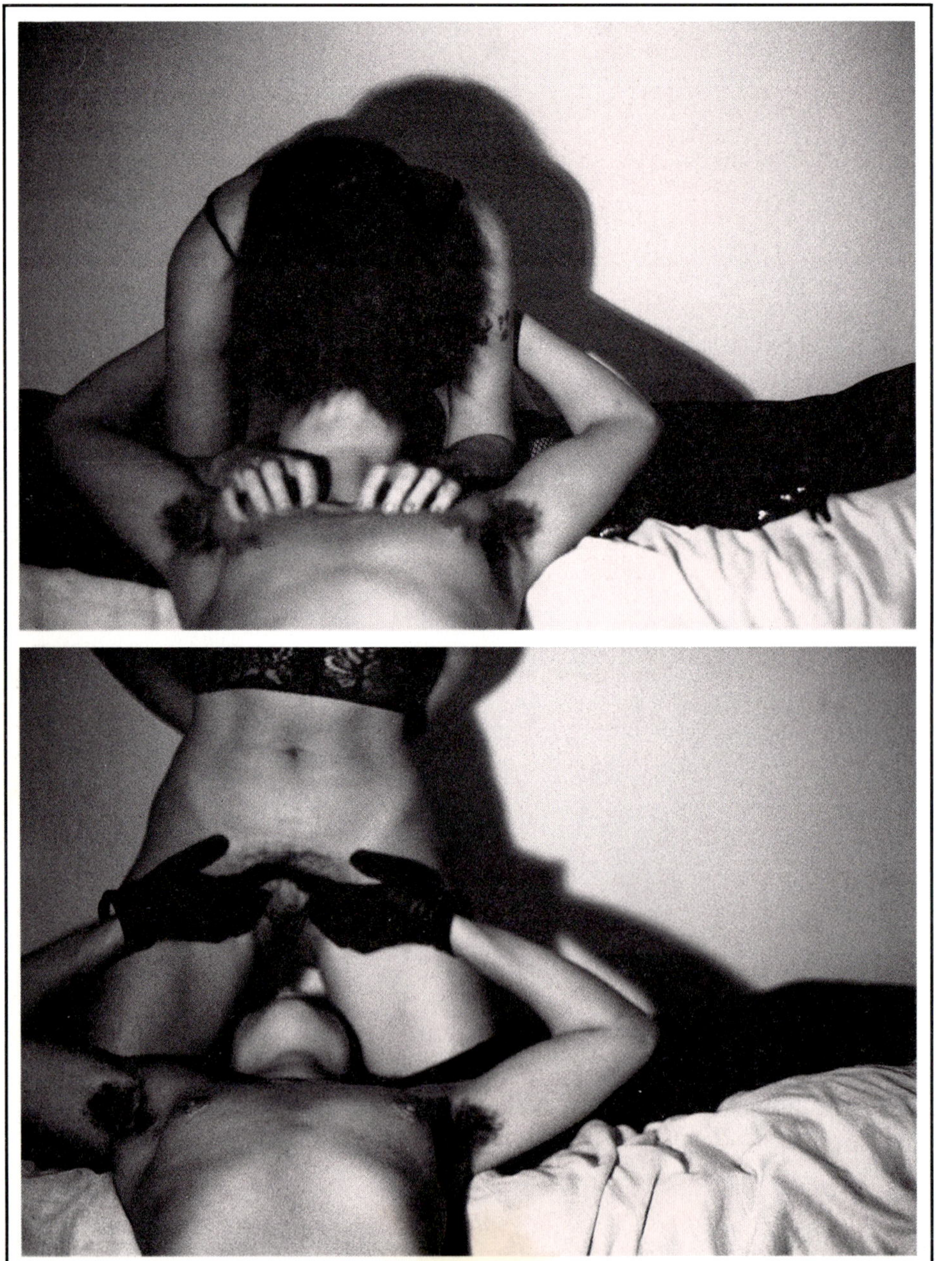

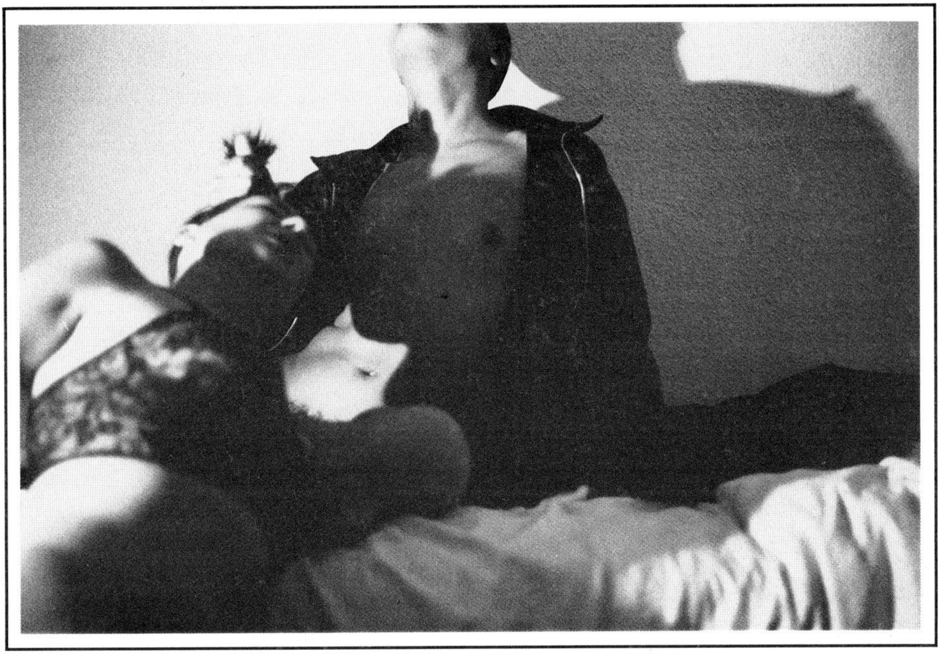

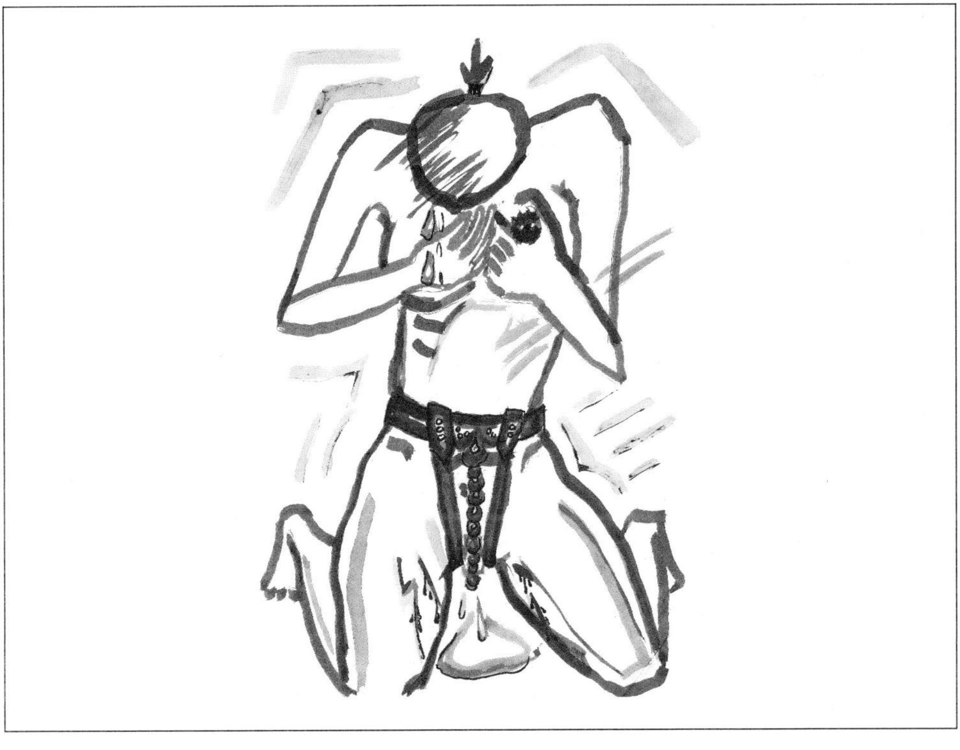

Peter Schlack

rond om sui

vorara
hendrara
näbrara
uffara
ondrara
ibrara
gfalld mirs
nomol
vorara
hendrara
näbrara
uffara
ondrara
ibrara
gfalld mirs nomol

pornoschwäbisch

där midd saem dengor do
on
dui midd irm deng do

där midd saem dengor do
khos midd
därra irm deng do

dui midd saem dengor do
on
där midd irm deng do

s isch an baessor dengor
midd
ira irm deng do

dui midd irm deng do
on
där midd saem dengor do

dia kennadds

manchsmol

är isch ganz lommalig
är isch ganz lommalig
är isch ganz lommalig
är isch ganz lommalig
        ganz lommalig
        ganz lommalig
där lombaseggl

brobiira

du
du dädscht du dui
du
dui däd i scho amol
amol
däd mrs ao doo
abr dui
dui däd mr dofir doo

gschmäggor

goddseidank gibds
fir dia viile
gschmäggor
a grosse auswahl

i mog grosse brüschd
i gloene brüschdla
on mir
mir ischs wurschd

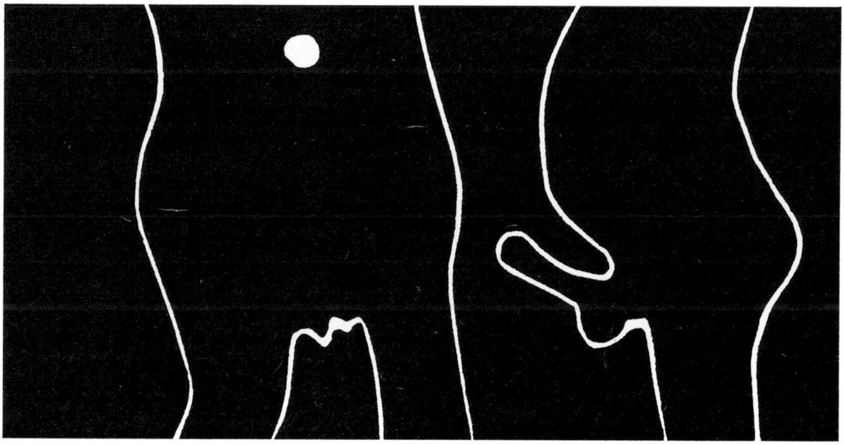

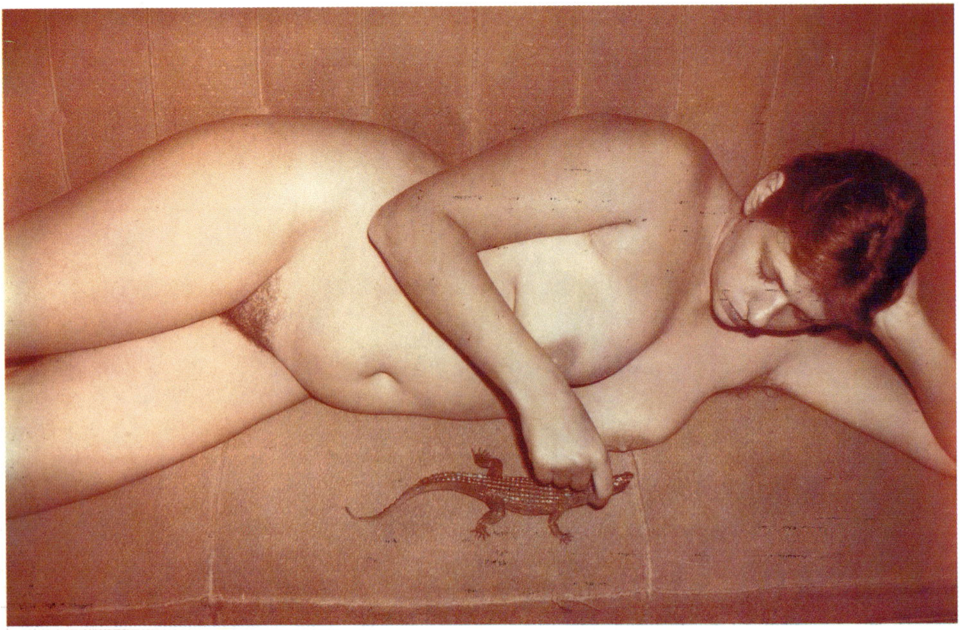

Gigi Martin

Yasmin…

Cannes, die Rue d'Antibes. Da liegt sie vor mir, meine Traumstraße, die in der Nähe des Marktes beginnt und in Richtung Casino führt. Unser kleiner Blumenladen in Viller sur Mer kommt mir nun armselig vor. Hier haben nicht nur Rosen und Nelken fast immer Saison, auch Hibiscus, Oleander, Kamelien und Bougainville. Ich berühre die verschieden geformten Blüten, die die grelle Sonne zum flirrenden Leuchten bringt. Es ist sehr heiß. Die warme Luft streichelt sanft meine Arme und Beine. Die nackten Füße berühren das heiße Pflaster. Erregung steigt von ihnen herauf in meinen Unterleib. Ich trage ein seidenes Hemd, das wie bei den Ballettänzerinnen über dem Bauch zusammengeknotet ist. Dazu sehr kurze Ledershorts. Ich sehe, wie die bewundernden Blicke der vorübergehenden Männer an meinen Beinen hochgleiten. Ich fühle es auf der Haut, wenn ihre tastenden Augen auf dem Ansatz zu meinem Po haften, magisch, lasziv…

Ich schlendere vorbei an den verschwenderischen Auslagen der Geschäfte und bleibe vor einer Patisserie stehen. Kunstvoll verzierte Torten und Petit Fours sind im Schaufenster ausgestellt. Dazwischen liegt eine weiße Perserkatze schlafend ausgestreckt, deren Augen wie mit einem Cajallestift schwarz umrandet sind, und die ebenfalls einem Kunstwerk gleicht. Ich gehe in die Konditorei und wähle mir einen Savarin aus, dies so lockere und doch schwere rumgetränkte Kuchenstück, gefüllt mit einer Creme Chantilly und einer kandierten Kirsche garniert. Mein Gebäck wird in ein Papier gewickelt, das mit einem Bändchen verschnürt, nun wie ein kleiner Pompadour aussieht. Als ich wieder auf der Straße bin, streife ich das Band mit einem leisen Lachen über mein linkes Handgelenk und schlendere weiter, die Rue d'Antibes entlang, während das kleine Päckchen im Takt hin und her schwankt.

Als ich in der Nähe des Casinos angelangt bin, bleibe ich mit einem Ruck stehen. Verwunderung und Wut spiegeln sich gleichzeitig auf meinem Gesicht. Mein geschiedener Mann kommt mir entgegen. An seinen Arm schmiegt sich eine junge Frau, die die Schönheit einer Rita Hayworth hat. Und ich bin allein. Drei Jahre nach unserer Scheidung immer noch allein…

Als eine Folge des abrupten Stehenbleibens hatte ich meinen Arm so stark geschüttelt, daß sich das Bändchen am Handgelenk löste, und das schwankende Päckchen durch die Luft wirbelte. Es landete im sonnengebräunten Gesicht eines Mannes, der ein auferstandener James Dean sein könnte. Bei dem Aufprall war das Päckchen geplatzt. Schamröte steigt mir ins Gesicht, während sich der elegante junge Mann gelassen die Creme Chantilly von den Wangen wischt. Seine Augen verengen sich zu sinnlichen Schlitzen, als er sich die Lippen leckt. Es ist mir unmöglich, meinen Blick von dieser gelenkigen Zunge abzuwenden.

Ich fahre erschrocken zusammen, als er leise zu mir sagt: „Ich liebe Creme Chantilly. Besonders die etwas salzige

Sorte an einer bestimmten Stelle. Geben Sie mir die Möglichkeit, sie zu testen?"
„Ich habe sie seit mehr als drei Jahren allein für Sie konserviert," sage ich mit einem Filmlächeln. „Ich hoffe, Ihr Hunger ist sehr groß und ausdauernd.
Ich schmiege mich in seinen Arm, und wir schlendern an dem verblüfften Gesicht meines Ex-Mannes entlang, die Rue d'Antibes hinunter.

Petula...

Ich liege im Bett und kann mich nicht entschließen, aufzustehen, obwohl es bereits zwölf Uhr mittags ist. Ein Dauerregen prasselt seit gestern gegen die Fensterscheiben. Draußen ist es kalt, und ich weiß, daß die Luft nach verbrannten Maronen riecht. Schiffe tuten vom Eastriver zu mir herauf in den zehnten Stock. Das Apartmenthaus liegt am Madison Square. Auf dem Kopf des Mannes, der dazu beitrug, daß Alaska der 49. Staat der USA wurde, hocken aufgeplusterte Tauben. Der zur Statue gehörende Körper ist allerdings der von Lincoln, da man ihn nach Restaurationsarbeiten nicht wiederfinden konnte. Das Apartementhaus ist gut gesichert. Statt der Klingeln gibt es unten am Eingang nur einen Telefonhörer und eine Tastatur mit Nummern statt Namen.

Als die alte Wanduhr eins schlägt, liege ich noch immer im Bett. Mein Blick gleitet zum Fenster, das von Palmen, Philodendron und Agaven so überwuchert ist, daß die Pflanzen einen grünen Vorhang der Natur bilden. Langsam durchdringen meine Augen das undurchdringliche Grün. Da ist ein Licht. Es flimmert zwischen zwei Agavenblüten. Ich starre darauf und durchschaue es. Nein, es ist kein Licht. Es sind ein Paar Bernsteinfarbene Augen. Sie fixieren mich. Sie hypnotisieren mich. Ich warte. Jetzt…

Elegant und sanft landen die vier Pfoten des Ozelots neben meinem Kopf auf dem Kissen. Dann streckt sich der Körper des Tieres lang neben meinem aus. Ich fühle sein warmes Fell durch mein seidenes Negligé, und unsere Atemzüge passen einander an. Wieder bewegt sich der grüne Vorhang am Fenster. Ein Ara blickt daraus hervor. Er stellt den Kopf schief, und die Nickhaut über seinen Augen bewegt sich auf und ab, als ob man eine Jalousie für den richtigen Lichteinfall verstellt. Dann kreischt er laut auf, damit ich auch ihm mehr Beachtung schenke.

Ein Rhesusaffe klettert den Stamm einer Palme empor. Oben angelangt, reibt er sich mit beiden Händen den Unterleib, und seine Lippen stoßen obszöne Geräusche hervor. Die Python, die sich mit trägen Bewegungen auf mein Bett zu windet, hebt plötzlich den Kopf. Ihre Zunge schnellt hervor, bewegt sich gleichmäßig nach rechts und links, rechts und links, als wollte sie ein Vakuum ausfüllen, warm, weich, feucht…

Nun regt sich neben mir wieder der Ozelot. Ich fühle elektrische Schwingungen, die bei der Berührung unserer beider Körper entstehen. Ein Seufzer, fast nur ein Hauch davon, entschwebt meinen Lippen, und ich schließe die Augen.

Birgit A. Reiter

Wenn deine Liebe zur Geometrie
mir die Lust zerschneidet
strecken sich dir – Don Juan –
meine kleinen spitzen
Knospen entgegen
zittert meine Seele
durch den Raum
versteckt sich in deinem Fell…

Günter Berghaus

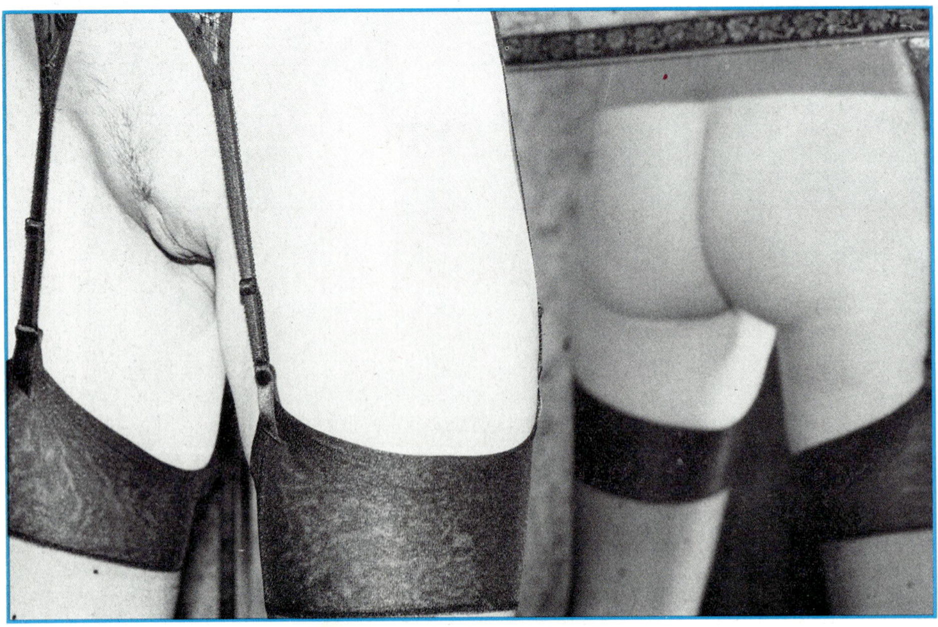

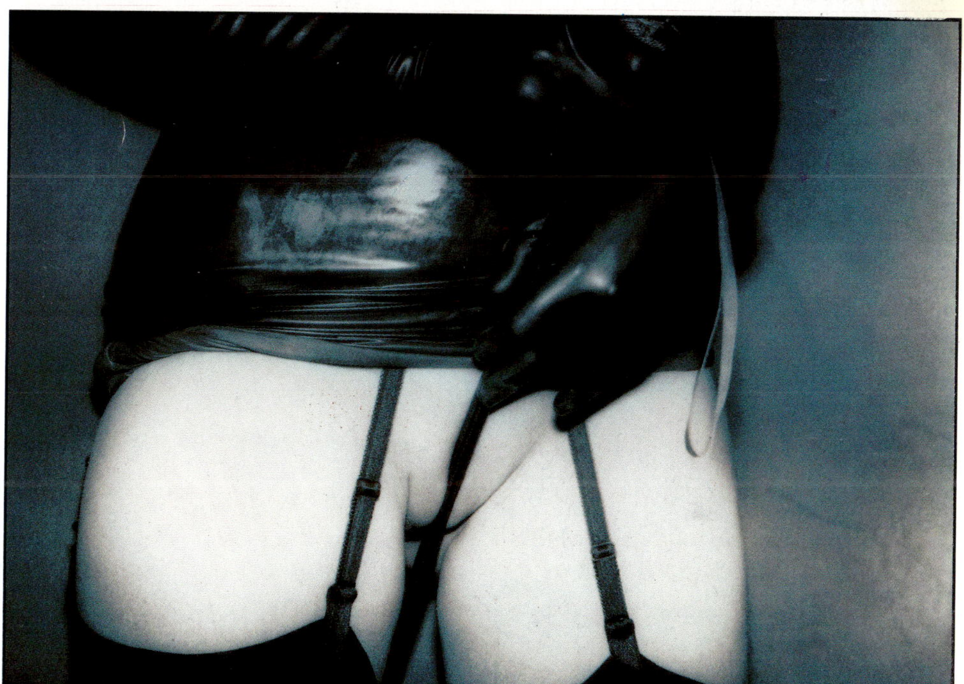

2
des Nachts
zwei Körperschlingen
im Burginnenhof
zuckende Hautreflexe im
weißen Mondlicht
verströmter Samenschweiß
lockt das Tier
es windet sich durch die
Dunkelheit, von Krämpfen
geschüttelt, erregt und sich
ganz seinem Instinkt über-
lassend – die Verschmelzung
leuchtet seine geschwollenen
Pupillen – samtiges Heranschleichen,
jede schwarze Nische ausnutzend.
Absprung in die Einheit. Hilfs-
gebrüll. Fleischveredelung

ALBA 12 - C
© ®
MADE IN ITALY

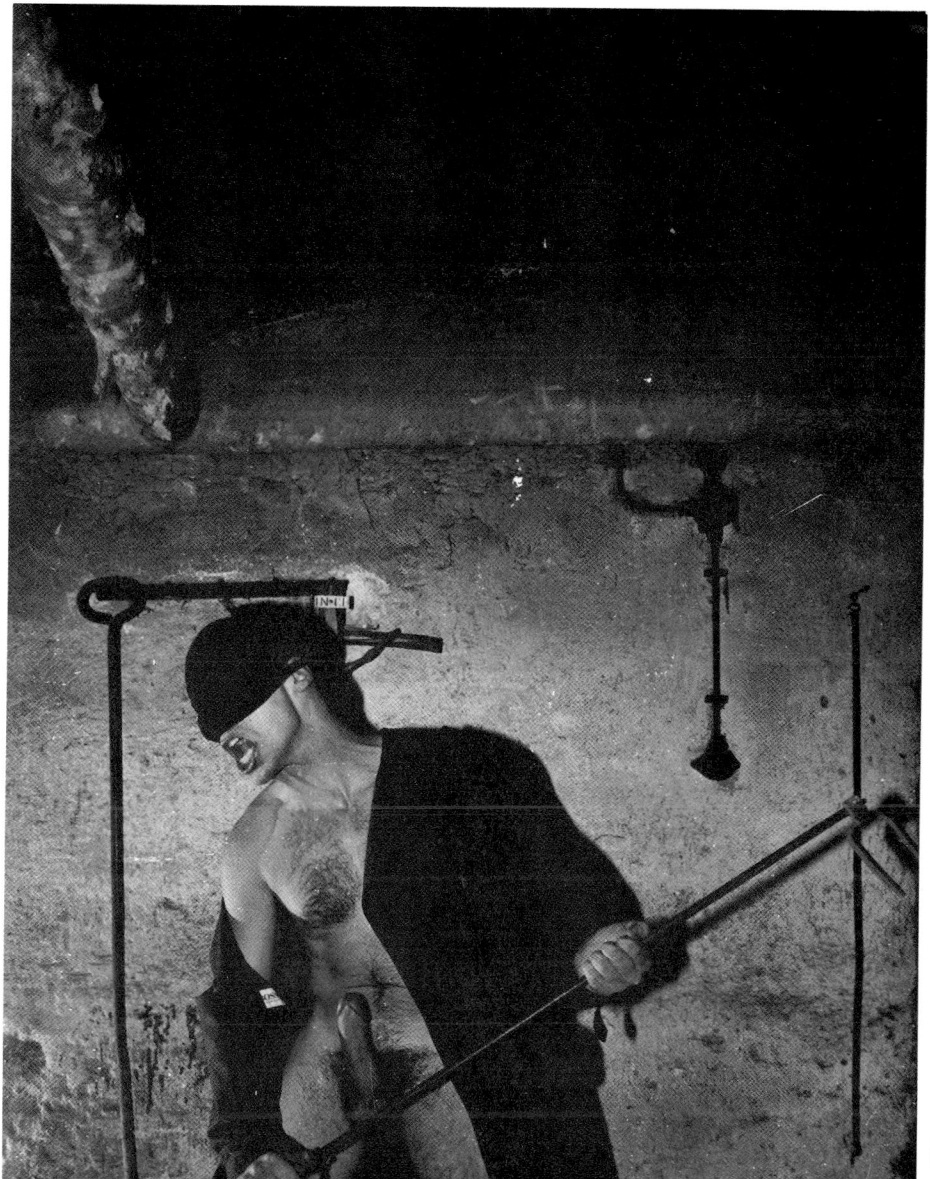

Agnes Bauer

Lederlady, liebestoll

Lederlady, liebestoll, lag so lang in meinem Bett, Lederlady, liebestoll, lag einmal, ganz voll, lag einmal danieder, liederlich, war ganz voll mit meinem Liebesliebesliebessaft, ich leck dich aus, komm her, küß mich, ich tu es rein, ich stopf dich voll, Lederlady, Luxusweib, ich liebe dich, ich schieb es rein, es paßt so toll, Lederlady, küß mich, küß mich doch, ich freß sie auf, Lederlady, deine Möse, jetzt – bald. Lederlady, ich stopf es rein, nein, nicht mich, wieder stopf ich das Tuch in Dich, Lederlady, liebestoll, jetzt bist du voll, du, ich, bist so frei, ich – stopf – dich – aus, ich zieh es raus, es paßt so toll, es ist ganz nass, ich leck es aus, Lederlady, ich küß dich noch – doch – nicht – jetzt, Lederlady, warte doch, ich – werd – dich – küssen, nur nicht jetzt, Lederlady, Luxusweib, voll Liebessaft, Lederlady, liegst du da, Lederlady, öffne sie, mach sie auf, gib sie mir, gib es wieder her, mein Tuch, Lederlady, weiß und weich, ich eß es auf, Lederlady, Luxusweib, lila Liebessaft, ich roll es auf, ich schieb es rein, das hast du nun, ich liebe dich, Lederlady, warte noch, ich werd dich küssen – doch – nicht – jetzt, ich weiß, du brauchst es, brauchst es sehr, brauchst es immer mehr, Lederlady – reiß die Beine auf, Lederlady, ich schieb ihn rein, ich schieb ihn zwischen deine Beine, meinen Kopf, Lederlady, meine Hand – sie – steckt – in – dir, ich halte dich, Lederlady, ich glitsche nur noch raus, Lederlady, warte doch, ich küß dich noch – doch – nicht – jetzt, Lederlady, steh auf. Du darfst nicht schreien – nicht jetzt – steh auf.

Lederlady, hock dich hin, Lederlady, ich brauch deinen Kopf, ich – brauch – deinen – Kopf zwischen meinen Beinen, ich fick dich jetzt, dein Gesicht, Lederlady, ich – schieb – mich – rein in dein Gesicht, Lederlady, ich schieb dich rein in mein Gesicht, Lederlady, knie nieder, ich nehm deinen Kopf, ich fick ihn jetzt, Lederlady, dein Gesicht, das kriegst du nicht, es – ist – unten zwischen meinen Beinen, Lederlady, meine Münder öffnen sich, Lederlady – ich – fick – dich – jetzt, ich schieb dich rein, deine Nase, deine Wange, ich fick sie, ich küß sie noch, warte doch, Lederlady, du leckst mich jetzt, sofort, knie nieder, gib es mir, süße Maus, ich fick dich noch, paß auf, ich geb es dir, du wirst schreien, Lederlady, leg dich hin, leg dich, los, kleine Maus, süße Katze, leg dich wieder hin, ich schieb sie rein, paß auf süße kleine Maus, mach die Beine breit, los. Schätzchen – noch – nicht. Ich laß es leer, dein Loch. Öffne es für mich, ich rühr mich nicht, ich bleibe hier, ich schau nur hin, öffne es, los, ich brauch es noch – doch – nicht – jetzt, Lederlady, süße Maus, ich küß dich noch, warte doch, Lederlady, öffne deine Jacke, Lederlady, los, zeig dich nackt, zieh dein Leder aus, Lederlady, ich liebe dich, leg dich nackt auf mein Bett, ganz nackt, Lederlady, auch die Ketten ziehst du aus, weiße Haut, süße Maus, ich leck dich ab, du schmeckst mir noch, doch nicht jetzt, Lederlady – ich laß dich liegen, weiß wie du bist, zeig mir deine Brüste, los zeig sie mir, sie sind so scharf, ich brauch sie noch, Lederlady, ich reiß sie dir – eines Tages – doch nicht jetzt – Lederlady, ich reiß sie dir vom Leib, Lederlady, weißer Leib, süße kleine Muschelmaus, öffne deine Beine, jetzt, zeig sie mir, ich seh sie doch, dein Loch und dein Loch, laß es los, gib es mir, es gehört mir doch, süße Maus, nackt, zwei Leiber auf meinem weißen Bett, ganz weiß, leg dich auf den Bauch, Lederlady los.

Paß auf, dein Arsch, er gefällt mir nicht, leg dich anders hin, knie dich, streck ihn raus, Lederlady, süße Maus, dein Arsch, der ist so scharf, ich nehm ihn noch, paß auf, süße Lederladymaus, zeig ihn mir, ich schlag ihn auch – doch – nicht – jetzt, Lederlady, schön bist du, du hast einen großen fetten Arsch – so – schön – ich reiß ihn auf, ich leck ihn dir, meine Finger kleben fest, lila Liebessaft, auf deinem Bauch, der Hintern, süße Maus, oh – ich – lieb – ihn – so, dein rosa Loch, ich lieb es sehr – doch – nicht – jetzt, Lederlady, streck ihn hin, zeig ihn mir, höher, härter, schieb ihn raus, gib ihn mir, ja, und jetzt, steh auf, er ist ganz naß, süße Maus, dein Arsch, ich nehm ihn auch, doch nicht jetzt, steh endlich auf und dreh dich um, küß mich, Liebe.

Liebe, du bist so weiß, Liebe, öffne deine Lippen, ich tauche meine Lippen naß, Lederlady, meine Zunge wartet noch, öffne deine Lippen, komm her, du bist so weiß, komm zu mir, wie lieb ich weiß, komm zu mir, kleine Maus, ich küß dich noch, doch nicht jetzt, ich liebe dich, Lederlady, schau mich an, öffne deine Lippen, komm her, ich geb es dir, ich leck dich ab, Lederlady, ich küsse dich – jetzt – doch – ich liebe deinen Mund, er ist so süß, ich schieb sie rein, mach ihn auf, ich schieb sie rein, du wirst spüren, mach ihn auf, schließ die Augen – jetzt – ich – küß dich, dein schwarzer süßer Bauch, er ist heiß, und schwarzer Flaum, und die Möse, süße Maus, schließ die Augen jetzt, ich küß dich, meine Münder küssen dich, jetzt schließ die Augen immer noch, meine Möse, kleine süße Maus, dein Hals, ich leck ihn ab, ich küß ihn auch, und dann, mein Finger hält dich, mein Finger, süße liebe Maus, mein Finger hält dich fest im Arsch, komm, gib sie mir, deine schwarze Muschel, gib sie her, ich nehm sie dir, sie gehört mir, reiß sie auf, liebe süße Maus, so weich so weiß, Lederlady ohne Leder, ich küsse dich, ich küß dich jetzt süße Maus, ich halt dich fest, ich nehm den Kopf in meine Hand, ich leck dich ab, dein Gesicht, ich leck es ab, es ist ganz naß, Lederlady, Liebe ist es doch, dein Gesicht, ich lieb es noch – mehr – so – sehr, doch jetzt, Lederlady, höre auf, hör auf, und leg dich hin, leg dich lieber hin, los, leg dich wieder hin, kleine Maus, los. Ich – nehm – dich – jetzt – bald.

Paß auf, ich schieb ihn rein, nur einen jetzt, paß auf. Ich laß ihn drin und rühr ihn nicht. Paß auf, ich lieb dich jetzt, ich leck dich ab, ich beiß dich noch, Lederlady, deine Brüste, ich nehm sie jetzt, ich beiß sie ab ich stopf sie mir – hier – jetzt – ins Maul, kleine Maus, sei ganz ruhig, du darfst nicht schreien – nicht – jetzt – du darfst es nicht, nur ich, ich darf dich nehmen – und – wenn – du schreist, dann ist Schluß kleine Maus, sei ganz ruhig, ich spür dich da drinnen, hör auf, ich zieh ihn raus, du bist zu naß, ich zieh ihn raus paß auf, leck ihn ab, ich geb – es – dir – noch – doch – ich liebe dich, ich bin ganz ruhig, süße Maus, du bist

Christiane Wegener

ganz still – nur – dieses – kleine -Piepsen, das halt ich gerade noch aus, weiße Maus, du bist – noch – mein, ich fick dich noch – doch – nicht jetzt, ich zieh ihn raus, ich zieh ihn wieder raus, ich lieb dich, mach die Beine breit – so – reicht – es – nicht, mach sie noch weiter, und jetzt, jetzt zeig es mir.

Nimm deine Finger, schieb sie rein, leck sie ab, schieb sie rein, zieh sie raus, leck sie ab, schmier dich ein, schieb sie rein, und schmier dich ein, ich werde dich – ganz – ablecken, schieb sie rein und schmier dich ein, was, mein Bett ist naß, los, schieb sie rein und schieb sie rein und schmier dich ein, los, ich – habe – Hunger, ich leck dich ab, deinen Bauch, rund und Samt, ich eß ihn auf, schieb sie rein, schmier dich ein schieb sie rein, schmier dich ein, schieb sie rein, ich liebe dich, ich leck dich noch, doch – nicht – jetzt, schieb sie rein, los, tu es doch, und jetzt, Süße, laß sie drin im Loch, ich lieb dich noch, du kleines Schwein, schieb sie rein, ich lieb dich doch noch jetzt – laß – sie drin, laß sie immer drin, nimm sie jetzt, leck sie ab, los leck es ab, kleine süße feiste Maus, ich lieb dich noch – doch – nicht – jetzt, ich fick dich auch, doch nicht jetzt, komm, komm, schieb sie rein deine Finger, schieb sie immer weiter rein, komm du ich, lieb dich, Ledermaus, leck sie ab und schieb sie noch – einmal-rein, steh auf, knie nieder, gib sie mir schieb sie her, leck sie ab, lecke mich mit der nassen Zunge deinen Saft in meine Möse, so – und – du – laß ihn auf den Boden tropfen, ich möchte meine Füße darin baden, leck mich, los, kleine Lederlady, ich weine jetzt, ich halts nicht aus – meine Füße – sind – ganz – naß – von – dir, ich halts nicht aus, Lederlady, dein Saft, er ist – zu schön, leck mich weiter, ich weine, ich liebe dich, komm in mich, Lederlady, küß mich, jetzt – ich – nehm – dich – noch – doch – nicht – jetzt, du – weiße Haut – weiche Maus – komm an mich, ich weine jetzt, ich liebe dich noch, ich lieb dich so, ich brauche dich, auf meinem Bauch, ich lieb dich jetzt, von hinten – paß –auf – dich – auf, komm, leg dich hin, paß auf dich auf, leg dich auf den Bauch, Lederlady, jetzt Lederlady, jetzt darfst du endlich schreien, ich – lieb – dich – jetzt, von hinten, ich geh in dich rein, ich schieb mein Gesicht in deinen feisten weißen Arsch, Lederlady, jetzt, jetzt ist es soweit, jetzt darfst du schreien, gib es mir, los, los, ich leck dich ab, ich schieb ihn rein, ich nehme mein Gesicht, ich fick dich jetzt, ich schieb es rein, alles schieb ich rein, süße Maus, ich halt mich fest an dir, in dir, ich schieb mich auf dich drauf, deine Löcher, meine Hände, und jetzt, jetzt – schreist – du – auch – süße Maus, jetzt schreist du so und hörst nicht auf, meine Finger bleiben drin, immer drin, und stoßen zu, du hörst nicht auf – zu – schreien – Lederlady – jetzt – ist – es – zu – Ende.

II. Lederlady – Luxusweib – lag – so – lang in meinem Bett, Lederlady, liebe mich, Lederlady, ich bin dran, Lederlady, laß das sein, Lederlady, liebe mich, lang mir eine rein Lederlady, nimm die Peitsche, nimm sie jetzt, langsam, Lederlady, schieb sie rein, langsam, Lederlady, langsam, laß das sein, diese Pein, Lederlady, schieb ihn rein, schieb ihn rein, Lederlady, schieb ihn endlich rein, Lederlady, liebe mich, Lederlady,

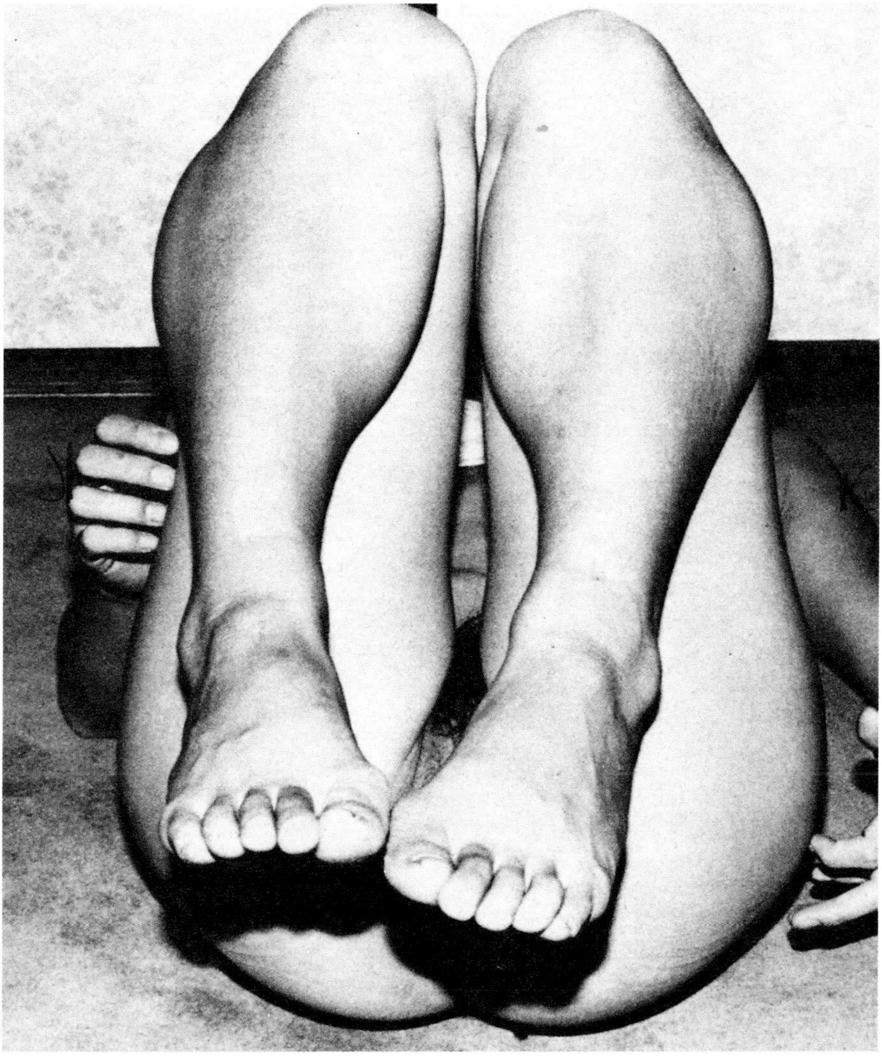

Luxusweib, gib es mir, schlag mich, los nimm mich, Lederlady, ich liebe dich, Lederlady, ich knie vor dir, Lederlady, gib ihn mir, laß ihn rein, ich leck ihn dir, Lederlady, gib ihn mir, gib ihn mir – endlich – bitte, schieb ihn endlich rein, bitte, ich bitte dich, Lederlady, steh nicht – so – fern, lagst so lang auf meinem Bett, Lederlady, sei so nett, gib ihn mir, laß das doch, Lederlady, Luxusweib, ich liebe dich, wie lange noch, wie lange noch, laß es sein, mein Liebesliebessaft läuft dir rein, schieb ihn rein, los Lederlady, schieb ihn endlich rein, Lederlady, ich halts nicht aus, schlag mich, schlag mich doch, los, schlag doch zu, bitte, steh nicht so da, schlag mich, bitte schlag mich doch, Lederlady, schlag mich, Lederlady, schieb ihn rein, schieb ihn rein, deine Peitsche, nimm sie so, ja so, schieb sie rein, andersherum, los, schieb sie, schieb sie weiter, schieb sie immer weiter, Lederlady, ich bin so scharf auf…

Lederlady, mein Saft, mein Saft läuft, er will dich, Lederlady, schieb ihn rein, los, reiß ihn raus, stoß ihn in mich, los, bitte, Lederlady, den Knauf, Lederlady, bitte, ich knie auch vor dir, Lederlady, ich nehm ihn, ich nehm ihn ja schon, Lederlady, okay, ich nehm auch deine Möse, Lederlady, ich hab Angst, ich – hab – sie – doch – noch – nie – so – im Mund gehabt, ich ersticke noch dran, ich knie vor dir, ich bleibe immer so knien, Liebe, Lederlady, schieb ihn rein, schlag mich, bitte, ich leck dir auch – die – Schuh, tret mir auf die Zunge, los, halt sie fest, Lederlady, meine Möse läßt dich nie mehr los, Lederlady, schieb ihn rein, los, schieb ihn doch endlich rein, Lederlady, meine Möse, sie weiß nicht weiter, sie weiß es nicht, reiß sie auseinander, bitte, Lederlady, ich halts nicht mehr aus, Lederlady, bitte, schieb ihn doch rein, warum bist du – so – fern, Lederlady, auf meinem Bett, so lang, so schön, Lederlady, nimm die Peitsche, ich hab sie gern, Lederlady, schlag mich doch, lang mir eine rein, laß mich kriechen, laß mich deine Schuhe…

Lederlady, nimm mich, jetzt, meine Möse, Lust, Lederlady, liebe, liebe lange noch, nur mich, Lederlady, ich – halts – nicht – mehr – aus, meine Möse, sie, meine Möse, sie platzt, sie, sie bricht, Lederlady, schieb ihn rein, schieb ihn endlich rein, nimm die Peitsche, nimm sie so, nimm den schwarzen Knauf, ja, ich spür ihn da, stoß ihn doch rein, bitte, stoß ihn rein, ja, so, bitte, stoß ihn rein und zieh ihn raus und stoß ihn rein, Lederlady, ich knie auch nieder, Lederlady, ich – gebs – dir – auch, gib mir deine Möse, ich tat es – doch – noch – nie – nie, gib sie her, laß sie, laß sie mich, bitte, Lederlady, ich liebe dich, nimm deinen schwarzen Knauf, knall mich voll, kleine Fotze, Lederlady, fick mich, los, spritz mich, schieb ihn dir rein, los, schieb ihn dir rein, schieb ihn mir rein, schieb ihn dir rein, reiß ihn aus dir und stoß ihn in mich, kleine süße Fotze, fick mich, schieb ihn rein, den Lederknauf, schieb ihn rein, stoß ihn ,fick mich, mach mich fertig, knall mich voll, schieb ihn in dich, spritz mich an mit deinem Lederknauf, naß, stoß mich, leck mich, gib ihn her, ich nehm ihn mir, ich geb ihn dir, Lederlady, er wird uns beide ficken – dein – Lederknauf – schön – fickst – du – mich, komm her, kleine Fotze, komm, mach sie auf, ich stoß ihn rein in dich, er – kommt – nur – aus – mir, süße, kleine Fotzenmaus, fick mich jetzt, Lederlady komm, ich liebe dich, mach mich fertig, knall mich voll, schieb ihn rein, schieb ihn endlich rein in mich, deinen Lederknauf, reiß ihn raus und schieb ihn – jetzt – in – dich, halt ihn dort, ich nehme dich, und – schmeiß – dich – aufs Bett, am Lederknauf, Lederlady, hängst du dran du süße Fotze, kleine Maus.

Lederlady, ich fick dich aus, du weißt nicht mehr, wo – es – begann, ich reiß ihn dir raus, ich schieb ihn in mich, ich schmeiß ihn weg und lösch mich aus, mit meiner Faust du süße Maus, ich leck dich ab, ich leck dein Gesicht, und laß meine Hand in dir und beiß dir in den Hals. Ich halt es nicht mehr aus und reiß sie raus, stoß mich jetzt, du, kleine süße Lederladymaus, stoß zu, warum tust du's nicht, gib es mir, und machs – dir – aus – mir – heraus, du kleine Süße, gib es mir, mach es dir und gib es mir, und mach mich fertig, bitte, – mach – mich – endlich – fertig, knall mich an, schnell, ich, halts nicht mehr aus, du süße fiese Fotzenmaus, stoß mich endlich, mach mich – kaputt – stoß zu – du – Fotze, du, stoß ihn rein, durchlöcher mich, überall, ich liebe dich, ich – lös – mich – auf – für – dich – süße Fotze, dich, dich brauche ich, schwarze Maus – Lederlady – es – ist – aus, ich wart nur noch auf dich, Lederlady, ich wart auf dich, meine Möse tropft – aus – dir – heraus, ich kann nicht mehr, ich lös mich auf, ich liebe dich, ich halts nicht aus, komm endlich, treffe mich.

Lederlady, reiß ihn dir in mich, roll mir einen, schieß mich voll, du kleine süße geile Ludermaus, ich liebe dich, komm her, komm, ich halts nicht mehr, ich warts nicht mehr ab, Schätzchen, ich brauch dich so, Lederlady, Luxusweib, gibs mir, gibs mir endlich, ich halts nicht aus, ich lauf aus, ich – lös – mich – auf – ich – werde – Saft, du süße geile Fotze, schieb es in mich rein, lös deine Fotze in meine auf, gib sie her, ich reiß sie dir raus, ich schieb sie in mich, ich liebe dich, ich küß dich jetzt, nichts weiter, süße Maus, komm her, komm endlich her, ich halts nicht mehr aus, du süße, süße Lederladymaus, meine Möse tropft für dich aus sich heraus, gib es mir, kleine Ledermaus, spritz es, spritz es raus, spritz mich voll, spritz es raus, spritz es raus, gib es mir, spritz es raus, spritz mich voll, du süße kleine Maus, in mir ist nichts als du, dein lila Liebessaft läuft aus mir, immerzu, ich liebe dich...

Lederlady, ich verhungere noch, Luxusweib, komm her, komm näher, steh nicht so fern, Lederlady, lange, lange lieb ich dich, Lederlady, ich kniee vor dir, da bin ich doch, gib sie mir, Lederlady, ich nehm sie doch, reiß sie auf, ich schieb sie rein, okay, Lederlady, ich spür ihn, Lederlady, deinen Liebesliebessaft auf meiner Zunge, gibt mir Kraft, Lederlady, weißt du noch, ich tat es – doch – noch – nie – Lederlady, dir nehm ichs ab, reiß sie auf, halt sie fest, so, ich spür sie doch, sie ist so groß, es ist so – so – eine – Angst – in – mir, weißt du noch, Lederlady, ich sah ihn nie, deinen lila Liebessaft, er ist auf meiner Zunge, Lederlady, ich schieb sie rein, Lederlady, ich nehm meinen Finger, Lederlady, ich laß ihn rein, bitte, Lederlady, ich knie vor dir, öffne deine Hose, gib sie mir, Lederlady, da bin ich doch, ich tu es dir, okay, Lederlady, da bin ich, öffne sie, gib sie mir, ich brauch sie so, schwarz, sie ist schwarz, der lila Liebessaft, Lederlady, gib sie her, laß mich doch, gib sie mir doch, Lederlady, ich werd dich lieben, lange noch, Luxusweib, da stehst du.

Lederlady, nimm die Peitsche, schlag mich endlich, ich brauch es doch, Lederlady, schlag mich jetzt, nimm die Peitsche, schlag mich doch, Lederlady, meine Brüste, sie brauchen – diese – schwarzen – Striemen, Lederlady, nimm sie, so, beiß rein, schlag zu, Lederlady, schlag, schlag mich doch, Lederlady, was tust du nur, Lederlady, laß das sein, diese Pein, laß es sein, Lederlady, lang – kann – ichs nicht mehr erwarten, meine Möse bricht aus mir heraus, Lederlady, nimm sie doch, nimm sie jetzt, Lederlady, sie ist so,… Lederlady, laß es, laß mich herein, Lederlady, laß mich einmal deine sein, Liebessaft, gib ihn mir, meiner langt nicht mehr,… Licht und Lust, Lederlady, nimm die Kerze, nimm sie jetzt, Lederlady, schieb sie rein, zünd sie an, tropf es auf mich, meine Brüste denken dran, Lederlady, meine Möse, sie ist so weich, Lederlady, schau sie dir nur an, sie ist… ganz rosa, Lederlady, sie ist so heiß, nimm die Kerze, schieb sie rein, tropf das heiße, … Liebessaft tropf den heißen Saft hinein, nimm die Kerze, schieb sie rein, tropf den heißen Saft hinein, Lederlady, liebe mich, …
Lederlady, ich brauche dich, komm doch her, ich seh dich noch, Lederlady, laß das doch, komm her, ich seh dich, schwarz, dunkel, hart stehst du da, Lederlady, gib sie mir, deine schwarze Möse, aus dem Loch, sie leuchtet so, Lederlady, ich fühl es sanft, Lederlady, ich hab so Angst, ich tat es doch – noch – nie – mit dir Lederlady, komm, komm näher, komm zu mir, komm, setz dich her, Lederlady, nimm die Hand, Lederlady, leg sie hier, leg sie hier um meinen Hals, halt ihn fest, drück ihn zu, schieb sie rein, deine Möse in die meine, sie paßt so gut, ich liebe dich, Lederlady, Luxusweib, laß mich endlich rein in dich, …. ich bin ganz naß, hier, mein Finger, nimm ihn dir, ich atme doch so sehr, nach dir, los, laß ihn in dich rein, schieb ihn dir rein, Lederlady, ich bin so naß, Luxusweib, komm endlich her, laß mich doch, gib sie mir, deine schwarze Möse, sonst will ich nichts, schau, her, mein Finger, ich geb ihn dir, deiner Nacht, ich steck ihn rein, laß ihn drin, in dir, immer, … lüsterne Leiber werden immer länger, siehst du es, Lederlady, laß mich ran an dich, Lederlady, ich halts nicht aus, gib mich dir, Lederlady, laß mich doch, meine Möse zerfleischt sich noch – nach – dir, du bist es doch, Lederlady, lang mir eine rein, schieb ihn endlich rein, Lederlady, da stehst du nur, so fern von mir, ich liebe dich doch, …

Luxusweib, Luxusleib, gib ihn her, zeig ihn mir, ich sehe deine Brust, Lederlady, ich seh sie doch, schwarzes Leder nützt dir nichts, Lederlady, gib sie her, ich liebe sie, laß mich ran, schieb sie rein in mich, schieb sie rein in mich, los, und schlag mich dann, …, weißt du noch, wie es war, das erste Mal, ich begehr dich noch, immer mehr, Lederlady, laß mich ran, laß mich endlich ran, schlag mich, bis ich nicht mehr kann, laß den Saft in mich hinein, öffne sie, schieb sie rein in mich, …, lebenslang, nur dich, brauche ich, …, lange Leiber, Lederlady, haben wir, lieb sie nur, du gibst es mir, ich weiß es, du gibst es doch, …, Lederlady, Luxusweib, ich warte auf dich, immer noch … du wirst noch kommen, steh nicht so herum, Lederlady, gib es mir und gib es dir, schieb ihn rein, ich

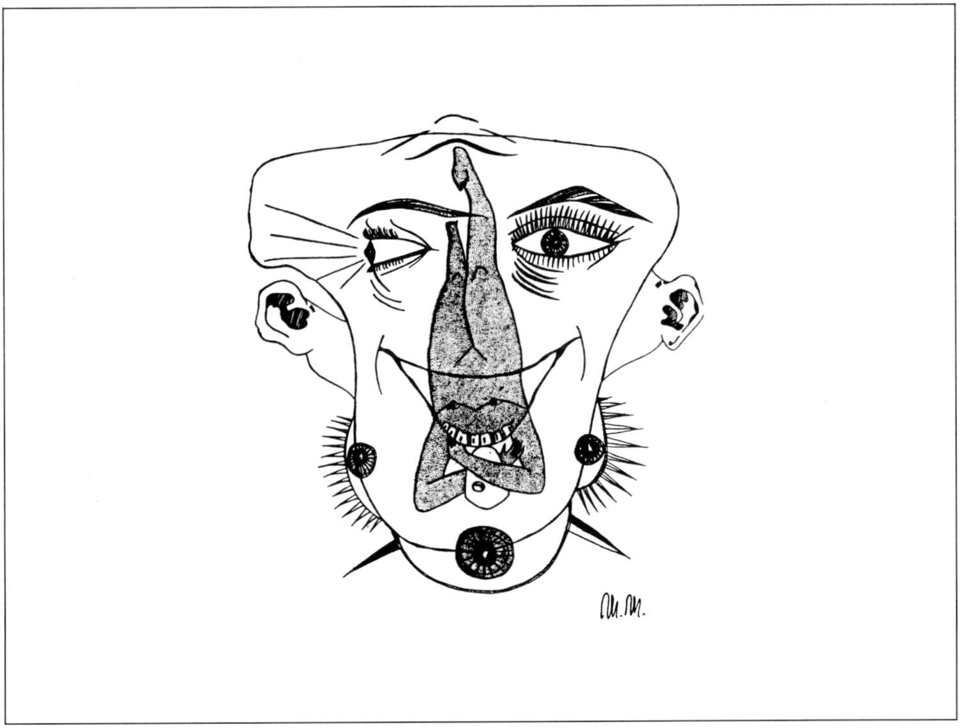

seh es doch, du hast mich noch, lieb, mich, jetzt sofort, ..., ich werde, niemals, meine Möse, leer, für dich ... nur für dich, meine Möse, ist für dich, dein leeres Loch, mit lebenslanger Lust, schlag mich, jetzt, endlich gibst du's mir, ich spür es noch, Lederlady, mein Leib, er ist, ein Loch, für dich, schieb ihn rein, jetzt, nimm ihn, nimm ihn, gib ihn mir, gib ihn mir doch, ja, ich brauch ihn sehr, so heiß, mir, den Daumen, schieb ihn herein hier, spüre mich, ja, ich spüre dich, schieb sie rein, beide, nimm das Loch und das Loch, drück zu jetzt, halt sie zu, beide, ich spüre dich, dazwischen, es ist so schön, Lederlady, liebestoll, zerreiß mich doch, ich spür dich noch, du bleibst in mir, ich spür dich, gib es mir, deinen Saft, auf meine Brust, er läuft in mich hinein, ich – liebe – dich, schieb endlich rein in mich, deine schwarze Möse, ich – ersticke – noch, ..., weißt du noch, ich tat es – doch – das – erste – Mal, ich trank dich aus, du gabst immer mehr, Lederlady, Luxusweib, ..., Lederlady, Luxusweib, ich sterbe noch, ohne dich, hier, jetzt, komm endlich her, zu mir, ..., Lederlady, laß mich doch, ich bin, doch, nur, ein großes Loch, für dich, komm hinein, komm, Lederlady, du bist ich, ich liebe dich, Lederlady laß mich nicht allein, komm endlich her, gib dich mir, komm hinein, komm endlich hinein – in – mich, Lederlady, ich liebe, liebe dich, du bist ich, du bist ich, wo bist du nur.

Für Evi

GeSpie(ge)lin

Geliebte Gelippte Gelübde

beh$^{e}_{a}$rrliche Gefaehrtin

Wir,

entzückend(i)e Schwe$^{s}_{r}$ter

er$^{tr}_{schl}$agen alle(s)

gemeinsam in alle Evigkeit

A$^{nn}_{m}$en !

P.S.: Unser Leben bleibe

von Männern versch$\overset{(..)}{o}$nt

Brigitte Roth

aus „Geliebte Haut"

„Hier begegnen wir einer Partialisierungstechnik; Grenzziehungen wechseln mit Entgrenzungen, und indem neue Häute aus Nylon, Leder, Gummi oder Korsettagenstoff aufgezogen werden, deligiert die menschliche Haut sozusagen ihre Hautaufgaben. In diesem Moment existiert nicht mehr die Differenz von Haut und Innerem – es ist alles ein Fleisch geworden, das von der künstlichen Haut umschlossen wird. Und dieses Fleisch empfindet sich tief, denn wo es keine (Haut-) Oberfläche mehr gibt, ist Tiefe sofort da".

Angela Pietrzik

Bleib Weiß
Weib Mieder
Reiß Nieder *(anonym)*

Marcel Magís

Leila

das land färbte sich blassgrau.
leila lag ausgestreckt auf dem rotweingetränkten teppich, mit ihren füßen zerrieb sie schmetterlinge. große blüten öffneten und schloßen sich über ihr, manche fielen herab und verwandelten sich in farbiges licht.

weiß war die hitze ihres geschlechts. ich leckte den herben wein von ihrer haut.
der morgen.

still sah er auf leila herab und rollte sie in den teppich ein. er beugte sie über einen esel und sie gingen, bis sie die kreuze auf dem berg erreichten.
dort breitete er den teppich aus, und während der esel leila bestieg schloß er meine augen und sprach leise und eindringlich.

er sprach von der lust des universums, von ihren kontraktionen, vergleichbar mit einer riesigen vagina. er sprach von der reinen liebe, die durch das verschmelzen der leiber entsteht.

er sprach von den möglichkeiten der vermischung und der verwandlung.

es war jetzt hell, marktschreier priesen jungfrauen an, häuser schloßen ihre nachttrunkenen tore und artige mädchen falteten ihre hände und legten sich schlafen.

leila umfaßte das meer, das sich über sie ergoß, und sie suchte mit ihrem schoß meine regnenden küsse.

er saß unter dem kreuz, schlief, während der esel sich an der immerwährenden jungfrau erging, doch vertrieb er sie mit seiner wilden gier.

ich drang ein in die zu pulver zermalmten schmetterlinge. ihre nässe war ein dichter schleier, ich durchbohrte sie, und als sie erwachte breitete ich über ihren flatternden körper weißfleckige tücher, in die er zarte mädchenküsse wob; sie waren von blassroter farbe.

unsere häute liebkosten die erde, er sprach und sprach während mein ich sich langsam zerstäubte, es vermischte sich mit den gemahlenen, opiumdurchtränkten schmetterlingen. und
als endlich licht das grau durchbrach verschmolz ich mit leila.

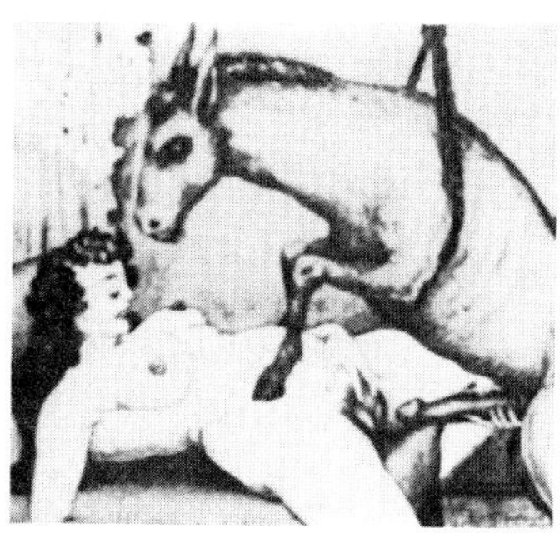

Adam Smith

Die Liebe hat immer zwanzig Meter Entfernung

Der Taxifahrer sagte, „warten Sie, ich helfe Ihnen“. Ich kam nicht hoch, weil er zu nahe an den Randstein gefahren war. Ich war auf dem großen leeren Platz vor dem neuen Opernpalast in Mexico-City. Alles was ich besaß, war ein grauer Anzug, den ich drei Tage lang nicht mehr ausgezogen hatte und eine speckige Tasche aus Schweinsleder, die die Choreographie einiger Männerschritte aus einer mittelmäßigen Tango-Show enthielt.

Das einzige, was ich liebte, war mein Körper. Ich war überzeugt, er besäße die Qualität der ewigen Jugend. Ich zählte das Geld auf die schwielige Hand des Taxifahrers und erschrak, als ich feststellte, daß ich alt geworden war. „Also hat es dich auch erwischt“, murmelte ich und grinste in ein imaginäres Gegenüber hinein, das ich augenblicklich zu meinem wahren Ich ernannte. Das oberste Prinzip eines Tänzers war die Façon. Das mexikanische Ballett suchte Statisten und ich brauchte den Job hundertprozentig. Ich breitete die Arme aus, in denen die gedachte Frau lag. Sie hatte längst keine Gesichter mehr. An der Stelle ihrer Augen changierten die zufälligen Dinge des Hintergrunds. Ich ging die Schrittfolge durch, die ich demonstrieren

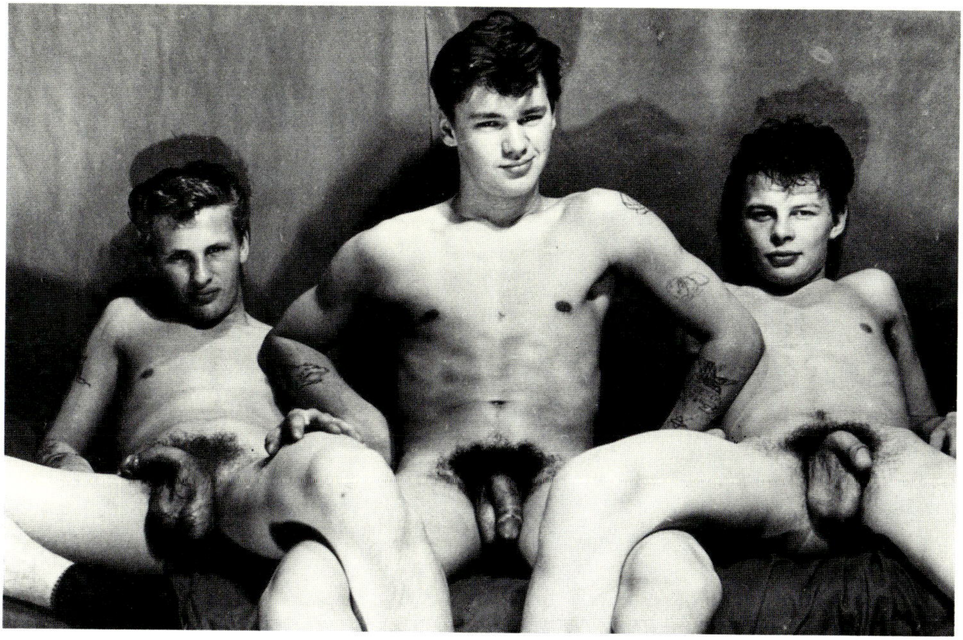

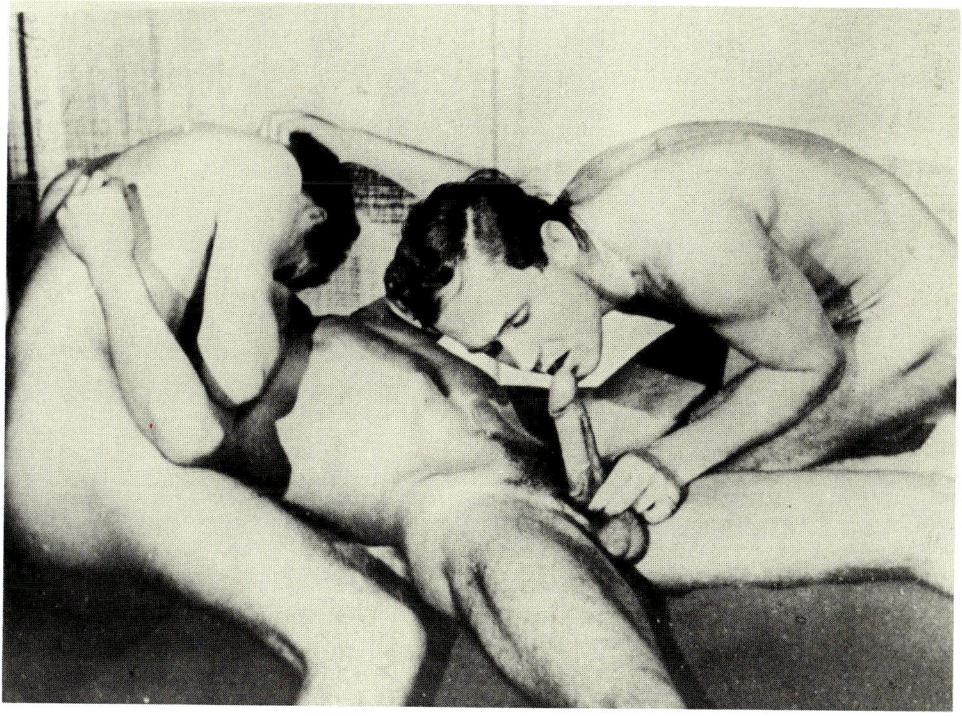

wollte: Salida, zwei Ochos rückwärts, dann erst die Base, so war es dramatischer. Ein für die Umgebung ungewöhnlich weißes Stück Papier zog langsam in Augenhöhe durch die Luft. Ich nahm es als gutes Omen und ging in eine Overs-way. Wellblechbaracken, umgestürzte Bretterzäune, Baufahrzeuge in der vergilbten Farbe alter Fototgrafien zirkulierten unter einem giftig glänzenden gelben Himmel. Ohne Verzögerung in die Majoral, Kickschritt, Milonga, Paso Blanco, eins, zwei, eins, zwei.

Einige Jungs hatten sich genähert und machten mich nach. „Verschwindet", zischte ich sie an. „Gringo, Gringo", kläfften sie. Kleine mexikanische Köter. Ich hatte nichts gegessen den ganzen Tag, nur an den Busstationen Coca-Cola getrunken. Ich wollte endlich frei sein. Die Frauen hatten mich das ganze Leben lang ausgehalten. Ich kannte ihre Sprache in- und auswendig, sonst nichts. Ich wollte allein sein. Das Sekretariat war ganz versteckt irgendwo unter dem Dach. Der Portier wies vage über die Freitreppe, die aus der marmorgelben Vorhalle in die Höhe führten. Ich weiß nicht, wie lange ich herumirrte zwischen dem Theatersaal, der rot war wie ein Schlachthaus und den schlecht beleuchteten gelben Marmorkanälen, die in Garderoben, Trainingsräumen und Cafeterien endeten, bis mir das Klappern einer Schreibmaschine den Weg wies.

Mit Tangoschritten erweichst du jedes Frauenherz also auch das der verdammten Sekretärin des Ballettchefs. Ich hatte noch jeder Frau, die mir begegnet war, das Herz gebrochen, wenn man den Äußerungen Glauben schenkte, die sie am Ende üblicherweise von sich gaben.

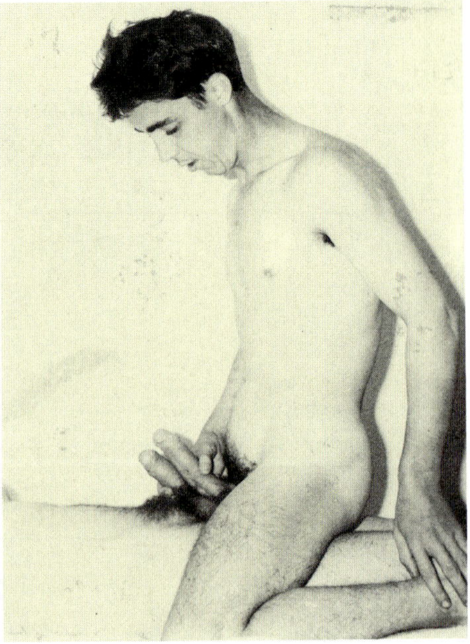

Ein Duft von Rache hing in den schlecht gelüfteten Korridoren, in denen meine Schuhe einen unheiligen Lärm machten. Immer neues Parfüm hatte sich mit immer neuer körperlicher Höchstleistung vermischt. Ich hatte nichts gelernt, außer zu tanzen, angestachelt von der Verführbarkeit der Frauen. Es genügte ein Fingerdruck unter dem Schulterblatt, ein mit Schwung zirkulierter Viererschritt und sie wurden zu Verräterinnen gegen alles. Ihre Leidenschaft war geometrisch berechenbar, wie das Schrittmuster von Bienen. Ich war der Dirigent ihrer Lügen. Ich drückte mir zwei Aspirin in den trockenen Hals, damit ich keinen Migräneanfall bekam. Dann öffnete ich die Tür.

Ich sei zu alt, bekam ich gesagt. Es waren noch andere Leute im Raum, aber ich starrte nur auf die rachsüchtige, glatt gescheitelte Stirn meiner Richterin. „Im Chor der Soldaten sind höchstens Zwanzigjährige". „Das kann doch nicht sein", sagte ich, „man hat doch mit Ihnen telefoniert". „Ein Mißverständnis", sagte sie freundlich. „Können Sie Tango tanzen", sagte ich und umrundete so elegant wie möglich den Schreibtisch. Ich zog an ihrem Handgelenk. Sie schüttelte mich ab. Ich schob irgendwelche Körper zur Seite und fing an. Musik! Ich summte den Takt, hob die Arme um die imaginäre Frau und wußte nicht mehr weiter. Salida oder Base. Ich machte eine völlig unsinnige Bewegung. Grundschritt, beschwor ich mein imaginäres Ich, das nichts machen konnte. Ich hatte den Bauplan verloren, der das einstürzende Leben noch einigermaßen aufrecht erhielt. Augenblicklich zuckte der Flimmerschatten der Migräne über meine Augen. Auf der Flucht bemerkte ich etwas hinter mir. Ich orientierte mich, indem ich neben den Punkt schaute, den ich erkennen sollte. Es war die Liebe. Auf dem ganzen langen Rückzug damals begriff ich es leider nicht. Zwanzig Meter hinter mir war ein Junge in einem dicken wollenen grünen Trainingstrikot.

Er folgte mir mit der Behaarlichkeit eines Schattens. Er ging provozierend im Takt meiner Schritte. Wenn ich aus einer der Sackgassen, in die ich mich verirrte, zurückkam, lehnte er elegant an einer Ecke. Jedesmal versuchte ich im Vorbeigehen durch angestrengte Verdrehungen meiner Augen sein Gesicht zu erkennen, aber ich sah nur die Bruchstücke einer durch die Zeit zerstörten griechischen Statue. Ich kämpfte gewaltig mit dem Strudel, der mich zu ihm riß, damit ich ihn an mich drückte, bewunderte und in einer originellen Sprache sein Ohr küßte, die ich mir gewiß war, im selben Moment erfinden zu können. Verdammt noch mal, der lässige Junge war das Idol meines Lebens und ich schwitzte allein von den Anstrengungen der Feigheit, mit der ich schließlich das Tor der Oper öffnete und ins Freie stürzte.

Inzwischen bin ich fest engagiert in einer seriösen Tango-Show in San Diego/California. Ich gebe meinen Partnerinnen die üblichen kleinen Befehle mit den Fingern. Ich schaue durch sie hindurch wie sonst. Zwanzig Meter entfernt befindet sich die Liebe in einem grünen Trainingstrikot.

Kindergedicht

Zum Waldesrand am Wiesengrün,
Wo Blumen bunt und Gräser blühn,
Wo jedes Trillern bringt Gewinn –
zieht es uns hin.

Die Drosseln trillern munter mit,
Der Klapperstorch tanzt einen Hit,
Die lauen Winde wehen mich –
Auf Dich.

Du fachst mich an zum Wirbelsturm,
In Lust versinkt der Hosenwurm.
Bevor der Klapperstorch in pickt –
Sind wir erquickt.

Dann trillern wir, und plötzlich (horch!)
Fällt klappernd ein der Klapperstorch,
Weil er sich irgendwas verspricht –
Doch wir ihm nicht.

Marlon Shy

Ich sitze in einer Ecke des Raumes. In der andern stehst du, mir den Rücken zugewandt. Du siehst mich an, auch, wenn du dich nicht umdrehst, eine Hand schiebt sich auf deinen Arsch, die andere gleitet nach von vor deinen Bauch, fährt langsam tiefer. Dein Kopf ist gesenkt, du starrst deine Hand an, deine Schultern leicht angehoben. Ich blicke gerade auf deinen Nacken, der Halswirbel sticht weiss, leuchtend, durch deine bleiche Haut. Dein Arm bewegt sich langsam auf und nieder, dein spitzer Ellbogen durchstösst die Luft, und ich beobachte dich, ganz genau, ich sehe mir an, wie dein Arm auf und ab...
ich sehe dir genau zu.
Ich Krieche auf allen vieren auf dich zu, dein Atem ist zu hören, mein Atem, unregelmässig, lässt mich in meiner Bewegung kurz innehalten. Mit einem tiefen Einatmen sinke ich in einer ruhigen Bewegung auf den Boden und ich habe Schwierigkeiten, so liegend auf dich zuzu-kriechen. Dein Arm kommt hoch und nieder, schneller und gewalttätiger, deine Arschmuskeln sind hart gespannt und deine Schultern auch. Ich erreiche deinen Fuss, ich berühre ihn mit meiner Hand, ich berühre deine Ferse mit meiner Zunge und wage nicht, nach oben zu blicken, weil ich Angst habe, du könntest dadurch gestört werden. Ich will nicht, dass du deine Masturbation unterbrichst... Ich würde mich vor dich stellen, ich beschütze dich, während du wichst, [redacted], ich greife jeden an, der dich stören könnte... Vorsichtig fahre ich mit meiner Zunge deinen Unterschenkel, übers Knie, bis unter deinen Hintern hoch, die Augen niedergeschlagen. Mit beiden Händen umfasse ich deinen Oberschenkel, drücke meinen Kopf an deine blassschimmernde Elfenbeinhaut und lausche erregt dem Pochen und Strömen und wundere mich - ich höre es in deinen Adern schreien. Nicht du schreist, nein - dein Blut schreit, in dir drinnen schreit es, ich höre es so deutlich, wie es in dir schreit, das Schreien wird lauter, stockt einen gepressten Moment mit eingehaltenem Atem und dann brüllt es mit solcher Kraft, dass ich mitbrülle. Ich brülle ~~mit so~~, als ginge es um mein Leben, ach was, es geht um mein Leben! Ich brülle um mein Leben.

Rausch Nr. 2

Frau M. öffnet die Tür. HUNDSHALLE steht in großen Lettern darüber. Eine Glocke klingelt, als Frau M. den Raum betritt. Dann schließt sich wieder die Tür. Frau M. atmet schwer. Sie kneift die Augen zusammen und reißt sie sofort wieder auf. Daß sie sich gerade betrunken hat ist ihr jetzt lästig. Sie wankt auf eine Kommode zu, keucht, und hält dort inne.
Hoch und sirrend dringt irgendein Ton von irgendwoher an ihr Ohr. Ist da jemand! Frau M. öffnet den Mund, aber es entweicht nur ein Gähnen. Ihr Blick schwimmt durch den Raum. Nach einer Runde trifft er neben der Kommode an der sie lehnt auf etwas Weiches: Ein Stück Stoff, oder ein Vorhang? Frau M. beugt sich vor, schiebt ihn mit der einen Hand zur Seite, während sie sich mit der anderen auf der Kommode abstützt.
Ein weiteres Zimmer kommt zum Vorschein. An einem Tisch sitzt ein Mann vor einem Stapel runder, weißer Formen. Aber auch hier hält nichts still. Frau M. schüttelt den Kopf und versucht zu erkennen, ob es Obstschalen sind, oder Lampenschirme die auf dem Tisch liegen.
Der Mann legt eine der Formen beiseite, sucht eine andere heraus und streicht zärtlich die Rundung nach, die sich zur Mitte hin hälftet. Frau M. stößt auf und läßt den Vorhang wieder fallen.
Gesäße! Der ganze Haufen: Abdrücke von Gesäßen. Frau M. lächelt, dann stemmt sie ihren Blick mißtrauisch gegen die kreiselnde Dekoration an der Wand.

– Sie wünschen? Sie wünschen bitte?
Der Mann aus dem Nebenzimmer steht plötzlich neben ihr, so nah, daß seine Haare an ihrem Ohr kitzeln.
– Sie sind zum ersten mal da? Geben Sie mir einen Kuß, das ist ein guter Anfang.

Frau M. schließt die Augen, weicht zurück. Der Mann wippt in ihrem Kopf auf und ab. Als sie ihre Augen wieder öffnen will, ist es statt dessen der Mund der nachgibt. Der Mann schiebt ihren Rock die Schenkel hinauf über die Hüften und fährt mit den Fingern unter den Bund des Slips. Behutsam zieht er ihn herunter. Frau M. durchzuckt der Gedanke an ihren zerknitterten Rock, oder ist es ihr Hintern der so aussieht? Sie sucht nach zusammenhängenden Worten. Der Mann drängt sie bereits durch den Vorhang in das andere Zimmer und läßt sie dort neben einem in den

Boden eingelassenen Bassin stehen. Ein riesiger Eisenquirl rührt eine weiße, zähe Masse darin um. Frau M. fährt sich über das Gesicht. Der Mann läuft nun hin und her, tut hier etwas und dort etwas. So schnell kann Frau M. ihm nicht folgen. Irgendetwas verletzt sie. Aber da ihre Gedanken zu schwer sind, findet sie einfach: Es ist kühl und schließlich, daß sie friert.

Mit einem Mal bricht der sirrende Ton ab. Der riesige Eisenquirl im Bassin steht still.

– Sie hätten sich zwischen den Beinen rasieren sollen. Das vereinfacht die Sache.

Der Mann kommt zurück, greift Frau M. unter die Achseln.

– Gehen Sie in die Hocke. Nun machen Sie schon.

Frau M. zögert.

– Nun kommen Sie schon! Noch weiter!

Immer mehr läßt Frau M. sich in den Griff fallen, der ihren Körper halt. Ihre Hinterbacken berühren die weißen Substanzen und tauchen langsam ganz hinein. Sie seufzt kurz auf, als sinke sie in einen wiedergefundenen Schlaf.

– Hat es die richtige Temperatur?

Mit den freien Fingern spielt sich der Mann, ohne den Griff zu lockern mit dem er Frau M. hält, zu ihren Brüsten vor und kitzelt sie an den Außenseiten soweit er kommt. Frau M. spürt seinen Atem und preßt die Lippen zusammen, um endlich die Augen öffnen zu können. Ein jäher Ruck. Frau M. fühlt wie sie hochgezogen und wie etwas cremiges, weiches in ihre Pospalte gedrückt wird.

– Gleich haben wir es.

Der Mann knetet das weiße Zeug um ihren Hintern, was an Flüssigkeit die Schenkel hinunterläuft tupft er mit einem Tuch ab.

– Zappeln Sie nicht so. Schließlich wollen Sie einen Abdruck haben.

Der Mann steht hinter Frau M. und zieht sie an sich. Wieder fährt er den Schwung ihrer Hinterbacken nach, schiebt sie auseinander, drückt die warme, schmierige Paste hinein, und streicht sie diesmal mit dem Daumen bis zwischen ihre Beine.

– Mir ist es gleich, wenn Sie sich beim Ficken einen Gipsabdruck über den Hintern ziehen, aber sitzten sollte er wenigstens.

Der Mann tastet zwischen ihren Schenkeln vorsichtig nach trocken gewordenen Bröckchen Gips und zupft sie aus den Haarlocken.

Frau M. spreizt die Beine, Ihre Augen öffnen sich ein wenig. Die Welt um sie herum dreht sich nicht mehr ganz so schnell. Schemenhaft erkennt sie an der gegenüberliegenden Wand einen Schrank aus dem der Mann jetzt eine Flasche herausnimmt. Hatte sie nicht Gin bestellt? Es waren doch sieben Gläser Gin. Der Mann entkorkt die Flasche. Den ersten Schluck trinkt er selbst, dann schüttet er etwas in einen Blechnapf.

– Hier trinken Sie, das gehört zum Service.

Er stellt den Blechnapf vor Frau M. auf den Boden.

Mit steifen Knien beugt sie sich vor, grunzt vor Anstrengung das Gleichgewicht nicht zu verlieren, Ungeschickt fällt sie auf alle Viere hinunter. In diesem Augenblick reißt ihr der Mann den Abdruck vom emporgestreckten Hintern. Die Türglocke klingelt.

Er schiebt Frau M. den Blechnapf richtig unter das Gesicht und eilt dann, ihren feuchten Abdruck noch in der Hand, in den Laden vor.

– Ahh, gnäää... ja, bitte sehrrr...

Wortfetzen fliegen ihr an das Ohr. Frau M. kauert über dem Blechnapf und atmet den Rotweindunst ein. Arme? Beine? Was muß sie zu erst bewegen um wieder aufzustehen?

– Gewißßßß... gnääää... Frrrau...

Der Mann zaubert eine Dame in einem gelben Pelz und einem ebenso gelben Gesicht durch den Vorhang. Dicht neben sich hält sie einen Hund an der Leine... oder reitet sie auf ihm...?

– Ein wunderschöner Dalmatiner. Ist der Abdruck heute für ihn?

Die Dame täschelt ihrem Hund den Kopf.

Frau M. ist nun entschlossen ihre Ellebogen durchzudrücken. Erst links, rechts. Geschafft. Jetzt nur noch...

– Zino! Ziiino! Sehen Sie sich das an.

Frau M. ist den Tränen nahe. Immer wieder klatscht die feuchte, lange Zunge ihre Beine und ihren entblößten Hintern hinauf.

Mit seiner Schnauze wühlt sich der Dalmatiner in ihre Kerbe, atmet, schnaubt, niest, pustet und leckt ihr den Geruch aus dem After, den Gipsgeschmack von der Haut.

– Zino! Wirst du artig sein.

Die gelbe Dame windet ihre gelbe Hand aus der des Mannes, und zieht an der Leine.

– Pfui. Aus. Ist dir meiner nicht mehr genug, wie! Gestern erst hast du ihn gehabt. Ach, er ist ja ganz versessen drauf.

Der Mann nickt, legt den Abdruck von Frau M. zu dem Stapel auf dem Tisch und beschriftet ihn.

– Apropos. Haben Sie Analverkehr?

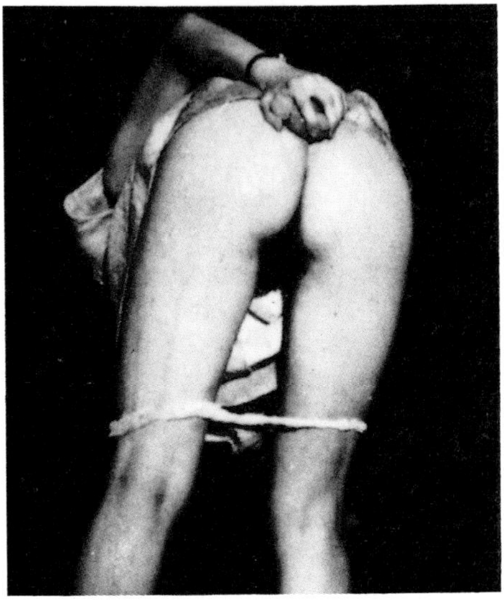

Eine Öffnung über dem Anus berechnen wir extra.

Frau M. schwankt als sie sich aufrichtet. Der Hund schaut sie erwartungsvoll an.

– Entschuldigen Sie vielmals. Aber Sie kennen es ja.

Die Dame im Pelz ruckt an der Leine dann hält sie ihre Hand wieder den Lippen des Mannes hin.

Frau M. zerrt ihren Schlüpfer nach oben.

– kommen Sie, der Mann unterbricht für einen Moment seine Handküsse, kommen Sie am Dienstag wieder, dann ist er fertig. Und bringen Sie ihren Hund ruhig mit.

Frau M. stolpert blindlings nach draußen. Die Straße hat Seegang. Tapfer rudert sie sich bis zu einem Kiosk vor und stützt sich auf der Zeitungsauslage auf. Einen Gin. Hatte sie nicht einen Gin bestellt! Und warum sieht sie der Verkäufer so komisch an?

„Eine Flasche Gin" Frau M. bietet ihre ganze Konzentration auf, dann sieht sie an sich herunter und merkt, nicht ohne Vergnügen, daß sie vergessen hat den Rock wieder herunterzustreifen.

Cora Stephan

Madame Bovary, oder: Die Frau, die sich alles selber machen mußte

„Ich bin zwei Frauen", dachte Martha Stodolka und nahm sich vor, mit dieser Paraphrase aus dem Repertoire der werbenden Wirtschaft eine Kurzgeschichte beginnen zu lassen. Aber erst: an die Arbeit. Die Uhr läuft. Der Abend beginnt. Der Kaffee ist getrunken.

„Sie erschrak, als sich seine Augen plötzlich verdunkelten und ihr einen Abgrund eröffneten, der zum Absturz einlud. Als James St. Andree sie küßte, gab der Boden unter ihr nach und sie fiel um gleichsam hochzufliegen an seine harte Brust. Schmerzhaft an ihn gepreßt öffneten sich ihre Lippen seinem festen, warmen Mund, der sie umschloß, streifte und wieder verließ, bis sie fast besinnungslos ihn zu nehmen versuchte, fiebernd nach einer, der endgültigen Berührung. Ein schluchzendes Stöhnen antwortete ihm, als er endlich in sie eindrang; seine kräftige, große Zunge hieß ihren Körper, sich zu verraten und sich an ihn zu pressen, um die pulsierende Härte (den harten Puls, die pochende Länge, das drängende Zucken) seines Schwanzes (Glied? Geschlecht?) an ihrem Bauch (Schenkel? Schambein?) zu fühlen. Die laue Nacht auf ihren bloßen Schultern ließ sie erzittern, während sich in ihrem Inneren glühende Lava zu ballen schien, bereit zum Ausbruch, zum zerstörerischen Hinwegschwemmen aller Hemmnisse, die Kultur ihrem Leib, ihrem Leben auferlegt hatte. Seine Hände waren auf ihre angespannten Hinterbacken geglitten und er preßte sie in einer leichten flutenden Bewegung an sich, immer wieder, bis die Bewegung seiner Zunge dem langsamen Tanz ihrer Körper entsprach, langsam, immer langsamer, mit einer süßen Schwere, einer schweren Süße, einer..."

Zigarette. Die Uhr läuft. Noch acht Seiten bis Mitternacht. Martha, Martha, du entschwandest, sagte sich die Heldin der Arbeit resigniert, man muß den Redakteuren was zum Streichen lassen, aber doch nicht alles, meine Liebe, doch nicht alles. Was hatte der harte Puls mit der Liebe zu tun, die überdies der Höhepunkt und nicht der Beginn jener wunderbaren Freundschaft sein sollte zwischen Ihm und Ihr! Das Setting, ermahnte sie sich, das Setting muß stimmen, bevor wir die schwellenden Geschlechtsorgane aufeinanderloslassen, das Immergleiche in erregenden neuen Kombinationen, achwas: die Jahrtausende alte Routine, der niemand schreibend Neues abgewinnen kann, weshalb das Setting das entscheidende ist. Zwei disparate Justierungspunkte auf dem Schlachtfeld des Geschlechterkampfes, dahinter Fußvolk und Tross, je nach der Größe des Königreichs der beiden Kombattanten (keine Johanna ohne Land mehr!); die Karte gezeichnet, die Anmarschwege kalkuliert, die Waffen in Position gebracht und dann los. Je schwieriger das Gelände, desto länger die Umwege und desto schärfer der Ritt: Nebel in der Senke, Morast am Seeufer, uneinnehmbare Feldherrenhügel, schützende Wälder – schützt mir die Flanke! – und List. Offene, ehrliche List. Der schöne scharfe Schein. Und erst zum Schluß: der süße Tod im Morgengrauen. In seinen Armen verlöschen. Die Preu ßen sind gekommen. Die Kombattanten, also, wie die Königin von Saba und Salomo: mächtig, stark und schön. In moderner Ausführung. Zum Beispiel James St. Andree. Er war auf jeden Fall ein Mann, der auf dem harten Weg des Erfolgs nichts von dem eingebüßt hatte, was ihn zum Mann machte. Also war er wahrscheinlich eine Mischung aus sensiblem Naturburschen und zupackendem Machtmenschen, mit allen Parketts dieser Erde gewaschen und auf allen Wassern des Globus zuhause, ein Mann, der mit seinem unauffälligen englischen Luxusauto nie zwei Behindertenparkplätze auf einmal zuparkte, ein Mann, der sein Studium der Sinologie erfolgreich mit dem Doktortitel abgeschlossen hatte und jede Party in Frankfurt zur Not auch mit spätem TWA, frühem TM und mittlerem R.-R. zu bereichern vermochte, ein Mann, der sich bescheiden erst nach drängendem Nachfragen zu Segelschein, Flugschein, altem Adel, Restaurants im Burgund und mehrmaliger Besteigung irgendeiner Nordflanke irgendeines Bergriesen (Messner nachschlagen!) bekannte. Ein Mann, natürlich, mit Wunden, Narben und Verletzungen, geheimnisvoll, aber handwerklich geschickt (Szene einbauen, in der er mit ein paar gezielten Handkantenschlägen einen antiken Stuhl wieder auf die Reihe bringt, der unter der Heldin zusammengestürzt ist!, oder so ähnlich).

Ein Mann überdies, der wußte, was er wollte und deshalb warten konnte, wie Robert Redford in diesem Film über Indien, in dem er Meryl Streep in den Busch schleppt, ihr jeden Abend ein Diner a deux mit wohltemperiertem Rotwein serviert und sie dann ins Zelt schickt, bis sie es nun wirklich nicht mehr aushält – ja, so einer, bei dem man als Frau schließlich nicht mehr anders kann. Gott!, dachte Martha, daß die nie warten können, die Männer, oder zu lange oder eben sowieso nicht sonderlich aufregend sind oder am Wochenende der abtrünnigen Gattin die Sorge ums Kind abnehmen müssen, weil die zu irgendeiner Tagung will, wichtig-wichtig. Ganz zu schweigen von denen, die es zu Rachmaninoff nicht können oder auf die Dynamik eines guten CD-Spielers nicht eingestellt sind – Gott!, dachte Martha, Dynamik! Anschwellen, Zurücknehmen, das ist doch hier wie dort Moses und die Propheten, Ficken ist keine Einbahnstraße und ein Schwanz keine Moulinex, stufenlos zu regeln, woraufhin sie kichern mußte und sich die zweite Zigarette ansteckte.

Tango mit Bruch, das ist es, oder auch Scheinangriff auf die Flanke mit geordnetem Rückzug, um dann hinterrücks die Mitte einzunehmen – und ihr könnt sagen: ihr seid dabei gewesen; Napoleon bei Austerlitz. Was sie an Sergei erinnerte, den Meister der Hintertücke, den verschlagenen Strategen des Manöverkriegs im Bett, der eine Stellung nach der anderen eroberte, um sie alsbald zu verlassen, anderer Abenteuer willen. Der Große Alexander vor dem Paradiestörchen: wer lange genug pocht und keinen Einlaß findet, sucht das Weite, also weiter; womit wir wieder beim Warten wären, seufzte Martha: die Uhr läuft. Noch sieben Seiten bis Mitternacht.

„Sie hatte ihre Prinzipien. Das Büro, zum Beispiel, war Tabu: dort hielt sie Hof und Distanz. Keine Kumpanei mit Untergebenen, kein augenzwinkerndes Einverständnis mit Geschäftspartnern. In der harten Welt des schnellen Geldes in Manhattan (London, Paris, Madrid, nie: Frankfurt!) mußte man als eine der erfolgreichsten jungen Brokerinnen (Inhaber einer Werbeagentur, Immobilienmaklerin, Literaturagentin) die Nase und die Augenbraue oben behalten: mit ihr, so signalisierte ihr makelloses Schneiderkostüm (seidenes Overall, strenger Hosenanzug, feminines leinenes Hemdblusenkleid), konnte niemand Schlittenfahren oder Badengehen. Nein, daß sie eine Frau war, sollte durfte keine Rolle spielen und war auch im Ernst kein Problem: die Arbeit ließ ihr gar keine Zeit für dumme Gedanken. Bis James St. Andree das erste Mal ihr elegantes, kühl gestyltes Büro in der East 32nd Street (Stadtpläne!!!) betrat und sich selbst von Mrs. Moneypenny nicht hatte einschüchtern lassen: in welcher Angelegenheit er Ms. (Madame, gnädige Frau, Chefin) Veronica de Lacloche (Katharine McKennan, Isabella Gracia Vervuer, Doris Granata) sprechen wolle? Das könne er ihr mit Sicherheit besser selbst erklären – und dabei lehnt er, berichtete Miss Moneypenny ihr später in einer Mischung aus Entsetzen und Bewunderung, lässig am japanischen Lesepult mit der Erstausgabe (vom Guinessbuch der Rekorde, vom Who is Who, von der Gutenberg-Bibel) (Herrenmode vom Herbst checken!). Es war wohl ein Fünkchen Neugier, das sie veranlaßte, ihn nur knapp zwanzig Minuten in den bequemen Designersofas des großzügigen Entrees warten zu lassen."

Laß es sein, sagte Martha zu Martha und blinzelte an ihrem mattleuchtenden Monitor vorbei auf Gottlieb, der den ledernen Besuchersessel schon wieder vollgehaart hatte und sich mit in die Luft gestreckten Beinen wohlig räkelte. Oder doch: Klischee muß sein, die Leserin will sich schließlich wiedererkennen bzw. jene Erfolgsfrauen, die sie im Fernsehen gesehen hat, und da die Serien aus Amerika mit jahrelanger Verspätung hierzulande versendet werden, trägt die Phantasie noch Schneiderkostüm, wo längst die Designerjeans Einzug gehalten hat, aber auf keinen Fall: Lederteile im Büro! Mein Gott!. dachte Martha angewidert. Die gibt es auch nur bei mir, Erbstücke aus dem Büro der lieben Mutter, Erfolgsfrau a.D., also tiefe siebziger Jahre, aber was soll man als Tochter schon machen – vor allem, wenn man Martha heißt. Maria, Martha, Magdalena. Walter, Wolfgang, Werner.

Also dann doch lieber: James. Trotz der Butler-Assoziation und der Same proce-

dure as every year-Routine. Die Kombattanten sind identifiziert, das Terrain ist angedeutet, James betritt wie weiland die Königin von Saba den Palast des weisen Salomo, die Auslegware unseres eleganten Büros ist also mit Rosenwasser getränkt, um herauszufinden, ob James unter seinen Hosenbeinen Bocksbeine oder Seidenstrümpfe führt – James also lüpft die Hosen akkurat über dem Knie und läßt sich auf irgendeinem, natürlich schon wieder: Designermöbel nieder und jetzt – jetzt kommt die Kriegserklärung. Ohne eine ordentliche Feindschaft ist Leidenschaft nicht denkbar (Carl Schmitt). Jetzt also die Hand an die Hosennaht und vorgetragen, redete sich Martha zu, die auf Millimeterpapier und mit der Hand und einem weichen Bleistift die Schlachtordnung entworfen hatte, während der dritten Zigarette und dem ersten Glas Wein – und er hub an und sagte:
(Ogott, jetzt bitte nichts sagen) Marthas Hände schwebten über der Tastatur (bitte bitte jetzt nichts sagen) schwebten über der Tastatur (nein sag jetzt nichts) kräftige Hände mit den kurzgeschnittenen Nägeln (sag nichts jetzt, nein?) schwebten über der Tastatur (sags mir sags mir) die Hände über der Tastatur (machs mir) Martha über der Tastatur, die Hände über der Tastatur, Marthas Hände...
Die Uhr läuft. Noch sechs Seiten bis Mitternacht. Eine Zigarette. Wein.

,,Dieser Mann war unerträglich, das durchzuckte sie auf den ersten Blick mit hellwachen Instinkten, dieser Mann war arrogant und herrisch, hatte keine Manieren und eine niederträchtige Art, sie herablassend und mit leiser Ironie auflaufen zu lassen. Nach einem kurzen Moment der Verblüffung über seine Unverfrorenheit wurde sie innerlich ganz ruhig und kalt: der Fehdehandschuh war aufgenommen. Isabella beschloß, mit allen ihren nicht unerheblichen Kräften zurückzuschlagen. James St. Andree betrachtete die Frau hinter dem ausladenden italienischen Tischmöbel mit sachlicher Belustigung. Eine dieser gepflegten Geschlechtslosen, konstatierte er bei sich, la Figur, peinlich gepflegt und trocken wie ein Stockfisch, wahrscheinlich ausgestattet mit der Eingleisigkeit einer hochkarätigen deformation professionelle: über Marketingstrategien kann sie stundenlang referieren, aber keinen Mercurey von einem Montagny unterscheiden. Nun, auf der geschäftlichen Ebene wäre sie sicherlich eine formidable Gegnerin, mach sie dir also gewogen, alter Junge, sagte er zu sich, ein paar charmante Auflockerungsübungen kommen einem guten Abschluß meist entgegen – wobei es schade ist, daß man mit diesen Weibern nicht einfach ordentlich einen heben kann, Gott gebe, daß dieser Branche noch lange ein paar trinkfreudige, bestechliche Männer erhalten bleiben."

Noch vier Seiten bis Mitternacht, die Uhr läuft, Martha hebt die Brauen und das Glas und wünscht sich, sie hätte die beiden schon unter südlichem Himmel, an der Bar, im Meer oder endlich im Bett. Woher nimmt man das Drama in der heutigen Welt, die Leidenschaft, die Unmöglichkeiten, dies ,,Siekonntenzueinandernichtkommendas Wasser", alle Ingredienzien demnach, die grenzenlose Leidenschaften entfesseln, grenzenlos der Grenzen wegen, der Einhegungen, Umzäunungen, Sperrgebiete, Tabuzonen. Wo nehm ich ein Verhängnis her, fragte sie sich, betrachtete den schnarchenden

Gottlieb, versprach sich, ihm morgen ein Flohhalsband zu kaufen und stützte ihre rechte Brust mit der linken Hand: noch eine Zigarette. Und ein Glas Wein, bitte. Danke, liebe Martha. Du bist so gut zu mir.

,,Merkwürdig: irgendwie konnte Doris ihren großen Triumph nicht genießen. Hatte nicht Penthesilea den schönen Helden Achill nicht nur besiegt, sondern im Blutrausch geradezu zerrissen, oder wie war das noch? Ach Unsinn: James St. Andree würde die Niederlage überleben. Und trotzdem – der Gedanke ließ ihr Herz klopfen, während sie sich auf der Terrasse des Hotels bei einer Zigarette dem fächelnden Meerwind hingab, den Mund nachdenklich verzogen, die Hand aufs Herz gepreßt. Und trotzdem... ,,Gratuliere'', plötzlich stand er neben ihr. ,,Eine gewonnene Schlacht, Madame, entscheidet oft den ganzen Krieg.'' ,,Sie wollen wohl Friedensverhandlungen?'' Katherine wollte leicht, wollte kühl bleiben. ,,Nein'', sagte seine rauhe, spöttische Stimme dicht neben ihrem Ohr, ,,nur ein anderes Schlachtfeld.'' Isabella fühlte die Wut wieder in sich hochsteigen, als sich seine Hand um ihren Oberarm schloß. Schon wollte sie sich ihm entreißen, aber er wich von selbst zurück. ,,Duell'', schoß es ihr durch den Kopf, ,,Zweikampf. Auf Leben und Tod''. Und wieder dieses seltsame Gefühl der Erregung in ihrer Magengrube. ,,James'', hörte sie sich sagen, ,,wählen Sie die Waffen''. Er hielt hörbar die Luft an, da, zwei Meter von ihr entfernt, eine schlanke, kräftige Silhouette im Lichte des Mondes. ,,Die Begegnung, gnädige Frau, die ich mir vorstelle'', sagte er schließlich, ,,bediente sich der bloßen Hände, ersatzweise auch...''

Gott!, was'n Schrott, fluchte Martha, während die Uhr läuft, Penthesilea im Schlabberlook und Achill mit Schlips und was kostet das Leben? Wie kann man sich eine tosende Leidenschaft zu so einer dummen Trine wie dieser No-Nonsense-Madame überhaupt noch vorstellen und was soll mir dieses Frackgespenst mit seinen Bergsteigerallüren, dieser dröge Heini mit Handkanten- und Zungenschlag, und wann darf er ihr endlich an die Bluse gehen, damit dieses Leid ein Ende hat?

Gleich sagt sie ihm, daß man jetzt vernünftig sein müsse oder ,,Nicht hier, Liebling'' oder er stürzt sie aus Versehen über die Balustrade, mit beiden Händen, versteht sich, weil er im Mondlicht den Abstand zu ihren Titten nicht richtig einkalkuliert hat; können wir sie nicht in alter Manier die Schloßtreppe herunterkollern lassen, sie fällt in Ohnmacht, er hat den Flachmann dabei, so kommt sie in die Horizontale und ihm in die Hände, der Weg ins Bett scheint dann ganz natürlich, Gott! sagt Martha, und goß sich Wein nach, einmal nicht bei der Vorlust bleiben müssen, er ihr an die Bluse, sie ihm an die Hose, meinetwegen auch im Stehen, vorm Kamin, schau mir in die Augen, Kleines! – und dann Helm ab zum Gebet.
Zigarette. Die Beine auf den Schreibtisch. Martha, sinnend. Kommt Leidenschaft ohne Vater-, Mutter- oder Kindsmord aus? Kann sich Erotik in den heutigen Zeiten wenigstens des Börsenkrachs oder eines Erdbebens bedienen? Muß Blut fließen, damit es in Wallung gerät? Oder hatte sie nur den falschen Beruf?

Werner Hofmann

traumverwoben

Ich stehe, wie damals während eines Betriebsausfluges, dessen eine Station Würzburg war, auf einer Brücke zwischen Menschen. Ich kenne diese Menschen aber nicht. Abfahrt in zwei Stunden, drüben vom Parkplatz wo der Bus steht; die Zeit bis dahin steht zu ihrer freien Verfügung – sagt die Reiseleiterin. Ohne zu zögern und mit schnellen Schritten gehe ich über die Brücke stadtwärts, das Festungsschloß kurfürstlicher Herrlichkeit im Rücken. Ich biege, das neue, zurückhaltend gestaltete Kaufhaus nicht mehr beachtend, ohne ein besonderes Ziel rechts ab. Zwischen mehr oder weniger alten Gebäuden verlangsamen sich meine Schnitte. Auf engen Straßen wechsle ich mehrmals die Seiten, damit ich die Hausfassaden besser sehen kann. Mit aufwärts gerichtetem Blick stolpere ich über Kopfsteinpflaster oder eine Bordsteinkante, strauchle und werde irgendwie aufgefangen. Danke – sage ich nur und gehe gedankenversunken, wie in Gedanken versunken weiter. Hinter mir Schritte, neben mir geht eine Person. Ich schaue die Person an, es ist Günther, ein Jugendfreund. Wir gehen weiter, keiner spricht. Wir erreichen ein Gebäude mit einem großen Tor. Wir gehen durch die Toreinfahrt und befinden uns auf einem großen Innenhof, vierseitig von hohen, wohlgegliederten und reich verzierten Fachwerkfassaden umstanden. Wir betrachten bewundernd die Baukunst früherer Zeiten. Wir betreten durch eine schmale Tür eines der Gebäude und befinden uns in einer Buchhandlung. Eine junge, schlanke Frau mit langen, dunkelbraunen Haaren, die ihr gelockt über die Schultern bis zu den Ansätzen ihrer offensichtlich wohlgeformten Brüste fallen, begrüßt uns. Selbstverständlich können die Herren sich hier umsehen – sagt sie mit wohlklingender Stimme. In raumhohen Regalen Bücher aufgereiht und aufeinandergestapelt. Jeder Schritt führt mich vor andere mir bisher unbekannte Ausgaben. Unbewußt beschleunige ich meine Schrittfolge. Der Eindruck bleibt bestehen. Unvermittelt stehe ich vor dem Zugang in einen Nebenraum. Auch hier in raumhohen Regalen Bücher, die irgendwie geordneter erscheinen. Sie wurden offensichtlich nach Größen sortiert. Auch diese Ausgaben sind mir unbekannt. Bekannt sind mir allerdings Autoren, offenbar alle Autoren, wie ich mehr und mehr den Eindruck gewinne. Mehrmals besteige, verschiebe, besteige ich die eine oder andere an Schienen verfahrbare Leiter. Von Aalto bis Zwerenz sind mir tatsächlich die Namen aller Autoren oder Herausgeber bekannt. All diese Ausgaben in diesem nicht kleinen Raum sollen mir bekannt sein? Tausende von veröffentlichten oder der Öffentlichkeit vorgestellten Werke sollen in meinem Gedächtnis… doch ehe eine Art Schwindelgefühl sich meiner bemächtigt signalisiert das Gehirn: nur die Namen! Trotzdem setze ich mich vorsichtshalber auf die zweite Trittstufe einer der verschiebbaren Leitern und schließe meine Augen. Auf einer überdimensionalen Leinwand flimmern Filmsequenzen. Auf einer

rundum angeordneten Bühneninstallation wird gesprochen, gesungen, musiziert, kaum daß meine Augen dem Fortgang der Ereignisse folgen können. Will Beifall klatschen, doch meine Hände... meine Hände, meine Arme gehorchen mir nicht. Das Licht erlischt, black-out wie beim Kabarett. Ich öffne die Augen und sehe wieder die Bücher, die in Buchform aufgereihten Werke. Erhebe mich schwankend. Du kannst, du mußt nicht alles von denen kennen, deren Namen dir geläufig; so etwa kommt mir in den Sinn. Unzufrieden über diese Tatsache betrete ich wieder den Hauptraum. Welche Richtung führt zum Ausgang? Ruhig, ganz ruhig tickerts im Kopf. Aber ich muß doch zum Bus. Will die Abfahrt nicht verpassen. Rundum Bücher und keinerlei Hinweis auf den Aus- oder Notausgang. Das kann doch nicht den Vorschriften entsprechen. Wenn Feuer ausbricht? Rundum Holz und Papier, Massen von Papier. Wenn Feuer gelegt wird? Keine Rauchmelder, keine Sprinkleranlage; das kann doch nicht den Vorschriften entsprechen. Suchend, fast tastend bewege ich mich durch das Bücherlabyrinth. Regal an Regal gereiht. Überall die anfangs bewunderten Buchausgaben. All diese mir unbekannten Ausgaben verschlimmern nur meine Lage. Plötzlich steht die junge, dunkelhaarige Frau vor mir. Gehen wir – fragt sie, setzt sich auf den Boden und wechselt ihre Schuhe. Hochhackig stöckelt sie vor mir her. Nach wenigen Schritten erreichen wir den Ausgang. Von außen verschließt sie die Tür. Sie faßt meine rechte Hand. Wir verlassen den Innenhof. Wir gehen über enge Straßen. Wir biegen mehrmals rechts oder links ab. Nach wenigen Minuten bleiben wir vor einer Tür stehen. Die junge, dunkelhaarige Frau schließt auf und geht voraus.

Fast gleichzeitig mit mir betritt auch Günther den durch Vorhänge abgedunkelten Raum. Die Frau schaltet eine niedrige Stehleuchte ein, die auf einem kleinen Tisch aus Glas oder Plexiglas steht. Der kleine Tisch steht neben einem breiten Bett. Die Frau dreht sich um und lächelt. Sie kommt auf uns zu, faßt Günther an beiden Händen und zieht ihn in Richtung des breiten Bettes. Sie umarmt Günther. Sie küssen sich. Ich stehe regungslos in meiner Verwirrung. Sie lassen sich auf das breite Bett fallen. Unter leidenschaftlichen Küssen entkleiden sie sich gegenseitig. Die Frau streichelt Rücken und Brust des Mannes. Sie versinken in Umarmungen und Küssen. Der Mann küßt die kräftigen Brüste der Frau. Er streichelt und küßt die aufgerichteten Brustwarzen, saugt daran wie ein Säugling. Die Frau stöhnt leise und öffnet den Gürtel der Hose des Mannes. Sie richtet ihren Oberkörper halb auf und öffnet bedächtig die Knöpfe der Hose des Mannes. Das Licht der kleinen Stehleuchte auf dem gläsernen Tisch zeichnet auf den Vorhängen einen unkonturierten Schatten vom Oberkörper der Frau. Überdimensional erscheinen im Schattenbild die Brüste der Frau. Der Mann faßt in die Haare der Frau. Er zieht ihren Kopf auf seine Brust. Ich stürze aus dem Raum. Über den engen Straßen dämmert der Morgen. Das kann doch nicht sein. Der Bus fällt mir ein. Der Parkplatz direkt am Fluß. Schneller und schneller die Schritte. Orientierungslos beginne ich zu laufen. Biege bald rechts, dann wieder links ab. Wenn aber tatsächlich mehr als zwei Stunden vergangen? Der Bahnhof kann in diesem Stadtviertel mit den engen Gassen nicht liegen! Ich laufe noch schneller. Um Atemluft ringend erreiche ich eine breitere Straße. Straßenbeleuchtung erhellt die menschenleere Straße. Habe die Abfahrtzeit wohl tatsächlich verpaßt. Dann habe ich auch keine Eile. Fernab ertönt eine Schiffsirene. Sicher wird der Blaue-Peter gerade eingeholt. Ich will aber zu keinem Hafen, sondern zum Bahnhof. Ich muß zum Bahnhof, will raus aus dieser Stadt. Versammle meine Kräfte und schreite forsch drein. Links ab scheint mehr Licht. Eine Allee mit vier Fahrspuren und Menschen, vielen dunkelgekleideten Menschen. Ich schiebe mich durch das Gedränge. Auf dem mittleren Grünstreifen werden Tierkadaver verscharrt, Polizisten reiten auf Kamelen. Ich eile weiter. Unruhe entsteht. Schüsse knallen. Ich stürze zu Boden… und erwache.

Über den dunklen Flur wanke ich ins Badezimmer, finde den Lichtschalter und pisse über den Rand des WC-Beckens.

Henning Boetius

das Abendgebet
rinnt über Tisch und Bett
bedeckt die Brüste
wirft Schattenrisse
über dunkles Schamhaar
rinnt über Füße
so blau wie Schnee

Bernd Stickelmann

Angela Hans Scheirl

Personen von hinten

Das Wildschwein rast gegen die Fahne. Die weichen Falten der Fahne glänzen im grünlichen Seitenlicht. Der spitze, eckige Kegel im Vordergrund ist möglicherweise ein Legobaustein, oder auch ein brauner Bremskegel für hereinschießende Flugzeuge. (Ein schlecht aufgeblasenes Gummirad würde darüber ein jämmerliches Bild abgeben)
Mehrere Bremskegel sind durch Ketten aneinander gebunden. Der Körper der Frau erschlafft einen Moment lang, nachdem sie sich auf die andere Frau gelegt hat.
Hier mit meinem Gewicht berühre ich dich. A heavy caress. Die Hauer des Wildschweines bohren sich in den Arsch der nichtsahnenden jungen Frau, die uns den Rücken zukehrt. Personen von hinten. Müßig. Schwere Stoffe. Sie greift unter den in Falten liegenden Teppich, rafft ihn zusammen.
Eine bleiche, abgetrennte Hand.
Greift. Er-greift.
Er greift ihm unter die Eier
und hebt sie, drückt sie vor, die Schweine. Zwei.
Sie führt die zwei Wildschweine an der Leine.
Breite Halsbänder aus Metall,
das bläulich schimmert und doch Rostspuren erkennen läßt. Sie hat den Arm angewinkelt. Entschlossen, angespannt, stemmt sie gegen den Zug der Tiere.
Eine Frau, die sich als Engel ausgibt, fliegt einige Zeit über ihr und nebenher: „Mm, ich würde dich gerne küssen, wenn du so bist, ‚so hard' " und lästert belustigt. Mit den großen, weißen Schwingen fliegt es sich locker: der Engel zieht unter dem ruhigen Flug die Knie an und rudert zum Spaß.
An jeder Arschbacke eine Stichwunde, zwei rote Wülste werden gepudert. „Du hast einen schönen Arsch" sagen die Freundinnen, doch die Getroffene war immer schon eine Angeberin und hält nichts davon, daß sie jetzt alle um sie herumstehen und sich an ihrem Mißgeschick amüsieren.
Der Flasche, einer grünen, zieht es den Hals zusammen, sie erstickt fast. Eine Schwade dicker, roter Feuerluft steuert auf uns zu.

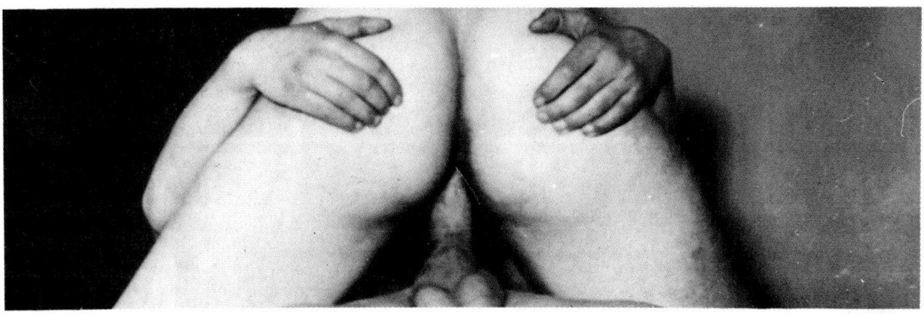

* Pfeil.
Sachte.
Schenkel des Rehs.
Die Bischöfe sitzen endlich.
Zieht das sofort aus!

Tobias Gohlis

Tropische Automatismen

Meine Geliebte hate neulich einen Traum, und ich kam darin nicht vor. Sie saß sich selbst mit gespreizten Beinen in einem Spiegel gegenüber und betrachtete die Bewegungen ihres Schamhaares im jaulenden Wind ihres Föns. Eine typisch traumhafte Zwangshandlung: eigentlich wollte sie das Haar auf dem Kopf fönen, aber irgendetwas, eine fremde Kraft, setzte sich durch und führte sie in eine andere Richtung. Mit größter Anstrengung bemühte sie sich, den Fön auf ihren Kopf zu lenken, aber es gelang nicht. Der Fön selbst schien es sich in den Kopf gesetzt zu haben, nicht ihre Kopf–, sondern ihre Schamhaare zu fönen.

Mhmm, jja!

Mit einem Räuspern oder Schlucken, die die Kehle geschmeidig machen, beginnen alle automatisch verfaßten Texte, und dies ist ein automatisch verfaßter Text. Nichts kann ihn am Fortlaufen und Fortfließen hindern, alles wächst aus dem Text selbst und nur aus dem Text selbst, fort, in Dich hinein.

Automatisch verfaßte Texte sind Texte, die nicht von einem Automaten verfaßt sind.

Sie funktionieren wie automatische Türen, die sich öffnen, wenn Du kommst, aber geh nicht zu schnell, sie weiten sich mit vorgeschriebener Langsamkeit, aus eigenem Antrieb, und schließen sich mit gleicher Sanftheit, hinter Dir, aber dann bist Du durch. Und drin. Oder draußen.

Automatisch verfaßte Texte gehorchen Gesetzen und Trieben des Stoffs, entfalten ihre Unterteile und blättern ihre Ausführungsbestimmungen auf, und das ist immer das automatische Verschlingen und Ausstoßen, Verschlingen und Ausstoßen, Verschlingen und Ausstoßen.

Die Welt ist Geschmack. Jedenfalls für T-Lymphozyt Alexander. Er treibt, entspannt auf dem Rücken liegend, seine Blutbahn und reibt sich die Fühler.

Über Casanova beulte sich tropische Nacht. Er lag, ganz und gar bedeckt von einem schimmligen Laken, in das er zwei Löcher für die Augen geschnitten hatte, auf der Pritsche. Sterne wanderten über ihn hinweg. Vor ihrer Betrachtung hatte er sich Trost erhofft.

Myriaden von Moskitos stauten sich auf der Suche nach seinem Körper in seinen Augenwinkeln zu blutdürstig surrenden Klumpen. Mit ihren Saugstechwerkzeugen bohrten sie sich in jede freie Hautstelle und jaulten immer neue Tieffliegerangriffe. Zerschlagen wollte er sie, zermatschen und zerquetschen. Aber er durfte sich nicht rühren. Denn jede Bewegung lüftete das Laken, schaffte den Bestien weiteren Zugang. An den Knöcheln, am Hosenbund, am Hals klebten Moskitoleichen. Er war am Ende. In letzter Gegenwehr klapperte er mit den Augenlidern und hoffte, daß die Papierfetzen in seinen Ohren nicht vom Schweiß der Angst weggeschwemmt würden. Dorthin waren die Biester noch nicht gedrungen. Seit zwei Nächten kämpfte er gegen die zu seiner Qual aus den Sümpfen gesandten Moskitos.

Die Mitgefangenen hatte er vergessen, als seine Schreie die ihren übertönten. Zwei Tage zwischen den übermannshohen Adobe-Wänden, die Pritsche, Eimer

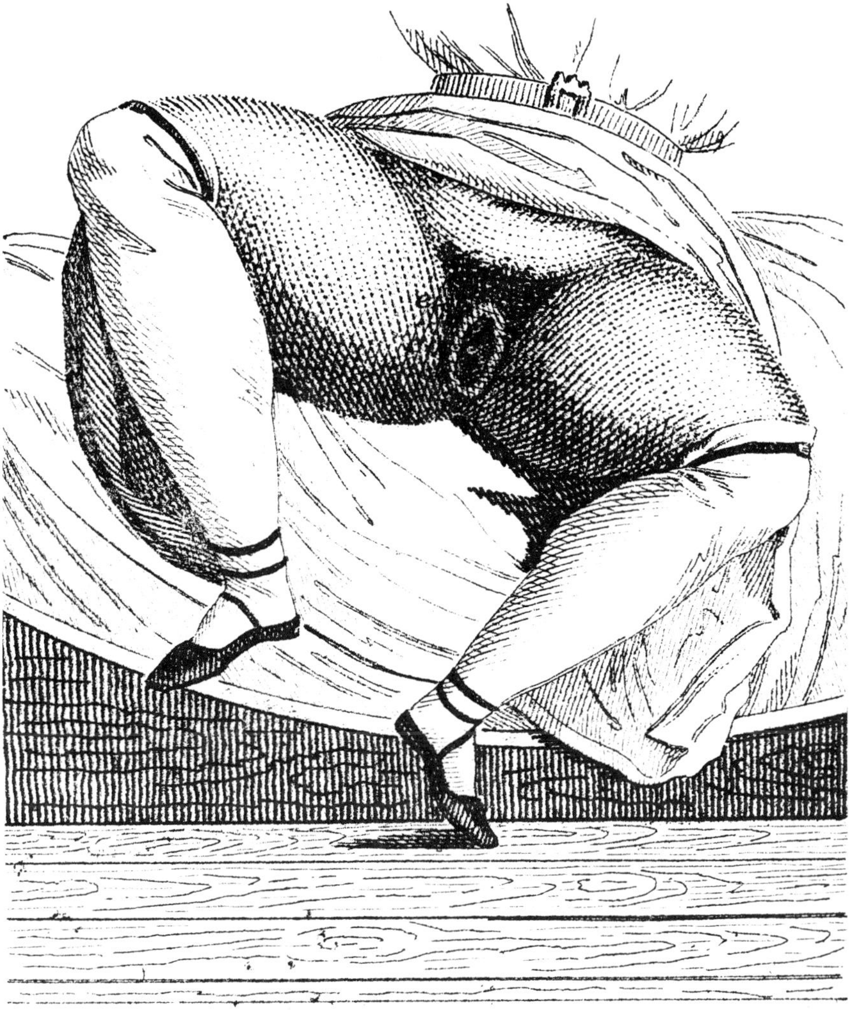

Parties naturelles externes de la femme.

und Trampelpfad einschlossen, verwandelten jeden, unschuldig oder nicht, in ein um Lebensfunktionen kämpfendes Stück Fleisch.

Alexander ist nicht einsam, sondern einzeln. Ihm fehlt es an nichts, und an allem. Lymphozytenschicksal.

Er öffnete die geschwollenen Lider. Die Sterne waren mit einem Schleier wie aus Sand überzogen. Seit dem letzten Blick ins Freie waren mindestens zwei Stunden vergangen. Aldebaran hatte das schwarze Geviert, in das Strohhalme und Stacheldraht hineinragten, verlassen. Ein sicheres Zeichen für baldige Morgendämmerung. Vorbei war auch das Sirren der Moskitos. Sie waren in die Sümpfe zurückgetorkelt, fett von seinem Blut. Gewiß hatten sie seine Trommelfelle durchstochen. Wenn sie nicht schon durch die Schläge der Guerilleros beschädigt waren.

Die Gefangenen sind der Lage entsprechend versorgt. Die VIPs haben Einzelzimmer in den ehemaligen Wohnräumen der finca, die anderen sind in den Stallungen untergebracht. Nach dem üblichen Anfangsprotest wurden sie fügsam. Sie hoffen auf Austausch.

Es ist mir unerträglich, daß ich in dem Traum nicht vorkam. Sie hat mich ausgeschlossen. Es ist unrecht und eine Verletzung.

Nichts geht über ein richtiges, lauwarmes Blutbad. Probehalber reckt Alexander seinen Stößel. Ein Proteinchen tritt aus.

Der Morgen kam und der Hunger. Casanova litt. Er haßte seinen Bruder, den klumpigen uniformierten Parasiten, dem er diese Scheiße zu verdanken hatte. Ich bin Kinderarzt, hatte er aus Leibeskräften gebrüllt, als er merkte, was los war. Sie stülpten ihm einen Sack über den Kopf, der nach Süßkartoffeln stank. Dann warfen sie ihn in einen Kofferraum. Während der stundenlangen Fahrt lag er mit dem Gesicht zwischen den Füßen von Josè Epaminondas Caracol, dem Direktor der Banco Caribe. Caracol parfümierte sich zwischen den Zehen. Jetzt lag er mit eingeschlagener Nase, weil er den Helden markieren wollte, auf der anderen Seite der Mauer.

Josè! Was machst du?

Das Brummen, das Casanova wie die Betriebsgeräusche eines LKWs vorkam, wurde lauter.

Josè!

Und wieder leiser.

Alexander ist satt. Im Grunde genommen ist diese Aussage unmöglich. Alexander kennt sich nicht. Es fehlt ihm Bewußtsein. Also kann er auch das Wohlgefühl, das ich zum Beispiel nach zwei Portionen Spaghetti Bolognese empfinde, nicht einmal vom Hörensagen kennen. Alexander ist stupid. Aussagen über Alexander macht nur der Autor. Alexander spricht nicht für sich selbst. Alexander schwimmt.

Sie weigert sich, den Fön als Symbol zu betrachten, für mich.

Das Frühstück: etwas laue Suppe, eine halbe Mango. Kein Kaffee. Den Wärter, in der Kampfuniform der Guerilla, gab aus Prinzip keine Antwort. Das Brummen aus Josès Richtung war verstummt.

Alexanders Stößel entdeckt eine Pforte. Seine Zellhaut zieht sich erwartungsvoll zusammen, besonders hinten rechts. Ein Sog geht von der Pforte aus, unwiderstehlich. Sein Stößel dehnt sich. Er ist jetzt fast auf ein Mikrofon gewachsen. Das ist ein Tausendstel Millimeter. Alexander fühlt, daß er gleich platzen wird.

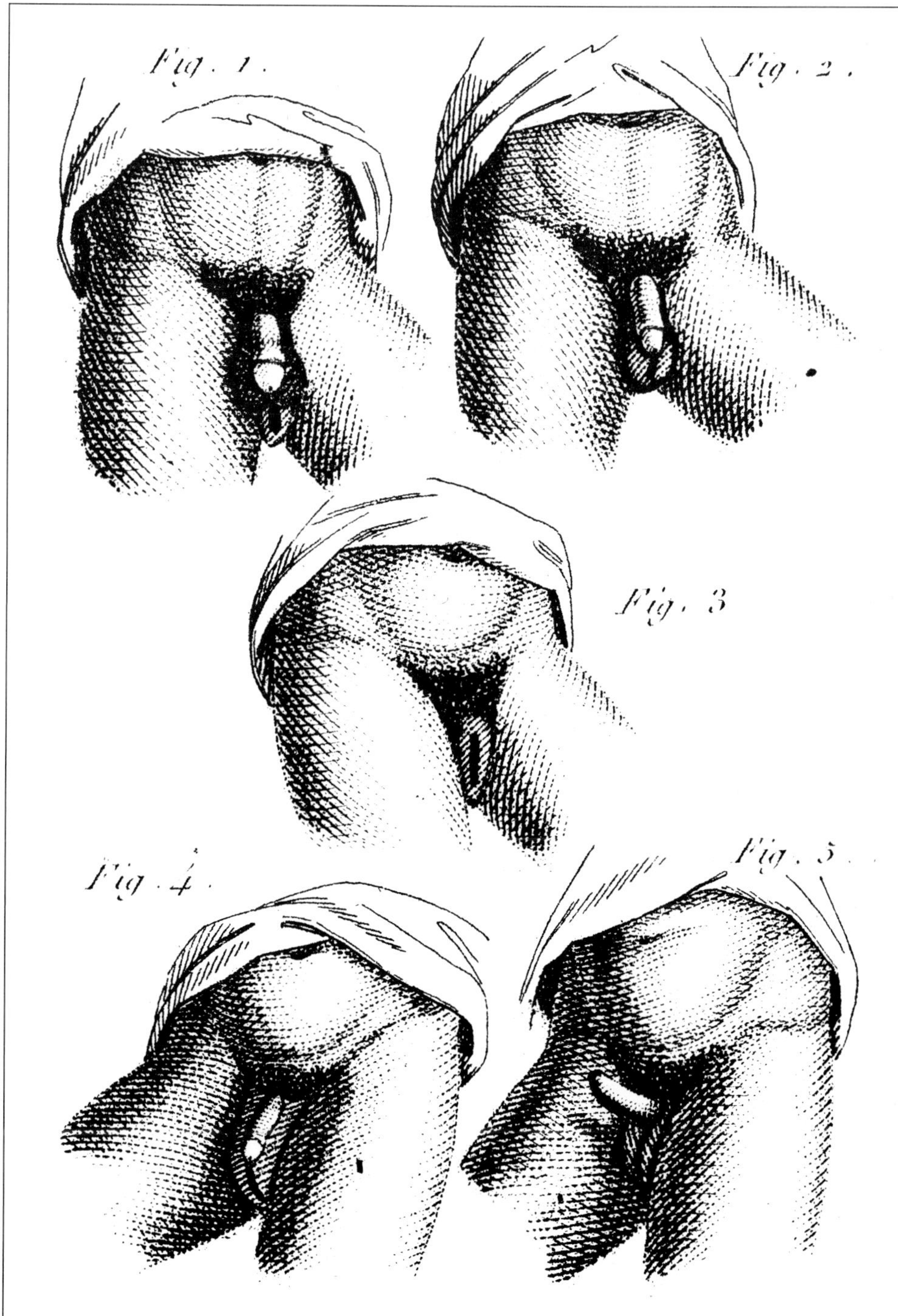
Fig. 1.
Fig. 2.
Fig. 3
Fig. 4.
Fig. 5.

Er beschleunigt. Gleich wird er in die Pforte einfahren!

Gefräßig kroch die Sonne über die Adobemauern und ließ Casanovas Moskitostiche aufblühen. Er drückte sich in die Ecke, in der noch ein Rest Schatten lag, und starrte auf den Koteimer in der gegenüberliegenden. Die schillernden Leiber der Schmeißfliegen bildeten darüber in der wahnwitzigen hellen Luft, die aus schmelzendem Glas zu bestehen schien, eine schwebende Pyramide, die sich zur Spitze hin verjüngte. Er konnte nicht einmal defäkieren. Es war so heiß.

„Ein Mensch, der allein eingesperrt ist, hat keine Möglichkeit, sich zu beschäftigen. Wenn man an einem dunklen Orte allein ist, wo man nichts sehen kann, wohin nur einmal am Tage der Mann kommt, der das Essen bringt, wo man nur in gebückter Haltung herumgehen kann, dann ist man der allerunglücklichste Mensch." (Giacomo Gasanova, Aus meinem Leben)

Wenn nicht ich, wer war es dann? Von sich aus, ohne Anstoß und Objekt träumt man nicht so, nicht diesen Föntraum. Sie gibt keine Antwort. Sie kann, behauptet sie, auch nichts dafür.

Er versuchte, sich mit dem schimmligen Laken gegen die Sonne zu schützen. Mit ausgestreckten Armen hielt er es über den Kopf. Dieses Sonnensegel funktionierte, solange seine Kraft nicht nachließ. An der Lehmwand gab es keine Befestigungsmöglichkeit für das Tuch. Auf dem Spann seiner nackten Füße hatten sich Blasen gebildet und auf der Oberseite der Zehen war die Epidermis geplatzt. Es gelang ihm nicht, seinem ganzen Körper Schatten zu geben. Ihm fielen die Vergleiche ein, mit denen Patienten ihre Migräneschmerzen beschreiben: Schraube, Zwinge, Körner, Meißel, Nagel, Säge. Keine Bezeichnung traf auch nur annähernd das, was in seinem Kopf passierte. Vom Nacken her schlossen sich die zum Glühen erhitzten Fesselringe einer eisernen Jungfrau um seinen Hals, sein Schädeldach gab unter den sich zusammenschiebenden Backen einer Schrottpresse nach. Worte. Casanova fühlte sich am Rande des Wahnsinns. Seine Haut schmolz.

Alexander Stößel erinnert sich. Er dreht und windet sich in der Pforte. Noch geht es nicht richtig. Einige Säfte der ihn umschließenden Membran sind betörend, andere etwas – bitter. Alexander folgt seinem Code. Thymusgeschult. Paßgenau muß er hinein, safety first, oder gar nicht. Dann rücken seine killenden Brüder an.

Ich muß über Sanktionen nachdenken, effiziente Sanktionen.

Ich bin der falsche Casanova.
Ich bin der falsche Casanova.
Ich bin der falsche Casanova.
Seine Arme waren heruntergesunken, er selbst in sich zusammengerutscht. Das Laken verdeckte seinen Torso. Die Sonne stand senkrecht. Ihre Strahlen stachen die Ecke aus, in der er sich vergeblich duckte.

Den Wächter, der ihm zur Mittagszeit wieder Suppe und Wasser hingestellt hatte, nahm er nur schemenhaft war. Seine Umrisse flimmerten und seine Anwesenheit bemerkte er erst, als er schon wieder hinausschwebte. Die Zunge klebte am Gaumen fest. Ich bin der falsche... Er brachte den Satz nicht über die geschwollenen und aufgesprungenen Lippen. Die Worte schafften es nicht einmal bis zur Stimmritze. Als er getrunken hatte und endlich den Zungenlumpen in Bewegung setzen konnte, war da nur noch die Wand, stumpfer gelber Lehm.

Josè?

Nichts. Von allen verlassen hockte er unter dem bleiernen Dach der Tropensonne, zwischen Verdursten und Schwachsinn in der Ecke eines Lehmhauses ohne Dach und Dusche. Ihn jammerte. Bald würde er sich aufgeben. Die Schwellungen im Gesicht, Hals, hinter den Ohren pulsten. Er zog sich das Laken über den Kopf. Durch die Augenlöcher starrte er mit vertrocknendem Blick auf die Wand gegenüber. Nichts, Nichts.

– *Wie ist die Sicherheitslage? In welchem Zustand befinden sich die Gefangenen?*

– *Blieben bisher unentdeckt. Caracol schlapp, die andern O.K.*

– *Wie stehen die Verhandlungen?*

– *Kein Kontakt.*

Ich muß sie unter Druck setzen. Womit? Über Liebesentzug würde sie nur lachen. Etwas Durchschlagendes muß es sein, etwas Zerstörerisches, Symbolhaftes. Das ihr diesen andern austreibt.

Wo bleibt Alexander? Kein Signal.

Doch.

Aus dem Nichts war etwas entstanden, eine Form, eine Gestalt, mit der er sich beschäftigen konnte. Er schob sich höher. An der Wand gegenüber entwarf die grausam durch den Zenit schleichende Sonne ein Schattenbild. Was war da? Casanova konnte es nicht sofort

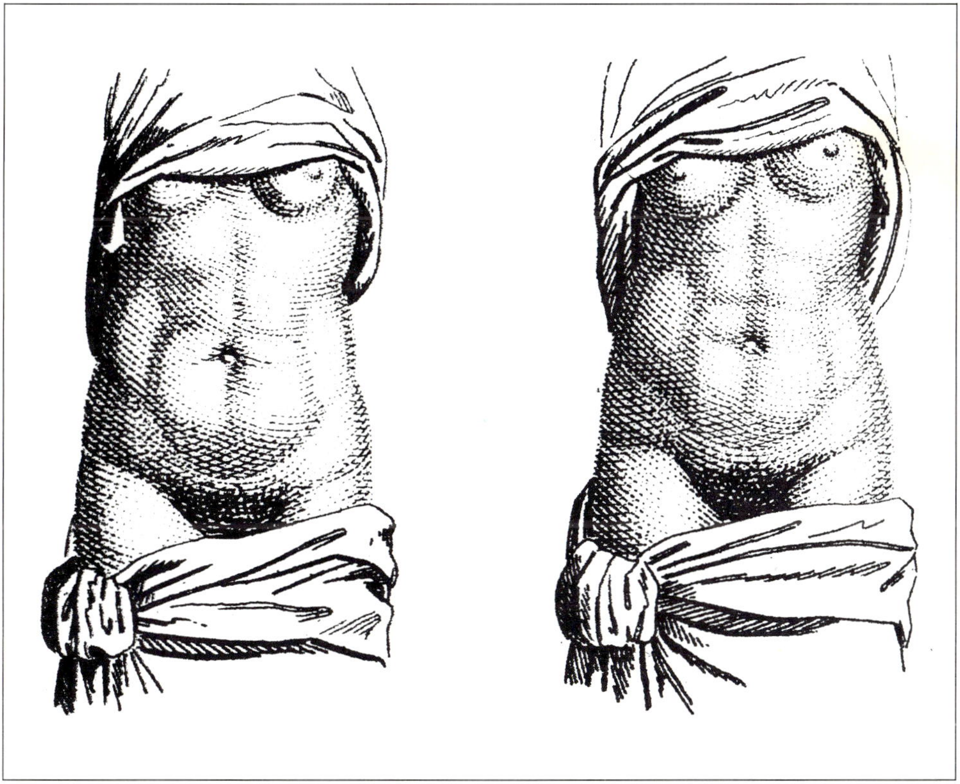

erkennen. Aber Zeit zur Beobachtung hatte er ja.

Die Gesäßmuskeln waren verspannt, sein Arsch verdämmert. Schlecht. Das linke Bein war auch eingeschlafen. Ächzend beugte er sich vor, faßte es mit beiden Händen am Knie und zog den Unterschenkel mit einem Ruck unter dem rechten Bein vor. Wenn er sich auf der rechten Hinterbacke wälzte, konnte er das linke Bein strecken. Aufatmend lehnte er sich, mit gespreizten Beinen in einer halbwegs lebendigen Haltung eingerichtet, zurück, um das Bild zu betrachten, das die Sonne für ihn aus den Schatten der Risse und Unebenheiten der Mauer geschaffen hatte.

„Man muß, um Erfolg zu haben, auf sein Glück bauen und über Fehlschläge sich hinwegsetzen." (Giacomo Gasanova, Aus meinem Leben.)

Alexander käme jetzt zum Zuge, aber er verzögert sich noch, irritiert. Alexander ist lahmer als zu vermuten war.

In seinem Kopf rasten Sterne im Kreis und schlugen dröhend und funkend an die Knochenwände. Jeder einzelne Halswirbel knirschte, wenn er den Kopf bewegte. Es war eine Qual. Vor oder hinter der Hölle oder drin. Mit den lohdürren Resten seines Verstandes wußte er nur eins, daß er wirklich bald aufgeben würde auf Nimmerwiedersehen, wenn er das Schattenbild drüben nicht zu fassen bekäme. Festhalten. Konzentrier dich. Lebe!

ICH WERDE ZWEI WOCHEN NICHT STAUBSAUGEN! Das trifft sie.

Weibliches Genitale, Außenansicht, konstatierte der Kinderarzt, ausgeprägte äußere Schamlippen, die inneren leicht gekräuselt, Klitoris kräftig, aber nicht hypertroph, Behaarung regelmäßig, keine Anomalien. Maximal eine Geburt.

Und Alexander dreht sich wollüstig um die eigene Achse. Immer noch nicht angedockt. Er schiebt den Fühler vorsichtig vor, tastet, will sich einschmeicheln. Nur keine Eile, Sorgfalt und Genuß sind seine Devisen. Diese Gerüche.

Alexander ist Künstler, auf Selbstverwirklichungstrip. Er nennt das Arbeit. Im Aufspüren von ausgesuchten Major-Histocompatibility-Complexen ist er groß. Er fühlt, tastet und wächst, noch ein bißchen.

Die Pfadfindertricks versagten. Er kniff die Augen zu, versuchte bis zehn zu zählen. Öffnete sie wieder. Sie verschwand nicht.

Er schloß die Augen wieder und hatte sie dicht vor sich. Ganz, ganz nah.

Halbgeöffnet. Ooh. So mochte er sie. So fff.. Er zog die Luft zwischen den Zähnen durch. Fffff.. In diesen Zustand brachte er sie durch weiche Gleitbewegungen, die er über den Haaren ausführte. Er streichelte die Haare so lange und so leicht, daß sie nicht mehr als ein warmes Kitzeln verspüren mußte. So stellte er sich die Wirkung vor. Er glaubte fest daran, mit seinen magischen (manchmal nannte er sie insgeheim stolz seine mesmerischen) Händen feinste elektrolytische Reaktionen auslösen zu können. Er spürte unter seinen Handflächen die Ströme kriechen.

Sie sprach nie darüber. Sie sagte nur: Mach weiter! oder: Anders! Technizistisch war sie. Aber im Grunde machte das nichts.

Er wanderte mit den Augen durch ihre milde Landschaft. Wenn er sich sehr zusammennahm, konnte er mit dem bloßen Auge die mikroskopischen Veränderungen sehen, die in ihr vorgingen, sah wie sich die etwas schrumpeligen inneren Falten strafften und füllten, sah, wie sich Haar um Haar, zuerst an der Kante zum unbehaarten Inneren, dann auch weiter außen, aufrichtete, sah das unter der blassen Haut heranströmende Blut und ihr Erröten, sah die schlängelnden Tänze der Erregung dort am unteren Ende der Furche, wo sich die feinen Härchen auswärts spreizten, auslaufen.

Seine Augen trockneten aus, weil er über dem Schauen das Blinzeln vergaß. Er wartete bis zum letztmöglichen Augenblick, bis er es nicht länger ertragen konnte, bis alles in ihm voranstürzte und stürmte und der Wasserfall beinahe losging. Dann erst, vorher nie, beugte er sich gemessen vor und berührte, schaudernd vor Ungeheuerlichkeit, diese Stelle, unten, wo alle Erregung in einer winzigen Wellenfalte auslief, mit der Nasenspitze. Berührte, nein das ist zuviel, er berührte sie nicht ganz, stupste und bohrte nicht. Nein, ihm kam es ganz auf den ins Unendliche zu dehnenden Augenblick an, in dem die Luft so zwischen ihnen, zwischen seiner Nasenspitze und dem Polster der Schamlippen zusammengedrängt wurde, daß sie sich spürten, ohne daß ihre Häute aneinanderlagen. Sein Leben lang war er auf der Suche nach der sanftesten Nicht-Berührung gewesen uns suchte sie noch immer.

Auch jetzt. Sie mußte wie das Flimmern der Luft auf einer Fernstraße im Sommer sein, reine sichtbare Erregungsenergie.

Seine Nase nahm ihre Aura auf, Kraftfelder allerhöchster Spannung und größter Schwäche bildeten sich. Ein feiner Sog entstand. Die Steifheit seines Nackens nahm ab, wanderte, immer noch über jene Brücke der Nicht-Berührung, hinüber zu ihr, spannte das Trommelfell ihres Bauches.

Demütig beugte er sich vor und schmiegte den Nasenrücken in ihr Tal, das ihn aufnahm.

Nach einer langen Zeit des Ausruhens, des Sich-Einfindens und Ankommens bewegte er leicht die Wimpern, um sie dort zu reizen, wo die Beine im Übergang zur Scham eine Mulde bildeten.

Später würden sich in diesen Mulden Schweißtröpfchen, Anzeichen erster Erlösungsbereitschaft, sammeln. Seine Schultern verkrampften, aber er wußte, noch brauchte sie das Flattern der Wimpern, nur diese Fliegenflügelattraktionen führten weiter.

Die Hautporen seines Nasenrückens sogen die feuchte Wärme ein, lösten sachte Schwimmbewegungen der Nasenflügel aus. Sie mußte glücklich werden. Er begann, sich ein wenig in der Wiege zu wiegen, um Schwung zu holen.

Dann folgte die Nase ihrem Weg nach oben, bis fast nach oben, bis an den kleinen Hügel heran, vor dem sie innehielt. Die Nasenspitze vibrierte, hatte sich selbständig gemacht, wollte auf eigene Faust weiter. Um nicht zerrissen zu werden zwischen der Beharrungsschwere seines Körpers und dem Pioniergeist seiner trinkenden Nasenspitze, mußte er die gesammelten Energien erneut verteilen, ausweiten, steigern. Er spürte ihr erstes Zittern.

– *Lage unverändert. Ausnahme Casanova: seit 24 Stunden bewegungslos. Was sollen wir tun?*

– Besteht Lebensgefahr?
– Nein.
– Abwarten. In Ruhe lassen.

Jetzt ist er drin. Alexander Stößel paßt Protein um Protein in die Pforte der befallenen Mgenzelle. Jetzt bohrt er los. Mal sehn, was er findet. Search...

Er konnte sich nicht mehr zurückhalten. Mit der Zunge tätschelte er sie links und rechts, fuhr mit stetigem, steigendem Druck die nachgiebigen Wände auf und ab, schnaufte warme Luft, die sich kühl anfühlen würde, in ihre Haare. Sie antwortete.

Da legte er erst richtig los. Er wußte genau, was sie wollte. Zunächst glättete und befeuchtete er die Seitentäler, dann kreiste er um das Zentralgestirn, ließ die Zungenspitze Planetenbahnen beschreiben, Elliptoide, die sich vom Zentrum entfernten und sich ihm wieder näherten, in einem gleichmäßigen Rhythmus und doch an Orten, die sie nicht vorausahnen konnte. er Stellte sich vor, daß diese regelmäßige Unregelmäßgkeit, richtig ausgeübt, auch ihn in Ekstase versetzen könnte. Aber er war ja anatomisch ein Mann und genoß das Miterleben der ihren. Er hielt jetzt mit beiden Händen ihren Hintern gepackt und setzte die ganze Kraft seiner Zungenwurzel ein. Es klingelte und klirrte, Zehntausende schrien mit schrillen Stimmen, sein Kopf flog unter den Ohrfeigen hin und her, Nackenwirbel knackten.

... destroy. Wie eine Stinkmorchel fliegt der Gelbfiebervirus Patsch! auseinander. Alexander legt sich zurück in die Blutbahn. Aufräumen werden andere.

„San Salvador, 12. Juni (AP). Der Kinderarzt Eduardo Vides Casanova, ein Bruder des salvadorianischen Verteidigungsministers General Carlos Vides Casanova, der am Dienstag vergangener Woche entführt worden war, ist nach Angben von Freunden der Familie wieder freigelassen worden. Es hieß, als Gegenleistung habe die salvadorianische Regierung mehrere linksgerichtete Guerilleros auf freien Fuß gesetzt." (Frankfurter Rundschau, 13.6.1984)

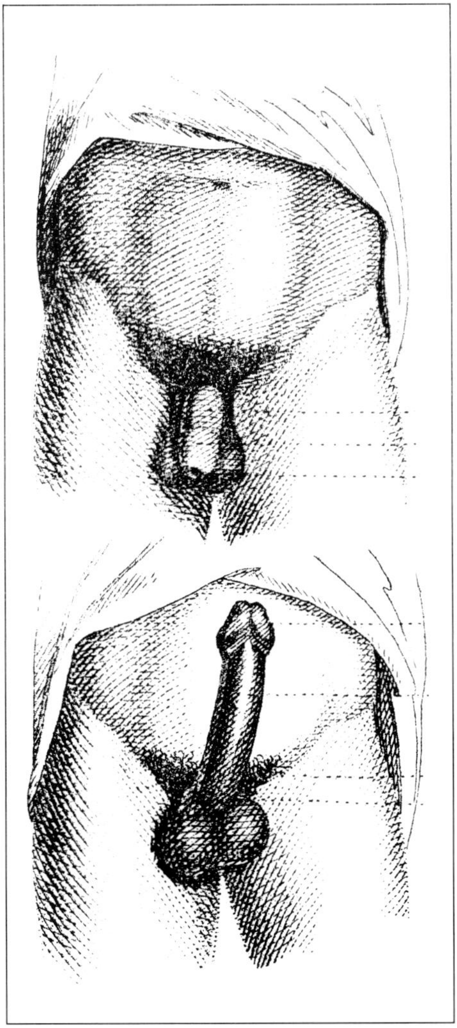

Klaus Behling

Striptease total

Es ist alles so, wie es sein muß. Bühnenhalbrund in den Saal ragend, roter Plüsch und verstaubte Zimmerpalmen. In Holzkübeln. Die Zuschauer erwarten auf ihren gepolsterten Klappstühlen den Höhepunkt des Abends. Striptease total. An den Schummerschein des rotgefilterten Lichts hat man sich gewöhnt, die Musik ist auch gut. Jedenfalls so, wie sie in solche Etablissements paßt. Das langsam drehende Schwungrad eines Blues. Schweiß und Puder in der Luft.

Der Samtvorhang hakelt auf. Die Bühne noch frei, aber nicht leer, denn die bluesigen Wellen schwappen fast sichtbar bis an den vorderen Rand, rollen aus, brodeln zischend auf und versickern. Ein Weib taucht auf, Aphrodite nur für die hinteren Plätze – wahrscheinlich Schüler und Studenten. Die vorne sitzen zu dicht dran. Tüllschaumverhüllt zunächst, baldige Änderung vom Programm versprochen. Wie eine nasse Katze schüttelt die Schaumgeborene dann auch recht schnell die Gazefetzen ab. Als die nächste Woge über die kleine Kadenz der immer wiederkehrenden Melodie klettert, präsentiert sie sich bereits in goldenen Pumps, den erwarteten Netzstrümpfen, einem schwarzen Schlüpfer, der hier aber vornehmer wirkt, als bekannte Exemplare und sicher auch einen entsprechenden Namen haben wird, ellenbogenlangen Handschuhen und einem Büstenhalter, der durch einige fliegenfensterartigen Sehschlitze eine erste Hypothek auf das Eintrittsgeld gibt.

Die Spannung der Zuschauer hält sich in Grenzen. Der Blues kurbelt. Holpernd rollt die im Moment eher einer Kaulquappe gleichende Künstlerin die tuscheumkränzten Augen. Musikalische Gäste sind von diesem Mißklang etwas betroffen, aber die Szene wechselt schnell.

Mit auf frivol getrimmten Bewegungen, eigentlich jedoch eher aus Zerren und Reißen bestehen, pellt sie die Handschuhe ab. Dabei wogt zumindest der Busen im Rhythmus des Blues, so daß im Saal Harmonie wieder die Oberhand gewinnt. Endlich hat sie die überlangen Fingerhülsen 'runter, stößt ruckartig die Arme in die Luft, was den Busen enorm hebt und ihn ins Blickfeld geraten läßt und blickt triumphierend in die Runde. Das ist beabsichtigte Regie, denn dieses Weiblichste alles Weiblichen soll das nächste Opfer sein. Nach einigen saugend-schraubenden Körperwindungen aus dem Halter entlassen, quillt es dem langsam ermüdenden Publikum entgegen. Die Künstlerin lächelt ausdauernd. Sie hat kaum Grund dazu.

Aber der Blues rollt und rollt und die Dame legt wieder Hand an sich. Offenbar zum Äußersten entschlossen und bereit, dies auch den zahlenden Gästen zuzumuten. Sie nestelt am Schlüpfer, bewegt ihn einige Male wie eine Jalousie auf und nieder und läßt ihn – endlich, denn es ist bereits zum dritten Mal die gleiche Musik – an den Beinen herabringeln. Dann wird das nun überflüssig gewordene Kleidungsstück mit einem Fuß vom anderen gehoben und schließlich mit einem kleinen Schwung auf der Glatze eines Ehrengastes in den vorderen Reihen plaziert. Schadenfreude erweist sich wieder einmal als verläßlicher Partner des Humors und etwas Beifall perlt in den Raum. Notgedrungen freut sich nun auch die Honoration über ihren beschlüpferten Kopf und dokumentiert der Umwelt weltmännische Toleranz durch gequältes Grinsen. Dazu muß der Kopf vom Bühnengeschehen abgewandt werden und wenn dies auch nicht gerade vor Spannung knistert, bleibt es doch interessant, schon deshalb, weil man natürlich wissen will, was sich unter solch einem Schlüpfer nun eigentlich verbirgt. Und bezahl wurde ja auch dafür.

Es ist ein Kleidungsstück, dessen Zweckmäßigkeit sehr in Zweifel zu ziehen ist. Vorn besteht es aus einem kleinen Dreieck, hinten aus einem ebensolchen Streifen, der gerade die Breite jener Grenze hat, die keinem im Zuschauerraum unbekannt ist.

So bleibt die Aufmerksamkeit im Saal letzlich doch recht gemessen. Vereinzeltes Gähnen unterstreicht den fortgeschrittenen Abend. Doch statt des erwarteten Vorhangs rumort der Blues weiter. Immer wieder dieses riesige Rad, das sich bis zum Totpunkt hochquält, fast verharrt und dann wie von einer unsichtbaren Schwungmasse gesteuert weiterrollt.

Die nunmehr fast nackte Dame hüpft, als sei ihr kalt. Feine Ohren registrieren das Aneinanderklatschen der Brüste unter der Musik. Da Dreieck und Streifen offenbar auf der Haut festgeklebt sind, richtet sie ihre Entkleidungskunst wieder auf die obere Körperpartie.

Bedächtig nimmt sie zunächst den Haarschopf ab, wedelt ihn aus und schleudert den Mopp von sich.

Das Publikum wird mobil. Nicht, weil der Anblick so angenehm wäre – inzwischen weiß man selbst auf den hinteren Plätzen, daß keine Aphrodite dem Schaum entstiegen war – sondern einfach, weil der Tanz weitergeht.

Nach und nach werden die Augenlider ausgeklinkt, die Ohren herausgezogen und die Nase ausgerastet. Die Szene wird gespenstisch. Mit einem schmatzenden Platschen fallen die Brüste aufs Parkett, erst die linke, dann die rechte, laufen etwas in die Breite und bleiben wie Pickel liegen. Dann knacken die Finger, dürren Ästen nicht unähnlich, und purzeln hinunter. Der Leib zerschmilzt und als erst die Schultern weg sind, haben auch die Arme keinen Halt mehr. Schließlich steht nur noch das silberne Dreieck auf den Netzstrümpfen.

Der Blues drängt. Gespannte Stille zwischen den Stuhlreihen. Gerötete Gesichter im roten Licht, als auch die Beine zum schrumpfen beginnen und endlich ihre sich langsam leerenden Bekleidungen wie verlassene Schlangenhäute zusammensinken.

Dann der Schlußakkord. Die goldenen Pumps trippeln an die Rampe, wippen eine Verbeugung und der Vorhang schließt sich.

Ein Beifallssturm tost auf, wird zum Orkan. Der Saal rast. Striptease total hat ins tiefste Innerste getroffen und keiner weiß genau, warum.

Vielleicht, weil alles so aus einem Guß war. Der Blues schmiedete ihn und so applaudiert man eigentlich eher sich selbst und glaubt auch weiter an den Trost, daß im richtigen Leben doch alles ganz anders sei.

„Jenseits der Geschlechter?“

Aus einem Gespräch

U: Man kann doch nicht immer seinen Partner schütteln und da kommt Erotik heraus... für mich ist z.B. deine Kommode erotisch und da die Schublade mit den unanständigen Dingen... Wenn ich etwas davon in der Hand halte, ist das für mich ein erotischer Kitzel – solange bis ich weiß was das ist.

H: Ich glaube, du meinst einen ästhetischen Kitzel

U: Nein

H: wenn du von Erotik „jenseits der Geschlechter“ ausgehst, hast du es mit einem Schein zu tun, denn das, was du jenseits der Geschlechter lokalisiert, ist nichts anderes als ein Abzug von den Geschlechtern – es gab mal einen Fotografen, der Paprikaschoten fotografiert hat, es sind wunderschöne und hocherotische Fotografien, die aber davon leben, daß diese Paprikaschoten menschliche Körperformen annehmen und von daher kein „jenseits des Geschlechts“ sind. Diese Fotografien sind nichts anderes als einen Gegenstand in Bewegung zu den Geschlechtern zu setzen.

P: Ich halte das für ein schlechtes Beispiel. Es ist nichts anders als eine Form der Augentäuschung – man wird einfach in die Irre geführt, denn es sieht aus wie weibliche Körper.

H: Dann würde ich behaupten, jeder Gegenstand unter der erotischen Perspektive betrachtet, sieht aus wie ein Körper. Oder wie ein inverser Abdruck von Körper.

P: Da kann man nur zynisch ergänzen: egal, was du anguckst, du sieht immer dasselbe.

A: Man muß da weitergehen, die Objekte sind ja nichts Neutrales. Was für uns etwas wird, fleischlich und sinnlich, erst wenn wir sie in den Mund nehmen. Sondern sie haben für uns eine Bedeutung, die sinnlich ist. Wir erleben uns ja in den Objekten, wir sind in die Objekte projiziert und zwar auf dem Weg über eine sexuelle Symbolik, die nur nicht so einfach ist, wie hier anfänglich geschildert. Hier ein Phallussymbol und da ein Vaginasymbol. Die Dinge sind alle ambivalent und kompliziert.

Ich glaube hier ist einfach die Schwierigkeit, die Sinnlichkeit, die in den Objekten ist, aus denen die Welt in unserer Psyche entsteht - auf dem Wege einer komplizierten symbolischen Sprache diese Sinnlichkeit also zu unterscheiden von der Sinnlichkeit der Erotik und der Liebe, um es bildlich zu sagen, die Vagina oder den Phallus, die man selber hat, zu unterscheiden von der vaginalen und phallischen Symbolik der Welt. Das sind zweierlei Sprachen. Und um so ein Problem handelt es sich. Und, soweit es sich um die Erotik zwischen Männern und Frauen handelt, kann man natürlich nie über die Sprache des Körpers, den man hat, hinauskommen. Andererseits glaube ich auch nicht, daß es auf der einen Seite die Männer und auf der anderen die Frauen gibt, als in ihrer Psyche ganz voneinander getrennte Wesen. Das ist eine Banalität, die Sie alle wissen.

Wir haben alle das andere Geschlecht in unserer Psyche. Ich denke es gibt sehr komplizierte erotische Beziehungen, wo ein Mann in Beziehung zu einer Frau eher seine weiblichen Seiten auslebt, oder eine Frau ihre männlichen.

H: da bleiben wir aber in den Geschlechtern.

A: Ja, insofern kann man über die Sprache der Geschlechter nie herauskommen. Aber in den Personen mischt sich das auf die wundersamste Weise. Und im Verhältnis zur Wirklichkeit ist das ganze nochmal differenzierter. Ich weiß, daß männliche Künstler in der Kunst oft ihre weibliche Seite ausleben. Bei mir z.B. ist das sehr deutlich. Daß ich, wenn ich male, die Frau meines Bildes bin. Mit Schwangerschaft usf. Wenn ich einen Maler male, der ein Bild malt, ist in dem Bild die Weiblichkeit, das Malen die Männlichkeit. Umgekehrt kommt bei Malerinnen sehr oft ihre Maskulinität ins Bild, oder bei Bildhauerinnen: man kann also nicht sagen, daß männliche Maler, die mit besonderer Sensibilität weibliche Welten gemalt haben, wie Renoir, daß die sich da von außen in etwas eingefühlt haben, nein, sie haben aus sich selbst etwas gemalt. Es war in ihnen. Sie haben sich selber dabei gelebt.

H: eine Frage: was ist man selber?

G: ich denke, daß es ungeheure Angst macht, eine Auflösung der Geschlechterdifferenz zu denken – oder daß gar eine Auflösung dieser Differenz anstehen könnte. Meine Erfahrung ist die, daß zwar die Metamorphose gewünscht wird, daß sie auch konkret angestrebt wird, daß aber, wenn sie stattfindet, wenn die Auflösung der Geschlechterrollen wirklich stattfindet…

H: ja klar, aber wir bleiben drin. Diese Neigung zum Verschmelzen mit was auch immer kann in dem Moment, in dem das Verschmelzen stattgefunden hat, keine Neigung mehr sein, denn dann ist es ja da. Und wenn es da ist, kann es nicht mehr erfüllen. D.h. dieses Vakuum, dieser Sog, der am Anfang da ist und zieht, dieser physiologische Effekt von sympathikon- und parapathikonischen Zuständen, wenn man es so beschreiben will, dieser Sog, der dazu führt, wird ja aufgehoben. Das Faszinosum, das ich kenne ist, daß es immer wieder neu kommt. Ohne daß es sich erschöpft.

G: Gut. Schön

H: das ist wunderschön für einen Mann gesagt, ich weiß, Ich setze schon meine Wörter

Das ist tatsächlich faszinierend. Aus dieser Fragestellung, wenn man sie nicht kindlich liest, sondern reif nimmt, ergibt sich, und darüber bin ich ein bißchen perplex, diese Erfahrung, daß es nicht mehr kommt

G: Was jetzt

H: Daß dieser Sog nicht mehr auftaucht. Das Faszinierende an real-sexuellen Beziehungen ist ja, daß immer wieder dieser Sog da ist, prinzipiell. Und die Erfahrung, daß dieser Sog nicht mehr da ist, diese Leerstelle plötzlich ein für alle Male gefüllt ist und man die Frage stellt, gibt es etwas jenseits, damit ich verdammt noch mal diesen Sog wieder empfinden kann, ist mir völlig fremd. Und das genau impliziert die Frage nach der Erotik „jenseits“.

U: ich glaube, daß diese körperliche Zuneigung sich aus sinnlicher Erfahrung ergeben hat. Es ist nicht so, daß alles aus

Siegfreid Rimpler

der Sexualität zwischen Mann und Frau, oder den Geschlechtern wie auch immer verteilt, entstanden ist. Es gibt zweierlei Sinnliches. Vielleicht ists ja auch umgekehrt. Und die geschlechtliche Sexualität nur ein Ableger einer anderen…

H: Es geht nur zwischen zwei gleichen oder nicht gleichen Geschlechtern.
U: Unsinn, aber Sie können ja glauben, was Sie wollen

G: deutlich ist nur, daß im Moment sich alle drücken vor dem Thema. Es ist doch völlig uninteressant, ob man nun eine Paprikaschote schön oder erotisch findet. Ich plädiere dafür, zu überlegen, wieweit wir uns vor dem Thema drücken. Daß das Thema eigentlich nicht vorkommt. Ich schließe mich ein.

Die uns bekannte Auflösung der Geschlechter ist doch im Moment nur

der symbiotische Konflikt. Und das ist die Hölle.
H: Das wäre keine Auflösung. Sonst könnten wir nichts mehr wahrnehmen. Wenn Sie eine wirklich symbiotische Auflösung ineinander hätten, könnten Sie nichts mehr wahrmehmen. Keine Grenze mehr. Auch keine Einheit mehr. Nichts, wo man sagen könnte: ich. Schon gar nicht: das ist die Hölle.
Es wäre ein völliges Rückkehren. Eine völlige Regression.
G: Das hatten Sie ja wohl mit dem Einverleiben angesprochen
H: Wobei der Gegenstand sich nicht wehren kann. Das Spannende beim menschlichen Objekt ist, daß es sich wehrt – oder nicht wehrt – oder er wehrt sich im Spiel.
U: Das ist gerade kein Gegenstand.
H: Doch, für das betrachtende Subjekt ist das andere ein Objekt, immer
B: Nein, zwei Subjekte
B: Die Hypothese von einem dritten Geschlecht, dessen Geschlechtlichkeit ganz offen ist – es sollte anders sein als die beiden herrschenden Geschlechter – kann ich mir nicht vorstellen. Das dritte Geschlecht ist zuendegedacht in den vielen Zwischenformen, die es gibt.
G: es gibt dazu den berühmten Mythos, den kennen Sie alle, von Aristophanes, vorgetragen in Platons Symposion –
U: da steht überhaupt alles drin –
H: aber dieses dritte Geschlecht, das androgyn ist, ist doch eine Horrorvorstellung. Ich plädiere für das Fehlen. Sonst wüßt ich nichts mehr mit miranzufangen. Satt und rund und selbstbefriedigt in der Ecke zu sitzen, eine fürchterliche Vorstellung
B: aber du wärst es dann ja nicht mehr .... es könnte deine Erfüllung sein
H: das muß ich aufgrund meines Nichtwissens bestreiten. Ich weiß es doch nicht.
B: also wenn du der Meinung bist, daß du mit deiner Freundin irgendwie rund wirst
H: die Metaphorik ist wunderbar – wenn man der Auffassung ist, das ist die Frau, die mich erfüllt –
G: und die Frau das vielleicht auch umgekehrt denkt –
H: ich habe das nicht monogam gemeint
U: laßt doch B ausreden – H, ja, ich wollte das nur ergänzen, er kommt ja auf den Kugelmythos zurück –
B: ja, ich kann mir vorstellen, daß diese vollendete Kugel wirklich vollkommen ist, Spinoza in bester Verfassung sozusagen – ich selber wäre dann nämlich entlastet, ich müßte keine Sehnsucht mehr haben, ich müßte nicht mehr suchen – mich nicht mehr fragen, finde ich noch meine Ergänzung –
P: aber dann wäre doch auch der Antrieb weg, es wäre nichts mehr los.
L: ich sage mal eine These. Ich glaube, daß die Krise der Geschlechter daran liegt, daß die alten Differenzen langweilig geworden sind. Ich glaube überhaupt nicht, daß auch die hier beschriebenen Differenzattraktionen noch interessant sind. Das ist ein abgelegtes Modell
K: für wen, für die 15-16 jährigen
H: die Fremdheit ist nie abgelegt
H: vielleicht für uns, aber nicht für die Jüngeren
B: für so hochgestochene Leute wie hier
H: ich meine das Modell der Fremdheit nicht bezogen auf Frau und Mann. Das kann ohne weiteres auch sein zwischen Mann und Mann und Frau und Frau. Die Differenz ist prinzipiell da. Und es ist der Reiz der Differenz, was die

Attraktion macht. Unabhängig, ob nun gleich oder verschiedengeschlechtlich. Was er sagte, daß es 4 Millionen Geschlechter gäbe, hat nämlich eine ziemlichen Aspekt von Wahrheit

G: Die Differenz ist doch die Negierung des Anderen und daraus entsteht der Mangel und daraus die Maschinerie, die Sie Sog nannten. Es ist wirklich die Frage, was ist daran noch interessant

H: das Gegenüber des Holzfällers ist seine Säge – denn die spürt er. Die spürt er wie ein Motorradfahrer, der auf ein Motorrad steigt, den Motor bis quer durch den Bauch spürt

K: Das ist doch nur die Verlängerung von einem Holzfäller, Säge, Axt und nicht das Gegenüber

H: doch

K: ein Instrument in eines Mannes Hand ist nie sein Gegenüber. Es ist die Verlängerung des Körpers. Ich kann über Frauen nicht sprechen

H: Der Baum ist allenfalls das dritte Gegenüber. Das erste Gegenüber ist der Griff zur Axt, der Schweiß, den es kostet sie aufzunehmen.

Das verstehen wir nicht.

C: das heißt doch, daß du jedes Gegenüber als Instrument siehst

P: das ist ja auch nicht schlimm, wenn zwei Instrumente sich gegenseitig als Instrument ansehen, da kann ja etwas Enormes draus entstehen.

Ich glaube übrigens, wir haben eben das dritte Geschlecht falsch definiert. Das ist ja garnicht diese Kugel.

B: Sondern?

P: Wir haben ja alle Derrida gelesen, was genos tricon ist, das ist ja chtora – das Dazwischen – das wo sich beides abbildet. Das dritte Geschlecht ist das, was von dem – oder anders gesagt, jede wirklich gelungene erotische Beziehung ist jenseits der Geschlechter in der Weise, das da ja etwas – nicht das Kind, so trivial ist es nicht – ein drittes Ereignis, das geteilt wird, geschaffen wird, wo die Geschlechterdifferenz nur ein Vorwand ist, der auch dazugehört, aber in diesem Ereignis, in dieser Affaire, wie immer man das nennen soll, da blitzt irgendetwas auf im besten Falle und das hat nichts mehr zu tun mit den Geschlechtern

H: Das ist doch nur dieses Aufschießen und schon weg

P: nein, ich will mich auch wehren gegen diese seltsame Vergeblichkeit, die dadrin steckt. Es ist ja garnicht so vergeblich. Es ist ja genauso wie die Zeit die vergeht, aber wir brauchen sie, damit etwas passieren kann. Genauso ist auch dieses Steigerung der Geschlechter. Natürlich darf das nie zum Terror werden. Wie auch der Schmerz. Es ist eine Frage des Grades.

H: aber das ist doch kein Geschlecht. Das ist ein Ereignis.

P: Es ist das dritte Geschlecht, nicht nur Ereignis... Es ist nicht etwas, was geschaffen wird, was dann da steht wie eine neue Person, die auf eine Weise gebaut ist, die man sich vorher noch nicht denken kann – das ist viel zu kindlich gedacht

B: das ist praktisch die Erfüllung einer Liebe

P: man kann das so pragmatisch sehen. Es ist ein gelungener Gebrauch der Zeit

H: Warum dann drittes Geschlecht

P: wenn man schon von drittem Geschlecht spricht, ist es falsch, diese Kugel dafür zu nehmen. Es ist dieses Dazwischen.

– mich stört bei dieser ganzen Kugelgeschichte – es haben ja einige, viele tausende drüber geschrieben, und viele haben versucht aufgrund des Textes zu rekonstruieren wie diese Kugel eigentlich ausgesehen haben mag. Und alle haben zugegeben, daß das aufgrund dieser Beschreibungen da völlig unmöglich ist. Daß das so voller Widersprüche ist, daß man verschiedene Sachen ausdenken kann, die aber alle nicht gehen. Und das ist der Witz dieser Geschichte.

G: Aristophanes wußte das sicher, ich glaube das einzige wäre das Doppelröhrenrad.

K: Sokrates würde jetzt bei Platon fragen, inwiefern hat heiß und kalt mit Macht zu tun.

G: die Wahrnehmung von beidem ist an die Berührung gebunden, bzw. das Imaginäre der Berühung, an ihre symbolische Codierung

K: also ich glaube, Sokrates wäre nicht zufrieden

G: hast du sie gekriegt, die islamische Jungfrau

M: nein, die sind ja alle verschleiert. Die Erotik war ganz stark im Blick, weil der Körper verschleiert war. Ich habe eine solch erotische Spannung im Blick noch nie irgendwo erlebt. Weil die Berühung völlig verboten war und der Blick die einzige Form, in der der Kontakt überhaupt möglich war.

G: Würdest du vorschlagen wir sollen uns wieder verschleiern

M: ich würde überhaupt keine Vorschläge machen. Dir traue ich das zu. Die richtigen Mythen lesen und etwas praktisch erleben.

G: das wäre durchaus drin

B: ihr passt ideal zusammen

P: Du mußt aber den Schleier mit Zigaretten bilden, durch deinen Reißverschluß

H: eines verstehe ich nicht. Ich verstehe in diesem Zusammenhang den Begriff der Ängste nicht

G: das wäre aber ganz wichtig, das zumindest als Fragestellung zuzulassen

H: ja, aber mir ist das fremd. Ich verstehe den Begriff der Angst nur in Hinsicht auf Dinge, die mir tatsächlich schaden können, geschadet haben

P: dir schadet es vor allem, wenn du keine Angst hast

H: ich versteh den Begriff der Ängste nicht mehr jetzt – ob AIDS oder nicht AIDS, ich verstehe den Begriff der Ängste in Hinsicht auf die Attraktionen nicht

G: es gibt doch die Ambivalenz von Angst und Lust. Das steht doch nun schon bei Freud. Und wahrscheinlich ist der Orgasmus genau ein Gemisch aus beidem

H: nein, das halte ich für völlig falsch

P: Angst ist auch eine Attraktion, aber eine Attraktion, die von innen aus geht. Angst zieht zusammen, zieht nicht an, aber es gehört dazu.

G: dazu sollte man Sie mal bringen

H: genau in dem Moment hätte ich Angst und nichts wäre möglich

P: stell dir vor, du überwindest sie im richtigen Augenblick

K: die Erektion ist bestimmt lustvoller als normal

G: die Erektion kann doch genau ein Zeichen gegen die Angst sein, wie wäre es denn damit

B: Aufstand

H: das hielte ich für religiös

P: du bist aber auch sehr religiös

K: also obwohl ich nicht religiös bin sondern eher levantinisch veranlagt, muß ich mal darauf hinweisen, daß mir diese Angst völlig fremd ist. Und ich empfinde das auch als gewissen Terror – ich kenne

solch eine Diskussion – jetzt jemanden dazu zu bringen, daß er Angst haben muß um normal zu sein. Das würde ich also völlig von mir weisen.
L: ich würde so gerne neue Modelle hören. Also dieses Modell mit der transsexuellen Frau, die doppelte Homosexualität, das finde ich schon interessant. Es ist ja so, wenn man hier von kultureller Revolution spricht, die ja auch in der DDR beschleunigt stattfindet, hat diese Revolution nach 68 mir ein anderes Leben ermöglicht. Sonst wäre ich vielleicht als Hausfrau und Mutter, unglücklich vielleicht, geendet. Aber ich bin ganz verführt, diese räsonnierenden und tröstenden Ausführungen von Euch beiden, P. u. M, zu folgen, man hat Erfahrungen gemacht, man hat verloren, etc. so sympathisch, nichts ist ja schlimmer als die ewigen Gewinner auf mich wirkt das tröstend, auch wenn ich das jetzt falsch verstehe aber es gibt doch einen Geschlechterkonflikt – ob jetzt Natur, oder ob sie in der Lage ist zu töten, darum geht es nicht, ist schon interessant, daß es andersherum häufiger passiert, aber das ist hier egal, aber: die Zugriffsmöglichkeiten auf die Erotik und auf die Lust, die sind doch verdammt immer noch unterschiedlich zwischen Frauen und Männern, also wirklich verdammt. Du G, kennst doch auch die Frauen deiner Generation, du weißt doch, wie viele von ihnen leben. Man muß schon brillant und Schauspielerin sein, um wirklich anders zu leben, um von erotischen Abenteuern reden zu können – Es ist doch wahr und es macht mich wütend: ich finde in den Zugriffs-

möglichkeiten auf Lust einen so eklatanten Unterschied, und eine solche Benachteiligung, daß ich dann auch dieses tröstende Sprechen – klar man versteht es, wenn es so subjektiv und warmherzig daherkommt, – ungut empfinde, weil es diesen Konflikt zudeckt

H: konkretisiere doch mal den Unterschied, der dich wütend macht

H: vorauszuschicken: nicht immer hat man ja Lust auf große Liebe, aus welchen Gründen auch immer, man weiß ja auch aus Erfahrung, wie schwierig das ist und man ist nicht immer in der Lage dazu. Man hat mal Lust auf etwas anderes. Und wenn ich nun sehe, was Männern angeboten wird. Und wie leicht es ihnen angeboten wird, ohne soziale Konflikte, ohne moralische Probleme, könnte ich ausflippen vor Wut. Denn wenn es mir so geht, steht mir das nicht zur Verfügung. Es geht garnicht darum, ob ich das kann oder nicht. Aber Männern steht das, egal wie alt sie sind, wie häßlich sie sind, immer zur Verfügung. Wenn das kein Unterschied ist. Der sich natürlich auch auswirkt auf die Erwartung wiederum an Erotik etc.

R: Darf ich nochmal hören. Was steht den Männern zur Verfügung.

I: na, die Frauen

R: Umgekehrt doch auch... Rettet die Zärtlichkeit – in diesem Sinne. Es wurde bisher massiv abgewehrt, Konflikte, sei es in der Familie, am Arbeitsplatz ins Verhältnis zur Erotik zu setzen.

H: das wurde nicht abgelehnt

G: die L hat doch sehr klar nach der sozialen und gesellschaftlichen Differenz gefragt und den Herrschaftsverhältnissen, die da im Spiel sind und das da noch nichts gegessen ist, egal in welcher Brechung, 3-fache und 5-fache Homosexualität – das kann ja alles sein, dazu brauche ich nur noch meinen Computer zu drücken, da brauche ich nichts mehr im Bett zu leben – aber in dem Moment wo Haut an Haut, Blick an Blick, Mund an Mund im Mund, anderes auch noch rein, wie wir wissen, natürlich absolut rein, und so fort, also dann gehen doch andere Fragen los

J: BRD-DDR ist sowas wie ein heterosexuelles Verhältnis auch mit dem Machtgefälle, also dieselbe Spannung Wiedervereinigung ist ja eine koitale Metapher

G: DDR als Gänseliesel, BRD als Prinz

D: die Euphorie hat es ja gegeben. Das war doch erschreckend erotisch, diese Vereinigungseuphorie anfangs

K: das war nicht erotisch, sondern erschreckend obszön

K: also, die DDR-Männer sollen auch im Bett viel besser sein als die BRD-Männer, haben dieselben Blätter herausgefunden

G: ich sag ja, Stalinismus im Kopf – hatten Sie Probleme mit Konkurrenz? – ich denke ja, daß ein intakter Zentralismus möglicherweise im Bett was nützt

E: ja, wie kann man zwei Pole, die aufeinander angewiesen sind, so voneinander trennen, indem man sagt, das eine ist der Tod des anderen. Natürlich ist das eine der Tod des anderen, aber das eine kann auch nicht leben ohne das andere.

R: ich habe mich bei seiner Symbioseidee auch schwer getan, da ich Symbiose nicht als Entindividualisierung sehe, sondern mehr als – dauernd auf der Kippe zur Parasitie eben, wenn die Ausgewogenheit gestört ist und das sehe ich als Fluch der ganzen Geschichte, daß permanent per Macht, per schiefer Konstellation die symbiontische Verklammerung zur parasitären wird, wobei Verklammerung kein gutes Wort ist, sagen wir Umarmung, und die Frage ist, wie kann die symbiontische Umarmung dem Parasitären der Verklammerung entgehen?

G: vom Säugling zum Vampirismus

R: das kann auf der ökonomischen Ebene ablaufen, daß kann auf der Gefühlebene ablaufen, es kann auf verschiedensten Ebenen laufen, bis runter zur Biologie der Beteiligten ich finde das Symbiontische in der Liebe eine eigenartige Gratwanderung, die eigentlich ihre Gefahr nicht aus dem Individualverlust bezieht sondern aus dem Umkippen in die parasitäre Form

G: das finde ich richtig. Denn die Entgrenzung ist ja gerade das Glückserlebnis – also Individualverlust ist nicht die Gefahr

H: wir kamen zur Symbiose über den

Kugelmythos des „jenseits des Geschlechts“

Dann sind wir bei einem anderen Symbiosebegriff

E: beim Kugelmythos ist kein Gefälle da, bei den meisten Symbiosen ist ein Gefälle da und es wird parasitär

H: ich habe gesagt, um Gottes willen, nie Kugel wenn man es von außen betrachtet und die Kugel ein Objekt ist, dann stimmt ihre Vollkommenheit, aber nicht, wenn man selber Teil der Kugel ist, dann hat man nämlich überhaupt keine Wahrnehmung, nix null dunkel

G: davor haben Sie wahrlich Angst ich würde mal sagen, meine Erfahrung ist daß dieser Wunsch, sich fallen zu lassen, zu nuckeln wie ein Säugling beim Mann da ist, er aber einen solchen Horror bekommt, wenn er dieses an sich selbst erfährt, daß er eine Form der Zurückweisung gegenüber der Frau, weitergehend dem Weiblichen betreibt, daß genau diese Verschiebung herauskommt, die wie ich finde sehr köstlich Parasitie oder symbiotische Entgleisung genannt wird, aber möglicherweise initiert ist eher durch den Mann. Da haben wir nämlich den ganzen Mutterkonflikt, klar…

B: Symbiose heißt glaube ich in der Biologie das Zusammenleben von artunterschiedenen Wesen und nicht von artgleichen. Und das hat nichts mit Geschlechtlichkeit zu tun. Und mit Verwandtschaft auch nicht. Wie die Pilotfische bei Haien. Das macht es interessant. Dann wäre der Parasit genau derjenige, der im Fall einer Symbiose zwar vom anderen parasitär lebt, aber ihm nicht schaden kann.

J: Warum kommt Symbiose immer zum Parasiten. Ich denke, das Kind ist kein Parasit. Das ist eine Entwicklung, die zum Menschen gehört.

R: ein Parasit ist was anderes – jemand der was kann und sich mit Gewalt und Absicht von anderen ernährt – es gibt Mutterkindverhältnisse, wo die Mutter die Leiche des Kindes wird, weil das Kind ein Stück Leben aus der Mutter saugt – im Geschlechterverhältnis auch.

J: Dann sind wir alle Parasiten, alle Männer besonders. Ich meine Symbiose zwischen Erwachsenen bedeutet was anderes. Warum denkt ihr bei Symbiose nur an Parasitentum. Gibts in der Symbiose nicht etwas was ein Ausdruck dafür ist, daß zwei Menschen für einen Augenblick in Harmonie miteinander sind. Warum gibt es Abwehr gegen diesen Moment, besonders von Männern.

R: die Geschlechter treffen sich nie. Das Paradigma dieser Verhältnisse bleibt doch immer das Mutter-Kind Verhältnis und das ist von übel.

G: Symbis – im Augenblick sitzen nur symbiotische Ruinen herum, es sei denn, der DDR-Schub bringt das noch mal auf Vordermann. Im Augenblick gibt es – mit den Regredienzien die hier gegeben sind, kaum Perspektiven, von wo aus Harmonie noch zu konzipieren wäre. Ich denke, daß die Verankerung von erotischen Beziehungen innerhalb einer Sozialstruktur ungeheuer schwierig ist, die auf orale Sucht angelegt ist. Das scheint mir das Problem zu sein, daß die Verzahnung von Erwartungshorizonten einfach nicht mehr funktioniert.

H. Ich glaube nicht, daß es jemals bessere Verhältnisse gab, daß es jemals so war, daß Beziehungen besser waren als jetzige und kann darum das Jammern nicht teilen.

P: Man sollte die Säuglinge nicht immer denunzieren. Wir sollten wieder so werden wie die. Diesen Reichtum, den wir kaputt gemacht haben, ein Reichtum an nicht-festgelegten Möglichkeiten, darum ist der Begriff des Regresses einfach nur dieser Quark, er ist falsch – man wird nicht auf Primitives zurückgeführt sondern auf Potenz

R: das ist eine Idealisierung von Säuglingen.

P: Es geht nicht um Wirklichkeit, sondern nur um die Bilder, die wir benutzen. Wir wissen nicht was sie bedeuten.

Nicole Heibrok

Geliebter!

Gerade erfuhr ich, daß Du uns gesehen hattest, Antoine und mich, als wir in der Galerie waren. Ich weiß, daß es Dich quält, und ich werde Dich noch mehr quälen! Ich will, daß Du fühlst, was ich gefühlt habe, als ich Dich mit Laura sah.

Bertrand und ich ritten im Park, und Du warst mit Laura auf dem See. Ihr habt nicht aufgepaßt, Geliebter, denn das Boot lag am Ufer, dort, wo der Reitweg den Strand kreuzt. Glaubst Du denn, ich hätte nicht Dein Seufzen erkannt, Deine Worte, Lauras Stimme dazwischen, zirpend wie eine Grille? Bertrand zwang mich, anzuhalten und zuzusehen. Deine Hinterbacken hingen in der Luft, betörend, fest, stark. Du senktest Dich hinab, hobst Dich, rotierende Hüften. Sexus.

Nun, Geliebter, gesteh mir eines:
War sie so tief, so naß wie der See? Ist sie selbst ein See?

Ich war empört und ich hätte Dich töten mögen; meine Reitpeitsche vibrierte unter meinen Fingern. Als Bertrand und ich zum Pavillon kamen, saßen wir ab, und meine Wut, meine nervösen Energien verschwammen unter seinen Stößen, die ich genoß, erwiderte. Ich betrog Dich vorsätzlich, nicht nur einmal...

Ich will Dir nun von Antoine erzählen. Wir saßen in der Galerie, und seine Rechte löste meine Strumpfbänder, während er mit der Linken den Hummer zerlegte. Antoine ist wunderbar, er kennt keine Hemmungen. Meine Hand war in seiner Tasche, sein Schwanz preßte hart gegen sie. Ich nahm das Messer, das Du mir schenktest, und zerschnitt das Futter seiner Hose. Sekunden später waren seine Finger in mir, und als wir uns in die Augen sahen, fiel ihm meine Lust entgegen und mir die seine. Sag, Geliebter, wo hast Du gesessen? Hinter der Tapetentür, die in die Bäder führt? Maskiert, mit Hut, Bart und Zeitung am Nebentisch? Wie auch immer, Du hast nichts von unseren Spielen wirklich gesehen; nicht, wie unsere Hände unter den Kleidern tobten, während wir aßen, und nicht, wie wir im Taxi übereinander fielen, als sei dies die letzte Nacht in unserem Leben.

Trotz allem muß ich Dir gestehen, daß es mir wenig bedeutete, denn mein Herz gehört Dir allein...

Ich wollte die Spuren tilgen, die Dein Begehren auf Lauras Haut hinterlassen hat, den ich ertrage es nicht, daß Du sie genommen hast, während ich zusah. Ich besuchte sie nachmittags, als Du Deinen Agenten trafst. Ihre Tür war unverschlossen, und ich fand Laura im Bad. Sie freute sich, mich zu sehen, und wir tranken Whisky aus der Flasche. Ich liebe Lauras Sinnlichkeit, weil sie ihr Geheimnis niemandem preisgibt. Der Alkohol machte träge und wollüstig, und wir sprachen über Dich, wie nur Frauen es tun können, die denselben Mann geliebt haben. Laura sagt, Du seist wild. Ich hingegen finde nichts von dieser Art an Dir. Es entspricht unseren Seelen schlecht, denn bei Dir bin ich die Fordernde, und Du bist leise, zart. Sind diese weiblichen Seiten Deine Macht? Wir redeten und tranken, küßten uns und tranken, berauscht an unserer Weiblichkeit. Nach einer Weile stand Laura auf und bat mich mein Kleid zu öffnen. Ich tat es, und sie bewunderte meine Schönheit. Als sie ihren Hausmantel auszog, war ich überrascht; Lauras Körper ist pure Kunst, ihre Brüste sind wie gemeißelt. Die Materie der Göttinnen...

Hast Du das Muttermal entdeckt, Geliebter? Es ist wie ein Stern, nur unregelmäßiger... Ich fand es, als wir aus dem Bad kamen, später...

Laura hatte eine Idee. Sie ging und holte ihre Reitpeitsche, ein zierliches, geflochtenes Werkzeug der Dominanz. Sie bat mich, ein heißes Bad zu nehmen, so heiß, wie ich es eben ertragen könnte. Sie goß verschiedene Öle ins Wasser und wartete, bis ich regelrecht brannte.

„Lege Deine Beine über den Wannenrand. Ich will, daß Du schwebst..."

Ich tat, was sie wollte, wußte aber nicht, was sie vorhatte. Der Schock war unermeßlich... Laura goß aus einer Karaffe Eis über mich, und ich dachte, ich müsse auf der Stelle sterben. Mein Körper brannte wie von tausend Nadelstichen, aber meine Neugierde ließ sie gewähren. „Komm und leg Dich bequem hin". Sie schob mir ein Kissen unter die Hüften. Dann rieb sie mich unerträglich langsam mit Branntwein ab, und ich dachte, die Hitze müsse mich zersprengen. In diesem Moment hätte Laura alles mit mir tun können, alles, alles, alles...

Sie verließ mich einen Augenblick und kam mit der Reitpeitsche zurück. Zärtlich ließ sie sie über meinen Rücken gleiten, vom Nacken über die Wirbelsäule vorsichtig die Hinterbacken teilend, hinab zu den Schenkeln. Die Berührung war so zart, daß ich sie kaum spürte. Dann schlug sie zu. Der Hieb war nur ganz leicht, aber mein Körper glühte. Irgendwie erregte mich der Gedanke an härtere Schläge, nie hatte ich ähnlich empfunden.

„Weiter?“ fragte Laura, und ich sagte ja. Ich war in einem tranceartigen Zustand. Wieder ließ sie die Peitsche sanft über meinen Körper wandern, von oben nach unten, und als ich es nicht erwartete, prasselten Schläge auf mein Gesäß, erst nur schwach, dann fest, fordernd. Bald schmerzte mein ganzer Körper; ich brannte, brannte, brannte! Lauras zarte Finger teilten meine Hinterbacken und glitten leicht zwischen ihnen entlang. Dann beschrieb ihre Zunge denselben Weg, und sie spürte die Feuchtigkeit zwischen meinen Beinen. Plötzlich schlug sie zu; der Hieb traf direkt zwischen meinen Gesäßhälften, und ich schrie auf, aber Laura kühlte meine Haut mit zärtlichen Küssen. „Hast Du genug, Liebste?“ fragte sie mich, aber mich hatte ein perverses Verlangen ergriffen, das seltsam und gefährlich war, und so sagte ich nein. Ihre Schläge machten mich scharf, und sie wußte es. Sie drehte mich um, vergrub ihren Mund zwischen meinen Beinen, nahm meinen innersten Lippenkranz zwischen ihre Zähne, und ihre Knabberei machte mich rasend.

Ich wollte unbedingt kommen, aber sie ließ es nicht zu. Immer hörte sie kurz davor auf, und dann begann das Spiel mit der Peitsche von neuem. Das Leder klatschte auf meine Hüften, meine Brüste, meine Beine. Dann küßte Laura jedes Stück heiße Haut, ließ ihre Zunge tanzen, umkreiste meine Brustspitzen, eine Hand in meinem Schoß. Ich preßte mich gegen diese Hand, ich wollte unbedingt kommen, aber Laura merkte es und nahm sie fort. Sie berührte weiterhin meine Brüste mit leidenschaftlichen, nervösen Fingern, und ich warf mich hin und her, von Verlangen geschüttelt.

„Still!“ sagte sie beschwörend, und ich bemerkte nicht, daß sie fortging, denn ihre Küsse schienen nicht aufzuhören.

Ich öffnete die Augen und sah, daß es eine andere war, die mich küßte. Ich wollte mich wehren, aber ihre Hände waren so raffiniert, daß ich mich bald ergab. Laura kam zurück. „Wenn Du willst, wird Angeline Dir die Augen verbinden, damit Du ganz intensiv fühlen kannst. Niemand wird Dir wehtun, es wird Dir gefallen. “Angeline band ein seidenes Tuch über meine Augen, damit ich nichts sehen konnte. Laura küßte meine Brust, während Angeline ihre Zunge in meinen Schoß preßte. Ich war in einem Dämmerzustand, und meine Lust stieg ständig an. Ich spürte, wie die Lippen meines Schoßes sanft auseinandergezogen wurden und Laura – oder war es Angeline? – irgendetwas an deren Innenseite verrieb. Plötzlich schoß eine unglaubliche Kälte in meinen Schoß. Ich war inzwischen so erregt, daß ich mich kaum noch beherrschen konnte und bettelte förmlich um Erlösung. Dann spürte ich das glatte Leder der Peitsche zwischen den Beinen; es teilte mich, umkreiste die kleine Knospe, die hart zwischen ihnen lag und strich um die Öffnung, die sich ganz und gar verströmte. Diese Berührungen, zusammen mit der Kälte, taten ihre Wirkung, ebenso wie die spielenden Zungen von Laura und Angeline. Ich kam in heißen Wellen und meinte, es nicht aushalten zu können. Laura nahm mir das Tuch von den Augen und küßte meine heiße Stirn. „Laß und zusammen baden“, schlug sie vor, und ich folgte ihr gern. Später entdeckte ich ihren Leberfleck…

Ich habe zwar nicht Deine Spuren auf ihrem Körper gefunden, Geliebter, doch dafür wirst Du ihre an meinem finden…

Die Autoren

Gerda Ambros **86**
*1960 Klagenfurt, Studium Germanistik, Psychologie, Pädagogik, Philosophie, lebt in Wien. Publikationen u.a.: Robert Musils Schwärmer – entfernte Biografien, in: Musil-Studien, Bd. 13 – Zur Metaphysis der Bildstörung: Engel und Parasiten, in: Genealogica Bd. 9.

Almut Aue **90**
Malerin, lebt und arbeitet in Frankfurt/Main.

Agnes Bauer **165**
*1961, lebt in Hamburg, arbeitet als Fotografin.

Klaus Behling **207**
Schriftsteller, lebt in Potsdam.

Günter Berghaus **159**
Fotograf, lebt in Bristol, GB.

René Ed Brauchli **96**
*1934 Zürich, diverse Lehrtätigkeiten, aktiver Jazzmusiker, Maler, viele Gruppen- und Einzelausstellungen, zuletzt: 1990, Galerie Steiner, Zürich.

Gerda Classen **69**
*1960, Berlin, Redakteurin beim Rundfunk.

Barbara Commandeur **68, 80**
*1951, DDR bis 1955, Studium, unbeständige Wortsuche, Performances, Publikationen: Gedichtbände.

Axel Dielmann **105**
*1959, Herausgeber der Literaturzeitschrift „Schritte", Vors. des Fördervereins deutscher Schriftsteller, Hessen, demnächst erscheint: Der act graduit – André Gides schlechtgefesselter Prometheus, Gerhard Verlag, Berlin.

Annette Eckert **114**
Schriftstellerin, Berlin, letzte Buchveröffentlichung: die möglichste dichte der größten fremdheit, edition fundamental, Köln 1990.

Anna Eßer **174**
Kunstlehrerin, 2 Kinder, Bensheim.

Ursula Faure **59, 60, 127, 136**
Illustrationen, Dekorationen, lebt bei Stuttgart.

Annette Frick **47, 106, 111, 135**
Fotografin, Malerin, lebt in Köln, viele Ausstellungen und Aktionen.

Manfred Garska **105**
*1937, Hochschule für Bildenden Künste Hamburg, viele Einzel- und Gruppenausstellungen.

Simone Gaus **30**
*1956, lebt in Frankfurt, Lehrerin.

Anne Giordano **61**
*1968, lebt in Hamburg, dieser Text ist ihre erste Geschichte.

Tobias Gohlis **198**
Journalist, Kritiker, Hamburg.

Christa Hein **98**
*1955 Cuxhaven, Studium Amerikanistik, Germanistik, Sport, 1 Jahr Amerika, arbeitet als Sprachlehrerin, Tanzlehrerin, z.Z. in Frankfurt als Fabrikschreiberin der Romanfabrik. Veröff. von Prosa, Lyrik, Romankapiteln, Aufsätzen in Zeitungen, Zeitschriften, Rundfunk, Anthologien.

Kurt Held **44**
lebt in Zirndorf.

Edgar Henning **18**
Fotograf, diverse Bücher mit Naturfotografien, so: Am Meer der Mitternacht, ein Nordseebuch.

Werner Hofmann **192**
Sachbuchautor, dies ist seine erste literarische Veröffentlichung.

Jürgen Hoge **48**
Maler, Wuppertal.

Judith Jagow **122, 123**
*1954 Berlin, Studium Literatur und Hochschule der Künste, lebt als Malerin freischaffend in Berlin, Einzel- und Gruppenausstellungen, zuletzt: Jahresausstellung des Berufsverbandes der Bildenden Künstler, Plakatpreis des Berliner Senats.

Helmut Jansen **102**
*1949, Maler, Schriftsteller, Arzt, viele Gruppen- und Einzelausstellungen.

Rivka Jaussi **38**
*1960 Bern, seit 1985 in Berlin, schreibt ausschließlich Lyrik, Veröff. in Anthologien, Kalendern, Jahrbüchern, Zeitschriften, z.Z. Aufbauarbeiten für den „Verein zur Förderung der Literatur von Frauen und der Frauenforschung, Berlin".

Janus Kadel **41**
*1936 Berlin, lebt dort als Maler und Objekter. Ausstellungen in In- und Ausland.

Wilfried Kalter **134**
Fotograf, Hamburg.

Lilo Karsten **128**
Malerin, Schriftstellerin, lebt in Haymhausen, viele Einzel- und Gruppenausstellungen.

Felicitas Kempff **31**
Künstlerin, lebt in Wiesbaden.

Barbara Maria Kloos **47, 125**
*1958 Darmstadt, lebt in München, Mitbegründerin der Zeitschrift Federlese, 1983 Leonce- und Lena Förderpreis, 1984 erster Preis im Lyrik-Wettbewerb des Bayrischen Rundfunks, 1986 Stipendium Literarisches Colloquim Berlin, letzte Buchveröffentlichung: Das Geschlecht der Engel, edition fundamental, Köln 1990.

Alice Krins **126**
*1966, lebt in Duisburg, Veröff. in Anthologien etc..

Brigitte Uttar Kornetzky **82**
*1959 Lichtenfels, Studium der Bildenden Kunst, Kunstwissenschaft und Philosophie in Kassel, Studienaufenthalte in Italien, Neuseeland und Skandinavien, viele Einzel- und Gruppenausstellungen, zuletzt: Das Zebra und sein Karo, Kassel.

Gabi Kutz **32**
*1962, Ausbildung zum Jockey, Floristin, zahlreiche Jobs und Schulen, 1987 Beginn des Studiums Malerei in Köln, jetzt Kunstakademie Düsseldorf. Einzelausstellungen, zuletzt: 1990, Kunsthaus Rhenania, Gruppenausstellung zuletzt: Neurotik im Hafensalon.

Bernhard Lassahn **122**
*1951, Schriftsteller, lebt in Hamburg, z.Z. Stadtschreiber in Otterndorf, Buchveröffentlichungen u.a.: Land mit lila Kühen, 1987 – Das große Buch der kleinen Tiere, 1989 – Liebe in den großen Städten, erweiterte Neuauflage 1990, alle Diogenes – Der Bonsai, Hamburg 1989.

Judith Lemens **132**
Schriftstellerin, Freiburg, Veröff. in Antnologien und Zeitschriften.

Marcel Magis **177**
*1965 St. Gallen, lebt in Hannover, Mitglied der Gruppe Poesie und der S.O.M.A., freischaffend, Raimer-Dahlgrün-Preis des Hannoverschen Künstlervereins, Preis der Heitland Fondation, Organisation des ersten Philosophisch-poetischen Treffens mit dem Thema Theater, Projekt: die „YamYam Synthese", mit Texten auf Video, elektronischer Musik, Bildern etc..

Gigi Martin **155**
*1935, hugenottischer Abstammung, lebte als Fotografin, Schauspielerin, Journalistin lange in Frankreich, jetzt in Hamburg. Romane seit den 60er Jahren, zuletzt: Rendezvous, München 1990.

Phoebe Müller **25**
*1964, lebt in Karlsruhe, Veröff. in Anth. u. Zeitschriften, Roman: Fernes Feuer. Fotos v. D. Lakomy. Körper: Phoebe.

Carla Mureck **116**
*1962 München, Diplompädagogin, neben ihrer Mitarbeit an kulturellen Projekten Aufsätze zu Kunst, Musik, Kulturwissenschaft.

Claudia Packmohr 75
Projekte: Malen, Fotografie, Film, Schreiben. Als Broterwerb Lektoratsarbeit im Hochschulbereich und psychozosiale Gruppen. Diplomarbeit über Androgynität.

Julia von Randow 22
Mitarbeit an DIE PRAXIS, Berlin, Fotografie, Malerei, Einzel- und Gruppenausstellungen.

Lutz Rathenow 66
Schriftsteller, Berlin/Ost, letzte Buchveröffentlichung: Mit dem Schlimmsten wurde schon gerechnet, Piper 1989.

Heike Reich 184
*1963, ausgebildete Reinzeichnerin, schreibt Lyrik, szenische Texte, jetzt ein Theaterstück, war am Schauspielhaus Frankfurt, macht szenische Lesungen, Veröff. in Anthologien und Zeitschriften.

Birgit A. Reiter 159
*1956 Stuttgart, Dipl. Sozialpädagogik, Psychoanalytische Gestalttherapie.

Karl Riha 135
vgl. AUGE II

Manfred Riepe 118
*1960, arbeitet als Frisör in Frankfurt/Main, letzte Veröffentlichung: Tierversuche (Schwarzenegger mit Lacan) in Dschungelblättern.

Siegfried Rimpler 211
Studierte in Görlitz Holzbildhauerei, Maler und Steinmetz. Arbeit an Barockmöbeln und Kirchen, Ausstellungen.

Brigitte Aloise Roth 175
Fotografin, Wien.

Dieter Röttgen 182
*1926 in Solingen. Journalist und Autor. Reportagen und Serien. Lebt in Hamburg und Düsseldorf.

Vera Rosenbusch 140
*1954, lebt in Hamburg, div. Veröff. u.a. WDR, Radio Bremen, Frankfurter Rundschau, bemüht sich mit dem Text- und Zeichenkombinat Hamburg um die lautliche Seite der Literatur, ihr erstes Theaterstück, Marine Kameradschaft Barbarossa, wird Okt. 90 am Deutschen Schauspielhaus vorgestellt.

Karen Roth 48
*1953, lebt in Berlin.

Angela Hans Scheirl 137, 196
Filmemacherin, Schriftstellerin, Wien. Letzter Film: The Abottess and the Flying Bone.

Peter Schlack 77, 152
*1943 Stuttgart, Lehre als Lithograf, Mal- und Zeichenunterricht, Studium Sozialarbeit, arbeitet als Sozialarbeiter, seit 1976 viele Einzelausstellungen in In- und Ausland, bisher 6 Gedichtbände.

Gabriele Schmelz 40
*1946 Berlin, lebt dort, schreibt Gedichte, Rezensionen, Rundfunkessays. Demnächst erscheint: Am Montag ist alles wie immer. Berichte und Beobachtungen aus der Angestelltenwelt.

Hans W. Schmid 92
*1934 Brugg, lebt in Hadlikon, Kunstgewerbeschule Zürich, Dekorateurlehre, Visualiser & Konzepter in Werbeagenturen, eigenes Atelier für Gestaltung, Ausstellungen seit 1982.

Christian Schreibmüller 51
*1949, Studium u.a. Malerei und Fotografik, arbeitet in den verschiedensten Bereichen von Kunst und Sozialem. Organisierte Workschops und Ausstellungen. Veröff. von Texten und Fotografien. Letzte Einzelausstellung: Männer ohne Hüllen, Schweinfurt.

Julian Schutting 142
Schriftsteller, lebt in Wien, letzte Buchveröffentlichung: Reisefieber. Erzählungen, 1989.

Helga Seidenthal 76, 79, 101
*1951 Weinheim, Studium Psychologie, Medizin, Kunstgeschichte, EKW, Germanistik, dann Kunstakademie Stuttgart, arbeitet als Kunsterzieherin. Ausstellungsbeteiligungen.

Marlon Shy 145, 183
*526 v. Chr., von Mongolen geraubt und in javanisches Bordell verschleppt, verkauft auf dem Sklavinenmarkt im Timbuktu, Studium Malerei, Bildhauerei, an der Ecole Nationale Superieure in Abidjan, Elfenbeinküste, heimliche Päpstin des wirklichen Untergrunds, Soloprojekte: Malerei, Graphik, Bewegung, Aktion, Musik, Video, Fotografie, Kalligraphie, hält nichts aber auch garnichts vom Kunstmarkt. Ein Bild-Buch von ihr erscheint 1990 im Verlag. Seit 1989 FETISCH PARK zusammen mit Carla Subito: Foto, Image, Sprache, Musik, Stimme, Religion, Video, Film, Sport, Performance, Ekstase...Willst du noch was, Bastard?!...

Renate Simon 57
*1956, lebt in Frankfurt, div. Veröff. in Anthologien, Zeitschriften, beim Rundfunk etc.

Adam Smith 178
*1944, Schriftsteller, professioneller Tangotänzer am Theater, lebt in den USA.

Cora Stephan 187
*1951 Osnabrück, Studium Politikwissenschaft, Geschichte, Volkswirtschaft, Promotion 1976, danach Lehrbeauftragte, Übersetzerin, Rundfunkmoderatorin, Schreibkraft und Schreiberin, Mitglied des sog. linksradikalen Blasorchesters, Redakteurin beim Pflasterstrand, Kulturredakteurin beim Hess. Rundfunk, jetzt freiberuflich. Die wichtigsten Buchveröffentlichungen: Genossen, wir dürfen uns nicht von der Geduld hinreißen lassen- zur Theoriebildung deutscher Sozialdemokratie, Frankfurt 1977 u. 81, Ganz entspannt im Supermarkt. Liebe und Leben im angehenden 20ten Jahrhundert, Berlin 1985; Weiterhin unbeständig und kühl. Nachrichten über die Deutschen, Reinbek 1988.

Monika Streit 101
Schriftstellerin, Berlin, schon eine Menge ausprobiert bei der Suche, was alles mit einem irdischen Leben so anzufangen ist. Das kann doch nicht alles sein. Letzte Veröffentlichung in „Leidenlust", Berlin 1989.

Barbara Strohschein 106
Studium Philosophie, Sozialwissenschaften, nach dem Staatsexamen Promotion über Ernst Blochs „Prinzip Hoffnung". Wissenschaftliche Assistentin, Lektorin und Redakteurin, jetzt freischaffende Schriftstellerin in Hamburg. Hörspielproduktionen, Theaterproduktionen und -stücke, verschiedene Buchveröffentlichungen und Publikationen in Anthologien & Zeitschriften.

Carla Subito 5, 162
1965 geworfen, 1985 Abitur in katholischer Privatschule, Krankenpflegearbeit, Kirchenorganist, Livekonzerte (Kirchenorgel, Synthesizer), 1987–89 Radiokonzerte, Gesangsausbildung, Schauspielunterricht, Gründung der Formation: exponent: ihr (Fotos, Performance), 1989 Zusammenprall mit Marlon Shy, Marlon & Carla gründen FETISCH PARK.

Lydia Tigerfeld 19
vgl. AUGE IV.

Sybille Trost 42
*1961 Mainz, seit 1982 in Berlin/West, Frankreich, USA, ansonsten Studentin geistreicher Fächer. Veröff. in Anthologien etc., letzte Buchveröffentlichung: Gegen den Kitsch erzogen, Gedichte.

Christiane Wegener 167
Architektin, macht erotische Bronce- und Gipskulpturen, Stuttgart.

Elisabeth Weller 38
*1964, Studium Literatur u. Linguistik, Stuttgart.

Fritz Widhalm 45
*1956 Gaisberg, Schriftsteller, Künstler und Musiker, lebt in Wien, Veröff. in Anthologien und Zeitschriften, Buchveröff.: Gaisberggefühl, Wien 1988; Kleine schmutzige Welt des Denkens (zus. m. Ilse Kilic), Graz-Wien 1989. Betreiber der DAS FRÖHLICHE WOHNZIMMER – EDITION u. Mitglied der Grazer Autorenversammlung.

Thomas Wulfen 88
*1954, Kunstkritiker, Journalist, Ausstellungsmacher, Berlin.

Paul Wunderlich 12
Lebt in Hamburg. „Die beiden Schwestern", 100x130cm groß, wurde in 2 Bogen auf Zerkall Bütten in einer Auflage von 47 Ex. gedruckt und handsigniert. Das graphische Werk des Künstlers wird von der Edition Volker Huber, Offenbach, vertreten.